幽霊屋敷

ジョン・ディクスン・カー

かつて老執事が奇怪な死を遂げた幽霊屋敷ことロングウッド・ハウス。イングランド東部のその屋敷を購入した男が、幽霊パーティを開いた。男女六名を屋敷に滞在させ、なにが起きるか楽しもうというのだ。パーティの初日の夜、さっそく無人の部屋で大きな物音がする怪現象が発生。そして翌日にはなんと殺人事件が勃発した！　現場に居合わせた被害者の妻が叫ぶ。「銃が勝手に壁からジャンプして、空中でとまって、夫を撃ったの」巨匠カーが持ち味を存分に発揮したフェル博士シリーズの逸品が、新訳で登場！

登場人物

ロバート（ボブ）・モリスン……………ジャーナリスト
テス・フレイザー……………………………ドレスショップのバイヤー
B・マーティン・クラーク…………………ロングウッド・ハウスを購入した元ジャム製造業者
アンドルー（アンディ）・ハンター……建築家
アーチボルド（アーチー）・ベントリー・ローガン…………………………食品雑貨卸業者
グウィネス（グウィニー）・ローガン ……アーチボルドの妻
ジュリアン・エンダビー……………………事務弁護士
ウィンチ…………………………………………ロングウッド・ハウスの使用人
ソーニャ…………………………………………ロングウッド・ハウスのメイド
マッケリー……………………………………ロングウッド・ハウスの庭師
グライムズ……………………………………サウスエンドの警察の警部
アンドルー・エリオット…………………ロンドン警視庁犯罪捜査部(スコットランド・ヤード)の警部
ギディオン・フェル博士……………………探偵

幽霊屋敷

ジョン・ディクスン・カー
三角和代訳

創元推理文庫

THE MAN WHO COULD NOT SHUDDER

by

John Dickson Carr

1940

幽霊屋敷

本書の第20章でアガサ・クリスティの『アクロイド殺害事件』の内容に触れています。未読の方はご注意ください。

1

「幽霊屋敷だって？」美術評論家が言った。

「そうです。それもすごい幽霊が出るんです」誰のものか特定できない声が言う。

「どうしてそんなことを知ってる？」

「初耳だ」フリート・ストリート誌の編集者が口をはさんだ。「わたしが知っているのは、そいつが売りに出ているってことだけだ。ここにあるタイムズ紙に広告が出ている」

「広告に幽霊が出るって書いてあるのか？」スコットランド人の慎重な美術評論家は食いさがる。

「なにを言ってるんだ、広告に書くわけがないだろう。〈エセックス州〉のところにこうある。〝ロングウッド・ハウス。美麗なジャコビアン様式の屋敷。一九二〇年、現代風に完全改装。電気、ガス、上下水道完備。大広間、娯楽室など4、寝室8（温水使用可）、浴室2、最新式の家事室等あり〟とね。幽霊が出るとしても、きみは売主が〝幽霊出没保証〟なんて文言を入れると思うか？」

「場所は？」

「ロンドンから三十五マイル（約五十六キロ）、サウスエンド＝オン＝シーから四マイル（約六キロ）だ」

「サウスエンドか。うーん」俳優が言う。

「サウスエンドになにか問題でも？」喧嘩腰に訊ねた小説家は、その地にキャビンクルーザーを持っていたのだ。「サウスエンドの空気は世界一なんだぞ。いいか――」

「ああ、知ってるよ。オゾンがどうのこうのっていうんだろ。くだらない。それから世界一長い桟橋があるって言おうとしたんだろ」

　この会話はコンゴ・クラブのカウンターのものだ。とても混雑しており、肘を動かせば誰かの酒をこぼしてしまいそうだった。一九三七年三月十三日土曜の午後のことで、名前を覚えておく必要はない人々（ひとり例外あり）のあいだでかわされた。彼らはこれからの話には登場しない。

　ただし、その例外の人物は話の要になる。

　カウンターから談話室に出入りするスイングドアの近くに、背面が鏡になった大きな白い大理石の炉棚があった。この炉棚に肘をついてもたれるマーティン・クラークの姿は、いまもありありと覚えている。白鑞の大ジョッキを手に、犬のように耳をそばだてていた。脚のすぐ後ろでは火がパチパチと爆ぜており、不快なほど暑かったはずだ。それなのに、彼は動かなかった。

クラークのぺたりとなでつけられたはかなげな薄い白髪の下には、ピンクの頭皮が見えはじめていた。しかし、顔はと言えばイギリスの冬では擦りとることのできない、深くしみついた日焼けに覆われている。そのために薄い色のたいそうめずらしい目が際立っていた。このときの彼は六十歳を超えていたに違いないが、顔は少年のそれのように表情豊かだった。目や口のまわりの皺は笑い皺か、あるいはこう呼んでいいのなら好奇心皺だった。彼は幽霊屋敷の話が出たとたんに反応した。背後の鏡で後頭部がピクリと動くのが見えた。けれど、彼はあまりに礼儀正しく、会員ではないクラブでの会話に口をはさまなかった。

そのあたりで、僕たちはこの話題から離れかけた。会話はとげとげしくなり、サウスエンドについて激しい議論が始まりかけたのだ。俳優がこの町について不満を抱いている原因はどうやら、かつてそこの催しに出かけて四個六ペンスの牡蠣を売りつけられ、それが口に合わなかったことにあるようだった。

「とにかく」美術評論家は言った。「そんな話は信じないぞ」

「信じないだって？」俳優が言う。「わたしと来てくれれば、牡蠣を買った屋台に案内するぞ。ぞっとする代物だ。ヨードチンキの味がしてな。あの牡蠣ときたら——」

「牡蠣の話はしていない」美術評論家が言う。「きみの牡蠣なんか知るものか。わたしが話していたのは幽霊のことだ。そこが幽霊屋敷だって主張するのは誰なんだ？」

「自分ですよ」誰のものか特定できないあの声がきっぱりと言う。

冷やかしの嘲笑が彼らのなかをさざ波のように広がり、その弾みで集団の端のほうで酒がこぼれた。これは話し手ゆえのことであった。彼は若く、さもまじめな顔をしながらユーモアのある記事を書く人物だ。しかし、このときの彼は真剣に見えた。

「わかりましたよ、ブルジョワのみなさん」若者は辛辣（しんらつ）な口調で言い、ピンクジンをこちらに振ってみせた。「どうぞ、笑ってください。でも、本当のことなんです。ロングウッド・ハウスは数百年というもの、すごい幽霊が出ることで有名なんですよ」

「どうしてそんなことを知ってるんだ？　自分が経験したのか？」

「いいえ、でも――」

「そらね。いいか？」美術評論家が勝ち誇って口をはさむ。「いつも同じなんだ。誰だって幽霊屋敷の話を聞くと、しまいには本当だと信じこんでしまう。インドのロープ奇術（空中で垂直に立てた縄を人が登っていく奇術）みたいに」

「みなさんは否定するんですか？」若者はむきになって言う。「一九二〇年という比較的最近に男が死んだことを？」

　これで話が少し具体的になった。

「死んだ？　殺されたということか？」

「殺されたかどうかはわかりませんよ。彼になにが起きたのかわからないから。わかっているのは、聞いたこともないような謎めいた事件ということです。納得のいく説明を見つけられたなら、十七年かけて捜査した警察よりも冴えてるってことになりますよ」

「なにがあったんだ？」

関心を持たれて話し手は満足したようだ。

「死んだ男の名前は覚えてません。ただ、彼は執事でした。八十歳を過ぎた老人だった。シャンデリアが落ちてきたんですよ」

「ちょっと待て」編集者が新聞を見つめながらつぶやく。「その話はどうも記憶にあるな」

「でしょう！」

「いや、話を続けてくれ。なにがあった？」

誰かが話し手にピンクジンのお代わりを運び、彼はそいつをきゅっと引っかけた。

「一九二〇年、ロングウッド家の最後の生き残りのひとりがまた屋敷を開けようと決めました。そりゃ長いこと空き家だったんです。なにやらおぞましい出来事があって一家は屋敷を離れることになったとかで」

「どんな出来事だ？」

「知りませんよ」彼は相の手を小うるさいと感じはじめたか、勘弁してくれというような身振りをした。「自分が話してるのは一九二〇年にあったことなんですからね。屋敷は修繕で済ますにはかなり傷みが激しかったので、持ち主は当世風に改装して引っ越したんです。

大騒動が起こった部屋は――たしかな筋から直接聞いたんで話せるんですよ――ふたつです。ひとつは正餐室で、もうひとつは屋敷の主が書斎として使ってた一階の部屋。さて、正餐室の天井は高さ十五フィート（約四・五メートル）ありました。天井の中央にはどっしりとしたオークの梁が渡され、この梁から大シャンデリアが吊りさげられて――と言いますか、かつては吊りさげられてました。蠟燭を立てる古めかしいタイプで、重さは一トンもあるんですよ。オークの梁にねじこんだ中央のフックから六本の鎖で吊ってたんです。ここまではいいですね？」

彼はみなの注目を集めたと知り、楽しくなってきたようだ。

「待ってくれよ」かなり疑り深いペン画家がさえぎった。「なんでそこまで詳しく知ってるんだね？」

「ああ！」話し手はそう言い、意味ありげにグラスを掲げた。「いまはしっかり耳を傾けて、質問はあとにしてください。ある夜――正確な日付は覚えてませんが、新聞の綴じ込みを調べればわかります――執事は家の戸締まりをしてました。十一時頃のことです。この執事は先ほども話した通り、八十歳を超えた弱々しい老人でした。一家はみんな二階にいて休む支度をしていた。そのとき、悲鳴を耳にしたんです」

「そうくると思ったよ」小説家が暗い口調で言う。

「信じないんですか？」

「気にするな。続けてくれよ」

「一家はドーンという音も聞きました。震動があごに伝わるような、家が崩れかけてるような音です。彼らは一階の正餐室へ駆けおりました。すると、シャンデリアを支えていたフックがオークの梁からはずれていた。シャンデリアは執事のうえに落ち、頭をつぶして即死させていたんです。彼は残骸の下から立ってた椅子ともども発見されました」

「椅子に立っていただと？」編集者が口をはさんだ。「どうして？」

「急かさないでください！」話し手は青ざめるほど真剣になって続けた。「なにがあったか説明しましょう。シャンデリアが勝手に落ちるはずはなかった。建築業者は、長年そこにぶら下がってたものだが、まだしっかりしてたと証言しました。それから、殺人ではないかと考えてるかもしれませんけど、誰もシャンデリアを落とせはしなかった。つまり、二階からでもほかの場所からでも落とす方法はなかったんです。頑丈な梁に取りつけられた大きなフックから下がっているだけで、誰もそれに手を加えることはできなかったんですよ。なにがあったのか可能性はひとつだけで、それは証拠から明確に裏づけられました。

執事の指紋――両手でした――がシャンデリアの下の部分から発見されたんです。彼は身長が高かった。けれど、下に置いた椅子に立って手を伸ばしても、シャンデリアまであと三、四インチ（約七・六～十センチ）は届かなかったはずなんです。

彼がどうやったか。椅子に乗ってからジャンプしてシャンデリアの下の部分をつかんだに違いありません。それから――梁に開いた穴の状態からこれもまちがいないことですが――彼は勢いよく前後に身体を揺らしたはずなんです。空中ブランコの男のようにして、ついには重みで天井からシャンデリアがはずれてしまい、それで……」

「やるねえ！」美術評論家が言う。

カウンター付近で笑い声がどっとあがり、談話室の反対側にいた者たちでさえ何事かとこちらに顔を向けた。

笑いを誘ったのは話し手の張り詰めた真剣な表情だけが理由ではない。八十歳を超えた弱々しい老人が、ドナルドダックばりにシャンデリアからぶら下がって楽しそうに身体を揺らしている姿というのは、なにかしらの感情を抱かずに想像することはできないものだった。

話し手は顔色を変えた。

「この話を信じないんですか？」

「そうさ」一同は声を合わせて答えた。

「だったら、調べてみればいいでしょう？　どうぞ、やってみればいい！　調べてくださいよ！」

編集者が一同を制した。

「そうは言うけどね、きみ」彼は間の抜けた人を親切になだめるような口調で言った。「その執事は頭がいかれていたのか？」

「いいえ」

「だったら、なんだってそんなことをする必要が？」

「まさに！」話し手はかなり気分を害した様子で酒を飲み干し、グラスをカウンターに置いた。「問題はそこなんです。ここにいる誰かが、そのことを考えてくれたらとてもありがたい。そうなんですよ。これが彼のしたことだった。しかし、なぜ彼はそんなことをしたんでしょう？」

これを聞いて僕たちはいくらか冷静になった。けれど、そのグループの面々はまだいささか興奮していたことは否定しようがない。

「嘘っぱちだ」美術評論家が言う。

「違います。まちがいのない真実なんです。フックがはずれたオーク材の穴の状態から――検視官が検死審問でこれを認めました――シャンデリアに執事がぶら下がって身体を前後に揺らし、その後、落下したことは明白だと証明されました」

「だが、理由は？」

「そこをあなたたちに訊いてるんですよ」

「だが、どちらにしても」小説家が指摘した。「本筋とはなんの関係もないよ。きみの幽霊はどこにいるんだい？　年老いた使用人がジャンプしてシャンデリアを揺らしはじめたからって、そこが幽霊屋敷であるとは証明されないだろ？」

話し手は背筋を伸ばした。

「知ってるんですよ」彼は強調しながら言い張った。「そこは幽霊屋敷だって。そこで幾晩か泊まって自分の目で見たという人を知ってるんです」

「誰だい？」

「僕の父ですよ」

気まずい沈黙が流れ、誰かが咳払いをした。礼儀作法というものがあるから、きみのおやじさんは嘘つきだなどとずばり言えないものだ。

「お父さんはロングウッド・ハウスで幽霊を見たのかい？」

「いいえ。そうじゃなくて、椅子が父にジャンプしてきたんです」

「ええっ？」

「馬鹿でかい木の椅子がです」話し手はその大きさを示すように血管の透ける両手を突きだして叫んだ。「大昔に使われていたような。そいつが父に飛びついたんです」周囲の者たちが疑わしそうな表情を浮かべているのを目にして、彼の声は甲高くなった。「本当のことなんですからね。父自身から聞いたことです。これも冗談だと思ってるんでしょ？　馬鹿でかい木の椅子が壁から離れて飛びついてきたら、みなさんだったらどうします？」

「生きるために頑張って身を守るね」ペン画家が言う。「あるいは椅子に結びつけてある紐を探すか。さてと！　失礼するかな。もうたくさんだ」

「紐なんか結ばれてなかったんですからね」話し手は彼の背中にわめいた。「明かりがついてたんです。父は――」

「シーッ、もういいから！　落ち着いて。きみはなにを飲んでいたっけ？」

話題はロングウッド・ハウスという危険な曲がり角を巧みに逸れていった。ほどなくして、僕たちは昼食の席に移った。

この議論のあいだじゅう、僕の招待客のマーティン・クラークは一言も発さなかった。暖炉のそばに留まり、ほとんど物思いにふけりながらピューターの大ジョッキを覗きこんだり、ぐるぐるまわして中身を揺らしたりしていた。彼は僕と目を合わせようとしなかった。どうしたのかと親しげに問いかけられたら、堰を切ったように話してしまう、午後はずっと興奮しながら自分ばかりぶつぶつひとりごとを言うことになる、そんなふうに思ったからじゃないだろうか。

僕自身にとっても、若いユーモア・コラムニストの話の余韻は消えず、なんとなく好ましくないものとして残った。食前酒にまずいシェリーを飲んだようなものかもしれない。けれど、よくよく考えてみると身軽な執事の話の根底にあるのは笑い事で済ませられるものではなかった。話し手は（彼には失礼ながらこう言わせてもらうのだが）滑稽な顔をしていた。あの話そのものというより、彼の顔のせいで僕たちはあんなに笑ってしまったのだ。

僕たちがからかわれていたのじゃないとしたら、そして彼が真実をそのまま話していたのなら、まったく愉快なんかではない。八十歳の老人が正気をなくしてシャンデリアに飛びついた――なぜだ？　なにかに追われていたからか？

クラークは僕たちがクラブを後にするまでこの話に言及しなかった。昼食のあいだずっと彼は黙っていた。何度か忍び笑いを漏らし、僕の健康を祈って一度、お代わりのピューターの大ジョッキを掲げた程度だ。階段を下り、強い風がカールトン・ハウス・テラスの並木を揺らす晴れ渡った三月の屋外へと足を踏みだしたとき、彼は口をひらいた。

「いい建築家を知らないかね？」

僕の親しい友人のひとりにちょうど、腕はいいのに懐の寂しい若い建築家がいた。彼を強く勧める。クラークは小さな手帳を取りだして彼の名を書き留めた。

「アンドルー・ハンター。チャンセリー・レーン、ニュー・ストーン・ビルディングズ。おお、いいね」その通りの名前が出ると彼は顔を輝かせた。「よし、調査して満足のいくものだったら、すぐにミスター・ハンターを訪ねるよ」

「家を建てようと思っているんですか?」

クラークは手帳をもどして絹のスカーフを外套の襟元にきちんとたくしこむと、きっちりした山高帽をさらにしっかりとかぶり、風に負けじとうつむいて歩いた。

「買おうと思っているんだよ」彼はほほえんだ。「ミスター・モリスン、わたしはいつまで経っても商売人だからね。調べもしないで買うなんてことはしない。幽霊には大いに興味があるが、雨漏りしないかとか排水設備はまともかとか、そういうことを確認することのほうに興味があるからね。それにべらぼうな値段をふっかけてくることはまちがいないから、わたしも備えておかねば。よしよし!」

二週間後、彼はロングウッド・ハウスを購入した。だが、後にテスが言ったように、恐怖の始まりがすでにかすかな影を落としていたのだ。

2

クラークがやってきてその知らせを伝えたのは、テスとお茶を飲んでいるときだった。

テス(誇らしさではちきれそうなことに現在では僕の妻だ)は僕のフラットの居間で暖炉のそばに座っていた。炎の温かさがありがたかった。四月は期待はずれなことに雨まじりの突風と共に訪れていた。

このときのテスは流行しているドレスショップのバイヤーだった。うっとうしい天候にもかかわらず、彼女は美しく整った印象を保っていたが、それは服装のおかげでもあり、スマートな体型のおかげでもあった。ティーテーブル横の座面の広い椅子に浅く腰掛けた彼女は、両手で膝を包んでいた。火明かりが顔を照らし、ありのままで手を入れていない眉の下の不安そうなハシバミ色の目をきらめかせ、豊かな黒髪に光沢をあたえていた。

「あなたのあたらしい友達、ミスター・クラークの話ね」

「僕の友達というわけじゃないよ。ジョニー・ヴァンダーヴァーの友達なんだ。ジョニーから彼がロンドンを訪れたら世話をしてやってくれと手紙で頼まれててね」

テスは頭をのけぞらせて笑った。

「ボブ。あなたみたいなお人好しはほかにいないわよ。どうしてそういう人たちのために、いちいち面倒なことを引き受けるの？」

「クラークは興味深い男なんだ」

テスはうなずいて肩をゆすり、炎を横目で見た。実務能力に優れていてなんでもはっきり言う性質(たち)なのに、その顔はいつもの自信を覗かせず、次第に曇っていった。

「それはわかってる」彼女もそう認めた。「とても感じのいい人だし。彼のことはとても気に入ってる。でも」

「なんだい？」

彼女は僕の目を覗きこんだ。

「ボブ、わたしは彼を信頼できそうにない。なにかたくらんでいそう」

「あのクラークが?」

「そうよ」

「待ってくれよ!」のんびりしたあの午後、僕はどうしようもなくいらだちを感じた。「彼が悪党だとでも思っているのか?」

「ううん、そういうわけじゃない。偽の金鉱株だとかをあなたに売りつけようとする信用詐欺の人だとは思ってないの。ただ……ああ、たぶんわたしの勘違いなのね! きっとそう」

「僕もそう思うよ」

「でも、彼についてどんなことを知ってるのよ、ボブ? 彼は何者なの?」

「彼はヨークシャー生まれで、人生の大半をイタリア南部で過ごしたことくらいだね。向こうでなにか商売をして成功し、ついに引退して老後はイギリスにもどることにしたんだ。二十ぐらいの道楽があって、人生というやつに飽くなき好奇心を抱いている。目下、彼はどんなガイドブックも足元に及ばないくらい、ロンドンをとことん〝やっつけ〟ている。特に――」

「知ってる」と、テス。「博物館ね」

この点についてはその通りだと賛成できる。というのも、自分が博物館の権威かなにかになってきたように感じはじめていたからだ。クラークはなにも見逃さないが、特に熱心なのは博物館だった。本当に夢中なのだ。ヴィクトリア・アンド・アルバート博物館や王立連合軍務博物館（王立防衛安全保障研究所の前身で、もともと、海軍軍事博物館として設立された）といった大きな施設はもちろん、僕がいままで聞いたこともなかった博物館まで網羅しているのだ。たとえロンドンの細い脇道まで知っている人でも、セント・ジェームズのロンドン博物館を知っているだろうか？　ギルドホール博物館（前述のロンドン博物館と合併して現在のミュージアム・オブ・ロンドンとなった）は？　あるいはリンカーンズ・イン・フィールズのサー・ジョン・ソーンズ美術館は？　ダウティ・ストリートのディケンズ博物館は？　あるいはチャンセリー・レーンの官公記録所（国立公文書館の前身）の原稿博物館は？

　こうした場所でクラークは学童のようにはしゃいだ。僕たちは薄明かりの世界、年表とかびくさい衣類の世界をさまよった。キーツのデスマスクやガイ・フォークスの署名を見つめた。薄暗い地下で昔のロンドンの模型を観察した。傷みかけたシャツやブリーチズ（半ズボン）からチャールズ一世の身長と体重を推し量った。

　僕はずっとクラークにつきあっていたわけではない。彼はほかにローガンという夫婦とも知り合いだった。ミスター・ローガンは食品雑貨卸業の大立者で、クラークを見事にもてなしていた。けれど、あたらしい博物館を発見するといつでもクラークは急いでやってきて僕を連れだした。それは害のない道楽のように思えた。

「害のないねえ」テスはお茶を注ぎながら言う。「それは認めるけど！」そして視線をあげた。

「でもね、ボブ。ええと、ホガースの版画がたくさん収めてあるのはどの博物館だったっけ？」

「ソーンズだ。待てよ！　そこにはきみも一緒に行かなかったか？」

「行ったわ」とテスが眉ひとつ動かさずに答える。彼女が扱う白い磁器のティーポットがきらめいた。「ああした風刺画を見つめる彼の表情に気づいた？」

「特になにも」

「たとえばあの絞首刑の絵を見ているときは？」

「いいや」

しかし不穏なことに、心地よい炉辺に気まずさがはっきりと忍び寄っていた。熱い紅茶を注ぐテスの顔へと湯気が立ちのぼる。彼女は僕にカップを手渡した。

「おいおい、なにを言いたいんだ？」

「もう、わたしったら本当に馬鹿ね！　とにかく、幽霊が出ると言われている家を彼は買おうとしてるのよね？」

「たしかに彼は買おうとしているよ。安く買えるなら手に入れるそうだ」

「でも、どうして？　どうしてそんな家をほしがるわけ？」

ここで少々、後ろめたくなったことを認めよう。クラークの大いなる計画についてテスに話していなかったのだ。僕も彼に劣らず夢中になるほどの計画だ。

「ああ、それはこういうことなんだ。彼は何を措いても幽霊パーティをひらきたがってる」

「幽霊パーティ？」

「そうとも、テス。歴史に残る心理実験になるぞ！　説明しよう。僕たちはこんなふうにやるつもりだ。クラークは新居披露と称してエセックスに六名ほどを招待する。それぞれ違った考えかたをする客を選び抜くんだ。わかるかい？　たとえば、ナンセンスなことはまったく信じない石頭の実業家をね。想像力豊かで神経過敏な芸術家タイプも招待する。証拠しか信じない弁護士か法律家タイプの人も。と、まあこんなふうにね。数日ほどこの人たちをロングウッド・ハウスの影響下にさらす。順番にそれぞれがどう反応するか観察するんだよ。

もちろん、だまし討ちがあっちゃだめだ。あらかじめ幽霊が出ると予告しておいて、それでも来たいとみずから望む人だけ招く。僕たち自身も試される心理実験さ。おそらく真っ先に逃げだすのは僕自身じゃないかな。でも、ぱっとしない月の週末のお遊びとしては、いかすだろ！」

テスはほほえんだ。「わたしが反対すると思っていた、ボブ？」

「反対すると思っていたって？」

「あなたの説明の仕方からそう感じたのよ。陪審員を納得させるみたいに立ちあがって叫んでるんだもの」

「ごめん。でも——」

「とても興味深い機会になりそう」テスに手招きされ、僕は彼女の椅子の肘掛けに腰を下ろした。彼女が僕にもたれてきたので、その瞬間は彼女の顔が見えなかった。「わたしに来てほしいのね？」

「もちろんさ。クラークは特にきみに来てほしいと望んでいるよ。でもいいかい、話だけで終わる可能性もある。クラークは屋敷を買わないかもしれないからね。だから、いままで僕は話題にしなかったんだ」

テスは頭をさらに強く押しつけた。雨まじりの突風が黄昏時の窓を叩きつけ、暖炉の暖かさがありがたかった。

「ボブ、どう考えればいいのかわからない。あの、本当になにか目撃するとは思っていないわよね？」彼女はやはり僕の顔を見ずに、言葉を振り絞った。「おかしな物音、きしむ音、なにかを叩く音とかがしても別に平気。でも正直言って、その屋敷で本当になにかを見たら、耐えられそうにない。変かもしれないけれど。そこに幽霊が出ると思ってるの？ あなたが幽霊を信じているとは思わなかったわ」

「信じてないよ。そこが肝心なところさ」

「だったら、どうすればいい？」

「でも、きみは気に入らないんだろ、テス。それだけでじゅうぶんだ。きみが気に入らないのなら、やめよう」

「ボブ、あなたがその屋敷に行かなかったら、そしてわたしを連れていかなかったら、許さないから」

「本気かい？」

「ダーリン、もちろん本気」僕が肩に腕をまわすと彼女は温かい身体をさらに押しつけた。

「でも、胸騒ぎなんかしない、と言っても説得力ゼロかな。ミスター・クラークはアンディ・ハンターを屋敷の下見に行かせたのよね？ アンディはなんて？」

「わからないよ。まだアンディに会っていないから」

「ほら」テスは突然身体を離して立ちあがった。呼び鈴が鳴ってけたたましい音がフラットじゅうに響いたのだ。「きっとミスター・クラークよ、ボブ。そんな予感がしてた」

ミスター・B・マーティン・クラークが満面に笑みを浮かべ、フラットに活気と熱意を連れてきた。僕自身やテスのように、だいたいにおいてありふれた人生（彼女はドレスのバイヤーとして、僕は三文文士として）に満足している冴えない人間にとって、クラークがどこまでも物事に意欲を示すところは刺激になる。

彼は戸口で濡れた外套を振ってから壁にかけた。続いて山高帽も丁寧に。さらにぺたりとした白っぽい髪をなでつけ、細い髪の房に乱れがないようにした。煙草色のこぎれいなスーツの上着を整えた。彼はこうしたスーツが好みで六着は持っているに違いないが、色合いはほぼ同じだ。それからきびきびと暖炉に近づき、濡れた両手を炎にかざした。

「手に入れたよ」彼は勝ち誇って宣言した。

お茶のトレイがカタカタと鳴った。テスがミルク差しの位置をずらした。

「おめでとうございます」僕は言った。「ミス・フレイザーを覚えていますか？」

「覚えているとも」クラークがほほえみ、テスの手を取って握りしめた。古めかしい礼儀作法とともに、干からびた老いぼれではなく多少はものを知っていると示す適度にくだけた作法を備えた男だ。

「だからこそ土曜の午後を選んでお邪魔したんだ」彼は話を続けた。「きみたちふたりが一緒にいるときに会いたかったのでね。まず、わたしがロングウッド・ハウスのあたらしいオーナーになったという、すばらしいニュースを報告しなければ。このわたしのものだ！　いやはや、信じられない！」

彼の態度には、言葉では表現しがたい、思わずこちらも引きこまれてしまう熱意があった。一瞬、彼が暖炉の前の敷物でジグを踊るんじゃないかと思ったほどだ。

「そして、いよいよその時が訪れた。長いこと秘密にしていたが、いまこそ話せる。ミス・フレイザー、きみに――きみたちふたりに提案がある」

「知っています」と、テス。「幽霊パーティですね。お茶はいかが？」

クラークはあまり嬉しそうではなかった。

「知っているのか？」

「ええ。ちょうどボブから聞いたところです。お茶はいかが？」

「だったら、わたしのアイデアをどう思ったかな？」

「楽しめそうです」

クラークの熱意がふたたびぐつぐつと沸騰した。「ミス・フレイザー」熱に浮かされた低い声で彼は言う。「わたしの心からどれだけの重荷を取っ払ってくれたか、わからないだろうね」興味深い光景だった。彼が心からほっとしたように見えたのだ。ふたたび彼女に近づいて手を握り、肩をポンと叩いた。「わたしは誰よりもきみとモリスンが助けてくれるとあてにしていたんだよ。きみたちにがっかりさせられたら、むくれて爪を噛んでいたところだ」彼は僕を見ると声の調子を落とした。「モリスン、あの屋敷にはたしかに幽霊が出る」

「本当ですか？」

　クラークは思い詰めたように真剣な表情を浮かべた。

「軽はずみなことを言うのはよそう。なんだったら、いまの超自然現象にかかわる言葉は取り消そうか。自然現象だろうが超自然現象だろうが、とにかく謎めいたある種の現象が起こると言っているだけだ。サミュエル・ウェスリーを引用しよう。〝機知ならばおそらく多くの解釈ができるが、分別ではいかんともしがたい〟と。あの屋敷はとにかく邪(よこしま)で汚(けが)れて堕落しているんだ。わたしたちはめったにない経験ができるぞ」

「お茶はいかが？」テスが辛抱強く訊ねる。

「わたしたちで――お茶だって？　結構、大いに結構！」

　彼はどこか心ここにあらずといった様子で彼女からカップを受け取った。暖炉に面したカウチに腰を下ろすと、片足を突きだしてうまくバランスをとって膝にカップと受け皿を載せた。

「厄介なのは」彼は紅茶がこぼれるほど急いでかきまわして言った。「屋敷の過去を調べることでね。細かなことまできっちり知る必要がある。誰よりそういうことに詳しいに違いない地元の教区牧師と懇意になろうとしたよ。だが、その牧師は疑い深くてな。彼は屋敷が朽(く)ちるに任せたかったようだ。ただ、地元のためになるような基金――当然、そつなく創設してね！――でいくつかたっぷりと寄付をすれば、うまいことといくはずだよ。屋敷に潜む悪(あ)しきものの詳細がわたしたちの前に完全にあきらかになれば、パーティをひらく機が熟すだろう」

　彼は紅茶をがぶ飲みして、あごにこぼした。そこで自分を恥じるかのようにカップを置いてもっと静かに口をひらいた。

「さしあたり、あとはパーティの招待客を選ぶだけだ」

　僕はテスと顔を見合わせた。

「そうですね。誰を呼びます？」

「ああ、その点できみたちの力を頼りたい。この広い都会でわたしが知っているのは四人だけ。きみたちふたり、そして友人のローガン夫妻だ」クラークは考えこんでいるようだったが、やがてほほえんだ。「しかし、これは好都合なんだよ。友情とは関係なしに、いずれにしたってきみたち四人に来てほしいから。きみたちはまさに代表しているからね、なんというか――」

「実験台を？」

「おいおい友よ！」傷ついたクラークが言う。声からもごちゃごちゃしたジェスチャーにも深い後悔の念がにじんだ。「違う違う。だが、人間のタイプとしてみんな理想的じゃないか。たとえばミス・フレイザーは実務的なビジネスウーマンを代表しているだろう」

　テスは顔をしかめた。

「一方、友よ、きみは文学の男だ」

「待ってくださいよ！」そういう僕のなかで突然、嫌な疑念が不快感へと膨らんでいた。「まさかこの僕を想像力豊かで神経過敏な芸術家タイプに振り分けたんじゃないでしょうね？」

「ある程度はそのつもりだが。気になるかね？」

　気にすべきではなかったんだろう。でも、いきなり、とにかく不快に思えてならなくなった。

こんなふうに言われるのを好む者などいない。それが本当のことでなければなおさら。本当にいらつくのは〝芸術的〟とほのめかされることで、そいつは辞書のなかでなにより僕が嫌っている言葉だ。これだけ一緒に過ごしてきたクラークがこの役割を僕にあてはめたと考えると、立ちあがって彼の尻をきつく蹴り飛ばしてやりたい気分だった。そして曰く言いがたい直感で彼はそれを感じ取った。

僕は言った。「雑誌の三文文士というのが理由ですか？」

クラークは言う。「力強い想像力が理由だよ。親愛なる友よ、誤解しないでくれ。きみは想像力と弱さを混同しているよ。度胸と神経過敏も混同している。そうとも、〝神経過敏な〟人物の役割は別の人に割り当てるべきだね」

「誰にですか？」テスが静かに訊ねる。

「ミセス・ローガンに。きみたちはローガン夫妻と面識があるかね？」

僕たちは首を振った。

「ミセス・ローガンはウェールズの人だ」クラークが言う。「とにかく、グウィネスという名前からそのはずだと思っているよ。夫よりずっと若い。すばらしい曲線美の持ち主だ。ただ、それを利用しようという性格じゃないと考えるべきだね。しかし、彼女はこのパーティにたいそう乗り気らしい。それにどちらにしても」——ここで意味ありげな笑みがクラークの顔に広がり、犬のそれのように白くて強い歯が見えた——「夫が来るよう説得するだろう。当のローガンをきみは気に入るだろうね。彼は現代的なビジネスマンで、とにかく石頭で疑り深いタイプだ。チャーミングな夫婦だよ。じつにね！」

テスが僕には読み解けない表情で彼を見つめた。

「じゃあ、それで五人ですね。あなた自身を含めて」彼女は言いだした。「あと何人来てほしいんですか？」

クラークは両腕を広げた。

「わたしも入れて七人に抑えたい。人選についてはきみたちに任せよう。たとえば、強固な科学的思考の持ち主がいないかね？」

「アンディ・ハンター」

「何者かな？」

「アンディ・ハンターですよ」僕は言った。「あなたが屋敷の下見に送った建築家の。会ったことがあるはずです」

クラークはためらった。この提案に飛びつきたくないようだ。

「そうだな、たしかに一考する価値はある。とても気持ちのいい若者だった。おそらく彼でよいだろうが」

「だったら、あとひとりですね」クラークが反論でもしそうに口をひらいたところでテスが言う。「そうだ、ひとついいですか！　正しい幽霊パーティにするために、欠かせないタイプをお忘れでは？　たとえば心霊学者とか？」

「わたしもそれは考えたんだがね、ミス・フレイザー。はっきり言わせてもらうよ。答えはノーだ。今回の面々は普通の疑り深い人間を代表するグループにすべきだからね。専門的な心霊学者を招待すれば、霊気だの〝出現条件〟だのといった戯言をたっぷり聞かされることになる。最初から厄介な芝居がかった雰囲気にかこまれる。それはなにがあっても避けたい。そうだろう？」

「だったら」僕は口をはさんだ。「探偵役はどうです？」

わずかな間が空いてクラークはそっと目を逸らした。

「探偵役だって？」

「ええ。結局のところ、こうした現象を調べていけないわけがないですよね？」

「言いたいことがよくわからないのだが」

「僕たちのなかには幽霊を信じていない者もいますよ。片やあなたはその屋敷で不可解なことが起こると言う。だったら普通の謎と同じように、自由に調査すればいいと思うんです。そのために、現場にプロの探偵役を入れてはどうでしょう？　僕は犯罪捜査部の警部と知り合いです。彼の名前はエリオット。とてもいい奴なんですよ。誘ってみればたぶん来てくれます」

クラークはこれをじっくり考えた。

「やめておいたほうがいいな」彼はやんわりと言う。「わたしが思うに、一方方向に振りきれすぎた彼の意見に流されそうだ。心霊学者を招くのとは反対方向にね。余計な面倒を招きかねない。断固として反対だね。もちろん、きみがどうしてもと言うのなら呑むが？」

どうしても、ともう少しで言いかけたし、テスも同じように感じているのはわかっていた。

僕はあれ以来、どうしてもと言い張っていたらどうなっていたか、それでも僕たちのあいだで忌まわしい殺人がやはり起こってしまっただろうかと考えてきた。だが、テスが椅子の肘掛けをどちらもバシッと叩き、いかにもひらめいたふうに身体を起こして話を逸らした。

「ジュリアン・エンダビーがいるわ！」彼女は叫んだ。

クラークがすぐに応じた。「ジュリアン・エンダビーとは何者だね？」

「ただ、来てくれたとしても」テスは考えこむ。「あなたが〝役割を演じる〟と表現することについては得意じゃないです。でも、彼は事務弁護士で。証拠を考慮し、証拠以外は認めない法律家タイプを求めているのなら、ジュリアンはぴったりのはずですよ」

僕もこれには同意するしかなかったが、ジュリアン・エンダビーの名前がテスと僕のあいだにいつだって急に現れるのはとても不愉快だった。エンダビーは信頼のおける、善良な人間であることはまちがいない。でも、彼は以前テスに気があった。彼はいつも回転ドアのように僕たちのあいだに割って入ってくると思えてならない。

クラークは考えこんだ。「よろしい！　わたしたちが求めているのはまさにそうした人だよ。きみが言うように、招待に応じてくれるならばだが。ミスター・エンダビーに連絡を取ることができるかね？」

「ボブが連絡してくれますよ、ねえボブ？」

「これで七人になった」クラークは笑顔だ。「最後に考えなくちゃならんのは、この引っ越し祝いパーティの日程だが」

テスの表情が曇った。「ええ、そこが問題ですね。わたしが水を差そうとしていると思ってほしくないんですけど、ミスター・クラーク。でも、こんなぱっとしない天気でなければ、のんびりした地方で週末を過ごせたらどんなにいいかと思ったことでしょう。そこの窓を見てください！　一年のこの時期が本当にふさわしいと思います？」

　クラークは彼女を見つめた。

「親愛なる若いご婦人よ」彼は反論した。「わたしがいますぐ開催したがっていると思っているんじゃないだろうね？」

「違うんですか？」

「違うとも。あの屋敷は十七年以上も空き家だったんだよ。修理してまともな状態にするには一カ月とは言わずかかるだろうね。断じていまじゃない。わたしはただ、抜かりのない主催者としてあらかじめ計画を立てていただけだよ。さてと」彼はスケジュール帳を取りだすとページをめくった。

「聖霊降臨節のパーティではどうだね？　今年の聖霊降臨日（ホイットサンデー）は五月十七日だ（この年は実際には十六日。十七日はホイットマンデーにあたり、英国では一九六七年まで公定休日だった）。十四日の金曜日から十八日の火曜日までをパーティとしようじゃないか？　そのとき仕事を休めそうかね？」

「ええ。たぶん、休めるはず」

　クラークが声をあげて笑った。「緊張しているんじゃないだろうね、ミス・フレイザー？　本当のことを言ってごらん！　緊張しちゃおらんよな？」

「正直に言えば少しだけ。わかってらしたくせに。ひとつだけ訊ねたいことがあります。わたしたち、なにか目にすることになるんでしょうか？」

「なにか目にするとは？」

「言いたいことはわかっているはずです。あなたは現地に足を運ばれて、〝出た〟のを見たか聞いたかしたと言ってる。どんなものが出たんですか？　正確にあそこでなにが起こったんです？　さっきボブに、ネズミだとか、きしむ鎧戸だとか、物音がどれだけしても全然気にしないと言ったところなんです。家ではそうした音を聞くのに慣れてますから。でも、わたしたちはなにか目にすることになるんでしょうか？」

「わたしはそう願っているよ、ミス・フレイザー」

「たとえばどんなものを？」

ふたたび強風にあおられた雨が窓に飛び散り、屋根を流れた。それでも僕たちは心地よく煙突の低いうめき声を聞き、整然とした町の通りに並ぶ明かりの灯った家々に元気づけられていた。五月十七日はだいぶ先の日付に思えた。がっかりするほどだいぶ先に。あまりにも先で、じれったく思ったことを覚えている。それまでにあまりにたくさんの仕事をしなければならず、のろのろとやり過ごすしかないたくさんの退屈な日々があり、たくさんのバスや地下鉄の轟音を耳元で聞いて、そしてようやくエセックス州の海岸沿いの屋敷で非現実的な冒険に出合えるのだ。なんだって翌日じゃだめなんだ？

でも、いまではこう思う。なんだってあんなことが起こってしまったんだ？

3

「ほらあそこだ」

アンディ・ハンターが言った。

「今日から四泊はここが自分たちの家だ」

彼は車をとめた。テスと僕は後部座席で立ちあがり、初めて見るロングウッド・ハウスをとくとながめた。

南向きの家だ。そのため、薄紅色の夕陽は僕たちから見て正面の少しだけ左寄りから延びている。燃える茂みのような空が前面(ファサード)の隅々まで赤く染めていた。この屋敷はわずかに高くなった平らな土地に建っており、飛び越えることができそうな小さく粗い石壁で車道と隔てられている。道路から五十フィート（約十五メートル）ほど奥まった屋敷の前に茂みや木はほとんどない。だが裏手には木立があり、低い位置に見える地平線は緑からくすんだ紫の色合いに染まり、それは海岸まで続いていた。

テスが思わず賞賛の叫びをあげたのを覚えている。

ロングウッド・ハウスは二階までしかなかった。車道に沿ったとても長く低い造りで、東に小さな棟が突きだしてこのような形になっている。

浅い傾斜の板葺(ぶ)きの屋根、重厚感のある黒い木の造りで、アイリス文様(フルール・ド・リス)のようなデザインの白い漆喰(しっくい)が何列もあしらわれているのが印象的だ。薄紅色の夕陽がこの凝った木造部をフルール・ド・リス紋章のついた盾のように赤く照らしていた。縦仕切りで区切られたいくつかの大きな横長の四連窓や、正面にある玄関の小さなアーチのひさし、ふたつの棟をつなぐ部分の六角形の張り出し窓、さらには暗くなっていく北の空を背にしたシルエットに浮かびあがる二重三重に連なる煙突もだ。

古いオークのように年月を経て熟成した屋敷だった。とは言え、細かく砕かれた砂利の私道といった整備されたものも見え、この私道は黒と白の屋敷の前面で大きく曲線を描き、屋敷より小高い裏のほうへと続いていた。

テスはこの光景を見つめた。

「ねえ、きれいね！」彼女は叫んだ。

アンディ・ハンターが口からパイプを外し、首を巡らして彼女を見た。

「なあ、きみの期待通りだったかい？」

「そうねえ。もっとじめじめした古い廃墟を想像していたかも」

「じめじめした古い廃墟とは失礼な！」アンディは憤慨して言った。「この六週間というもの、ここでなにをしていたと思う？」

アンディの動きがのろいことや、まじめ一途な思考方法を笑う人もいる。地味でまじめな行動も。周囲をぐるぐる歩いて家をあれこれ調べる人のように、話す前に何分もかけて考える癖も。けれどそれはそう言う人たちが彼のことを知らないからだ。

表向きの細かな点――ひょろりとした長身、二流のパブリックスクールのネクタイ、パイプ――これらのすべてがこの印象を強めている。彼は背もたれに頭を預けて座り、パイプを前へと突きだし、浅黒い顔にうんざりした表情を浮かべていた。一度、アンディとダンス・パーティに行ったことを思いだす。当時は二十歳で、彼はロマンチックな十八歳の若い女をエスコートしていた。バルコニーを通りかかったら、ふたりがロマンチックな夏の夜について語りあっていたのだ。若い女が素敵な黄色い月について話すと、アンディはなぜ月が黄色なのかを科学的に長々と説明していた。

彼はそのときとそっくりな表情を浮かべている。でも、やはりこれも誤解なのだろう。こうしたところから彼に想像力などないと人は誤解するのだ。

「なにかおかしなところがあるなんて思えないくらい」テスが言った。一瞬黙りこんでから、アンディと同じようなまじめくさった顔で手を伸ばし、彼の鼻をつねった。

「おい、なにをするんだよ！」

「〝なにかおかしなところ〟と言ったのを」テスが話を続ける。「誤解しないで。屋根や雨樋におかしなところがあるって意味じゃないなんて、わかりきってるくせに。でしょう?」

「座ってくれよ」と、アンディ。「車を動かすから」

「ねえ、はぐらかさないで」

薄れていく夕陽に顔をまともに照らされて、アンディはまばたきをした。中央でくっつきそうな太い眉の下の目が離れていくように見えた。なんだか急に反応がなくなったのだ。彼は鼻を鳴らした。ごくわずかにくちびるをひらいて言った。

「くだらない」

「アンディ、ここに毎日通っていたのよね。ちゃんと答えて! ミスター・クラークはこの屋敷でありとあらゆることが起こると言うんだから。ここでなにか変なものを見た?」

「見たわけがない」

「なにか聞いた?」

アンディはクラッチを踏んだ。車が咳きこむような音をたて、車道から砂利の私道へと進んだから、テスは腰掛けるしかなかった。

古めかしくどこか不吉な屋敷が僕たちの前に大きく見えはじめた。黒と白の紋章の盾のようなデザインがくっきりと見え、木材の傷んだところが目についた。漆喰のひとつふたつのひびや、玄関ドアの隣で渦を巻く庭用のホースも。花壇は剝きだしでまだなにも植えられていないが、芝生はゴルフのパッティング・グリーンのようになめらかに刈りこまれ、薄い縞の柄になっているようだった。晴れ渡り、暖かく、風のない夕方だった。ロングウッド・ハウスの窓の多くは開けられていた。

客人選びから何週間も過ぎ、いまは五月中旬。僕たちは温暖な気候と新緑に包まれていた。テスが言ったように立派で堂々とした外観の屋敷だった。僕は労を惜しまずここの歴史を調べたのだが、なぜクラークが同じことをするのにとても苦労している様子だったのか解せなかった。ジャーナリズムのセンスがない者は地元の人の話を聞こうとするが、『歴史建造物委員会報告』のような刊行物があるのだ。クラークがどうかは知らないが、僕は細かなところまで調べあげていた。

「今度もこの屋敷はだいぶ変わったのかい？」僕はアンディに訊ねた。

「変わったとは？」

彼は玄関の前に車をとめた。エンジンの音がやむとすっかり静まり返ったように思えた。僕たちの声が暖かな夕方の空気に大きく響いた。そのぐらい静かだったから、一階のひらいた窓のひとつからタイプライターを打つかすかな音が聞こえるほどだった。

「この屋敷は一九二〇年の改装でずいぶん様変わりしてるんだ」僕は説明した。

「なんでそんなことを知りたがるんだ？」

「『歴史建造物委員会報告』によると、そのときは羽目板をかなり引き剝がし、あたらしい暖炉をいくつか設置していてね。きみは正餐室(せいさんしつ)にあたらしいシャンデリアを取りつけたんじゃなかったっけ？」

アンディは鼻を鳴らした。

「誰も彼もとにかく羽目板を台無しにしたがるんだ」根っからの建築家らしくオークの羽目板に敬意を込めて彼は語った。「それだけじゃ済まない。余計なものを足して……おーい！　誰だい？」

彼は振り返り、一階の部屋の窓のほうを指さしていた。その部屋からタイプライターの音が聞こえている。よくよく見ると、タイプライターそのものが窓に近いテーブルにあった。アンディが振り返ったところでタイプライターの音が途切れた。

男の顔がひらいた仕切り窓のひとつに現れた。挑むような表情、ゆで卵のように不健康な顔色、馬鹿でかい鼻をしている。その顔は一瞬、僕たちをにらんでから消えた。四つに仕切られた横長の窓が一枚ずつ、バタンと音をたてて閉じられた。その後、タイプライターの音がふたたび鳴りだした。

「怒りっぽい奴だな」アンディが言う。「正直に言わせてもらえば、なんて行儀が悪いんだ。ありゃ誰だい？」

テスが考えこむように言った。「あれはきっとお客様には愛想のいいミスター・アーチボルド・ベントリー・ローガンよ。食品雑貨卸業の。今日が初対面だけどね。アンディ、あなたはローガン夫妻には会ってないの？」

アンディの眉は雷雲のように荒々しく動いた。

「会ってない。でも彼が何者にしたって、やっぱり行儀が悪いよ。タイピングをじゃまされて我慢ならなかったらしいな」

「もちろん、あれが幽霊でなければの話ですけどね」テスはほほえむ。「幽霊物語がいつもどんな筋かわかっているわよね。どう見ても普通の人間に出会って、お天気についておしゃべりする。だけど物語の最後に彼は昨夜死んでいたとわかるの。もし——」

僕たちはこれを聞いてみんなして笑った。しかし、僕たちがここでどんな意見を出せたとしても、招待主の登場によって話は途切れた。クラークが玄関から弾むように現れたのだ。田舎風のツイード上下に身を包んだずんぐりがっしりした姿で、宿屋の主のように両手を揉みあわせている。

「よくいらっしゃった」彼はいささか過剰な挨拶をした。僕たちひとりひとりと順番に握手する。「荷物は？　よし！　預かろう。ええと、ミスター・ハンター。車はひとまずそのままで。後でガレージに入れさせておくから。そうなんだよ、ガレージがあるんだ」

「〝ガレージに入れさせておく〟ですか」テスが繰り返す。「じゃあ、使用人を見つけるのにはこまらなかったんですね？」

「どうしてそんなことを？」

テスは薄明かりのなかでほほえんでいたが、それは緊張したはかない仮面のような笑みだった。「わたしは実務的なんですもの。そこが少し気になっていて。屋敷にこんな評判があるんですから、使用人を雇うのはむずかしいだろうけど、あなたはどう対応するのかしらと。全然苦労はなかったんですか？」

「まったくなかったよ」クラークは気さくに言って彼女を安心させた。「というのも、住み込みの使用人はふたりだけだからね。ともあれ、優秀なミセス・ウィンチと彼女の姪がわたしたちの世話は立派にしてくれる。この屋敷のことは知り尽くしていて、ちっとも気にしていないよ」

「ちっとも（ラップ）気にしていない、だって」アンディが言った。彼は口からパイプを外し、めずらしく驚くような笑い声を少しあげた。

「どうしたの？」と、テス。

「わからないのか？」アンディがとても大切なことのように聞き返した。「ラップ音（一説では霊が出すとされる音）を気にしてないだとさ。ジョークになってる。ハハハッ」

僕たちはまたみんなして笑ったが、いくらアンディが言ったことだとしても、ちっとも面白くなかった。それにクラークを含めてみんな笑いすぎていると思えた。とはいうものの笑いは長くは続かなかった。

「みんな揃ったんですか？」僕が訊ねると、クラークの楽しそうな様子はなりをひそめた。

「いいや。残念ながら、少し予定どおりにならなくてね。ローガンと夫人はたしかに到着した。ただ、ミスター・エンダビーが電報を打ってきて、手が空かないので明日にしか合流できないと言ってきたんだ」クラークの声はいつも心地よくてなめらかなバリトンだが、ほんの少し甲高くなっていた。「困ったものだよ、初日の夜にみんなが揃えばと願っていたのに。そんなことを言っても、どうにもならないがね。さあ、入って！　わたしの宝の蔵にきみたちを案内せねば」

彼は会釈して僕たちを先に通した。

玄関は先ほど目に留めていたように、両脇に板壁のあるアーチ形のひさし付きで、奥行きのある番小屋に入っていくような錯覚を抱いた。ひさしの先では鉄の鋲(びょう)を打った扉が広く開けられ、大きくて薄暗く、くすんだ赤っぽいタイルを敷き詰めた大広間がちらりと見えた。最後の日射しが消えようとしていた。テスがまず足を踏み入れた。僕が彼女と自分のスーツケースを運んでそれに続く。ただ、暗い家で彼女がつまずくようなことがあってはいけないから、僕は横にずれて夕陽の名残(なごり)でいくらかでも彼女の足元を照らそうとした。アンディが自分のスーツケースを手に僕の後ろにつき、そしてクラークがしんがりをつとめた。彼がアンディに西の木立の上に少し見えているプリトルトン教会の尖塔を見ろとうながしたそのとき、暗い玄関に入ったテスが悲鳴をあげた。

そこで彼女はふたたび叫んだ。

ある過去の場面を隅々まで耐えられないほど鮮明に思い返させる、ちょっとした音というものがある。なによりもはっきりと覚えているのは、僕が運んでいたふたつのスーツケースを落としたカツンという音だ。いまになっても、ああいった金属の鋲が床を打つ音に似たあの音を聞くと、ロングウッド・ハウスの敷居を初めてまたいだときのことを思いださずにはいられない。

番小屋風の玄関まわりがフレームのように縁取った、アンディやクラークの血の気の引いた驚愕の表情を覚えている。玄関ドアから室内に一歩足を踏み入れたテスの姿も。短いヴェールのついた小粋(こいき)でしゃれた帽子の輪郭。丸みを帯びたその肩が緊張していた感じ。ふたつの悲鳴をあげた後の彼女は落ち着いていた。声はうわずって甲高くなっていたが、穏やかだった。

「なにかがわたしの足首をつかんだ」彼女は言う。

「どこで？」

「ここ。わたしが立っている場所」

　クラークはさっと僕たちの隣をすり抜けた。やんわりと非難されているような感覚を受けた。

「だがね、お若いご婦人よ」彼は反論した。「そんなことはあり得ない。ほらこの通り、ここには誰もいない。きみはなにかにつまずいたに違いないよ。たぶん、ドアマットだな」

「いいえ」と、テス。「指がありました」

　クラークは戸口からもう一歩進み、大広間に入った。スイッチを押して電灯の明かりをつけた。

　ここは広い正方形のホールで、白い漆喰の壁を背景に、煤(すす)で黒くなった暖炉の口が壁と対照をなして目立っていた。オークの背もたれ付きの長椅子(セトル)が炉棚の前に斜めに置いてあり、黒光りするオークの階段は大きくはないが優雅で細かな彫刻がほどこされており、右手の壁の上へ伸びている。床の濃い赤のタイルは歳月を経て平らではなかったが、しっかり磨かれてくすみもほぼ気にならなくなっていた。片隅に糸車（博物館に収められているようなもの）がひとつ、反対側の隅に大型床置き時計(グランドファーザークロック)。

　だが、とりわけ意識するのは自分が吸っている空気だった。こうした屋敷に特有のにおいだ。

不快ではない。かすかな湿気、オークに使った艶だし剤のにおい、古い木材そのもののにおいが組み合わさっている。学校の教室を連想する。この大広間は中央の梁からぶら下がる電球ひとつで照らされているだけだから、なおさらだ。

「どうだね？」入り口に明かりが届くとクラークは言った。「こっちは異常なしだ」

テスは返事をしなかった。彼女も大広間に足を踏み入れた。

「気のせいだよ、ミス・フレイザー」

「たしかに気のせいに違いないよ、きみ」アンディも賛成した。それでも彼の顔は（彼は一日に二回ひげを剃る必要がある）夜になりかけた頃合いの無精ひげがあっても、いつもほど浅黒く見えなかった。「ほら、ここにドアマットがある」彼は入り口でそいつを蹴ってどけた。

「気のせいじゃなかった」テスは言う。「指のあるなにかがわたしの足首をつかんだの。気持ち悪かった」

「そう言うがね、お嬢さん」クラークは反論した。「わたしがきみにいたずらを仕掛けようとしていたとでも思うのかね！」

テスの緊張した表情は和らぎ、笑みを浮かべて明るくなった。彼女は無理をしていた。

「ごめんなさい、ミスター・クラーク。水を差すつもりなんかないの。それになんだかんだいっても、みんなが期待しているのはなんですっけ？　いまみたいなことのためにここに集まったんですよね？　わたしが最初に幽霊に遭遇したみたい、それだけのことです」

「だが――」

「あそこにはなにかがいました、ミスター・クラーク。はっきりと感触がして」

大広間にはドアがふたつあった。ひとつは左手、もうひとつは右手だ。僕たちは左のドアを見た。そこで明かりが灯ったからだ。グウィネス・ローガンでしかあり得ない女が現れて合流した。

ミセス・ローガンを初めて目にして、いたく感銘を受けたふりはするまい。彼女が具えている魅力や人をたぶらかす力がどんなものであるにしろ、すぐにそれとわかるものではなかった。もしかしたら、その瞬間はあまりに混乱していたのかもしれない。平均的な背丈、二十八から二十九歳、悪くはないがたいして目を引くわけではない姿形の女という、おぼろげな印象しかなかった。まず目につくのは彼女の髪だ。薄い茶色でとても柔らかくてなめらかで、真ん中分けで耳にかけてある。ドア枠に片手をあて、そこをむしるような仕草をしていた。無地で濃い緑のワンピースに黄褐色のストッキングと靴といういでたち。控えめでかなり内気な物腰だった。

「誰かの悲鳴が聞こえたようだったから」彼女はそこにいる理由を言い訳するように話した。柔らかくて低い声の持ち主で、話すときもくちびるをあまり開けていないように見える。「わたし、夫と一緒に来たの」

クラークの陽気で温かい声がばけものの存在を吹き飛ばした。

「ああ、揃ったね！」彼はそう言い、さっと大広間を横切って彼女の元に向かうと、ドア口から彼女を引っ張ってきた。「ほかの客人たちに引きあわせるから、よろしくやってくれ。グウィネス、紹介しよう。ミス・フレイザー、ミスター・モリスン、ミスター・ハンターだ。きみたち、こちらはミセス・ローガンだ」

「初めまして」グウィネスはほほえんだ。「あなたに会いたかったのよ、ミス・フレイザー。わたしが既婚女性としてあなたの付き添い役になるのね。ドライブで疲れたでしょう。二階にあがられる前に、みなさんこちらで一杯いかが?」

「ありがとう」と、テス。「ぜひ一杯お願いしたいわ」

大広間の左の部屋は応接間と見受けられた。とても奥行きがあって広々としており、前面の私道に向きあった大きな窓がふたつ。あきらかに現代化への譲歩として、贅沢だが落ち着いた重厚感のある調度品が揃えてある。床一面を覆うカーペット、ワイン色のベルベット地でクッションのきいた座面の広い椅子、サイドテーブルにはそれぞれどっしりした磁器の鉢のランプ。こうしたランプの明かりが縦仕切りでいくつにも区切られた窓の外の残照と張りあうのと同じように、この部屋の過去がいまだに現在と張りあっている。壁はオークの羽目板で、ずっと先までランプの明かりが反射し、たくさんの小さな薄暗い鏡を思わせた。表に面したふたつの窓のあいだの炉棚は磨いていない燻(いぶ)したような色の石でできており、暖炉のひさしの部分に一六〇五と年が刻んである。

この部屋の突き当たりの閉じられたドアの向こうから、ふたたびタイプライターのカチャカチャという音が聞こえてきた。

「夫よ」グウィネス・ローガンがほほえんでそちらにうなずいてみせた。「夫は仕事から離れられないの。可哀想な人。完全に休暇にすると約束したのに、ここに着くなり、書かないと命がなくなるみたいに六通の手紙のことを思いだしたのよ。マーティンは」――彼女はクラークを見やった――「親切にも彼に書斎を貸してくれたの。すっかり全部（ロック・ストック・バレル）」

「発射装置（ロック）、銃床（ストック）、銃身（バレル）とはいいね」同意したクラークは僕には理解できない理由から含み笑いをした。グウィネスがはっとしてかすかに頬を赤らめたように僕には見えた。口にこそしないものの、そこに興味深い真意が潜んでいることは、隙間風のようにはっきりとわかる。

「とにかく、もう夫を呼んでこないと」彼女は急いで話を続けた。「夫は、その、あなたたちが到着したことはわかっているの。車でいらしたのを見ていたから」

「そうですね。で、そのことをあまり喜んでないみたいだった」と、アンディ。

「あら、気にしちゃだめよ。あの人はいつもそんなふうだから。ええと、ミスター？」

「ハンター」

「ハンター、そうだった！　わたしたち夫婦はマーティンからあなたのことをたくさん聞いてるわ」彼女は片隅にある酒瓶のキャビネットに顔を向けた。「お願いできて？」

アンディは言われるままに酒を作りに向かった。そのとき、メイドが部屋にやってきて、クラークから合図されると、カーテンを閉めはじめた。厚みのあるベルベットのカーテンだ。シャッと柔らかな音をたて、ランプの光をウインクするように反射させながら金属のカーテンレールを滑った。

「さて、よくある幽霊話みたいに、わたしたちはみんな、今夜はこの家に閉じこめられたわけだ」クラークが言う。

ぼんやりしたところがあるようだが、魅力がないわけではない十六歳のメイドが振り返った。「もうご用はないでしょうか、旦那様？　お荷物は二階にあげておきました」

「もういいよ、ありがとう、ソーニャ」

「夕食は八時でよろしいですか、旦那様？」

「それでいいよ、ソーニャ」

クラークは懐中時計を取りだして時間をたしかめると、満足そうに小さく叩いて元にもどした。大きな石造りの暖炉に背を向けて立っている。部屋全体に石のにおいが漂っている気がした。

「さて」彼は真剣な口調で話を続けた。「なにが起ころうともわたしたちは準備ができている。完全に暗くなったね。日が落ちるまでは、どうやらなにも起きなかった」

「テスには起こりましたけどね」僕は言った。

アンディの声が鋭く割りこんできた。その声は文章を小さく区切るように断続的に飛んできて、こつんとぶつかるようだった記憶がある。「テス、きみはなにを飲む？」

「ジン・アンド・イットをお願い」

アンディは彼女にそのカクテルを、ミセス・ローガンにはシェリー・アンド・ビターズを運んだ。

「ミスター・クラークは？」

「断然ウイスキーだよ。ウイスキーはイタリアではなかなか手に入らない贅沢品だった。〝ヴィーキー〟と呼ばれていてね。あそこのウイスキーは総じてひどい代物だ。全世界に流通している品物の名前がねじ曲げられてどう発音されているか、そのリストを作ると面白そうだ」

「ミス・フレイザーになにがあったの？」グウィネス・ローガンが訊ねた。

このときミセス・ローガンは大きなベルベット生地のソファで、テスと僕のあいだに腰を下ろしていた。彼女がとても魅力的で悩ましいほどの女であることがわかりかけてきた。偶然すぐ隣に座っただけなのに。グウィネス・ローガンは軽く腕が触れあっただけで、強烈にその肉体を意識せずにいられないたぐいの女だった。

「わたし、ドアマットでつまずいてしまって」テスが淡々と言った。彼女は帽子を脱いでおり、それを裏返して膝に置いていた。彼女もまたグウィネス・ローガンを見つめている。「みんなはそう言うの。でも、本当になにが起こったかと言えば、指のついたものが――」

「きみもいつも通りウイスキーでいいか、ボブ？」アンディが口をはさんだ。「いいよな。そして自分にもウイスキーと」ソーダサイフォンがシューッと音をたてる。「室内装飾をどう思う？　悪くないだろ？　全部、ミスター・クラークがやったんだ」ここでアンディの声はめずらしく、隣の部屋にまで聞こえそうなほど大きくなった。「彼に銃のコレクションを見せてもらうといい」

4

「指のついたもの?」グウィネス・ローガンがうながした。けれどアンディの話でテスの注意力は完全に逸れていた。テスはきょろきょろとあたりを見まわした。

「銃って?」彼女は言った。

クラークが忍び笑いを漏らす。「びくびくしなくていいんだよ、ミス・フレイザー。正確にはピストルのコレクションだ。だが、最新のものでもワーテルローの戦い以来発砲されていないし、全部使ったところで蠅一匹倒せないよ」

彼は閉じられたドアへとグラスを突きだした。奥からまだタイプライターのカチャカチャいう音が聞こえている。

「見たいかね? ロングウッド家の最後の生き残りがここを去るまで所有していたものさ。屋根裏の古新聞の山のあいだの櫃にしまいこまれていたのを見つけてね。この屋敷のおまけと思ってよさそうなんだよ。少なくとも、遺言執行者たちはわたしが手元に置くことについてなにも言わなかった。わたしはロングウッド家最後の当主が並べていた場所にもどしたんだ。どうぞ見てくれ。ローガンも忌々しいあのタイピングは終わってるだろう」

グウィネスはあきらかに、テスになにが起きたのかもっと詳しく聞きたがっていた。彼女から燃えるような熱意が感じられるほどだ。内気でかなり神経質な物腰の裏に、桁はずれな自制心があるに違いない。彼女のくちびるは興奮した様子で、あいだが離れた青い目と同じようにまざまざと内心を伝えている。

「それじゃあ、ピストルを見せてもらうわ」彼女は譲歩して言った。「ただ、後でミス・フレイザーと話はさせてもらうから。ベントリー！　ねえ、ベントリー！」

おそらく僕たちの誰ひとりとして、妻がドアを開けたとき、ミスター・アーチボルド・ベントリー・ローガンから温かな歓迎を受けるとは期待していなかった。それなのに、実際はそうではなかった。

「お入り、おまえや」きびきびした声が答えた。ミスター・ローガンは封筒を舐めて封をしているところだった。「ちょうど終わったよ。一仕事だった。やれやれ！」彼はテーブルに封筒を置くと平らに押さえ、拳で叩いて深呼吸をした。「一時間で手紙七通だ。なかなかのものじゃないか？　こちらもわたしたちと同じ客人たちだな。よしよし！」

彼が腰を下ろしていた部屋は、応接間とくらべると若干狭いもののそっくりな造りで、西棟の突き当たりに位置していた。やはり前面の私道に向きあうふたつの横長の窓があり、そのあいだに暖炉だ。

しかし、細かい点まで見ることはむずかしかった。灯っている明かりは、タイプライターの載ったテーブル上の黒っぽいシェードの吊りランプだけだったからだ。このテーブルは手前の窓につけて、暖炉と東の壁のあいだに置いてある。どっしりとした長テーブルで、短い辺を窓につけ、部屋に突きだすような格好だ。タイプライターは窓に近い位置、なめらかなクルミ材のテーブルのほかの部分にはメモ用紙、封筒、切手シート、ペン、いくつかのインク瓶が散らばり、吊りランプの明かりに照らされている。

「きみがモリスンか?」紹介されるとミスター・ローガンはそう聞き返し、悠然と立ちあがって握手を求めてきた。「噂はかねがね聞いているよ。こちらはハンターだな。あんたのこともたくさん聞いている。そしてこちらが例の愛らしいレディに違いない」彼はテスを閉口させた。「クラークにとても気に入られているとか。幽霊屋敷で震えるために来たのかな?」

ローガンはとんでもなく大げさな態度の人物だった。そこまで背は高くないのに、大変横幅があってがっしりしており、浮かれ騒ぐ様は巨人ガルガンチュアそっくりだ。鼻息まで荒い。彼はこの書斎と同じぐらい大きな印象をあたえる。近くから見ると、最初に比べてそこまで不快な人物に見えない。優しいというよりは厳しくて抜け目のない顔をしているが、優しさがないわけでもない。どちらかと言えば彼の見た目は好ましかった。髪はほぼない。セイウチひげ(両端が垂れ下がった長い口ひげ)が似合ったことだろうが、たまたま生えたように見える白いものがまじったふわふわしたまばらな口ひげをたくわえていた。固く白いカラーのついた青いシャツを着て、指についたインクのシミを舐めようとしているが、うまくいっていなかった。

「幽霊が出ようが出まいが」彼はインクに攻撃するのをやめてそう言った。「いい買い物だった。じつにいい買い物だったよ。なあ、クラーク?」

「わたしもそう思っているよ」招待主が言う。

「いい買い物だった」ローガンが大げさに繰り返し、頑丈さを僕たちに証明でもするみたいに手を伸ばして炉棚をぴしゃりと叩いた。「そして彼がいくら払ったか知ってるかね？　教えてやろう。自由土地保有権（英国において永久的に所有権を有する不動産の形態。民間は借地権で運用されることが多い）のために千ポンドだ。それ以上はびた一文も払っていない、そうだな？」

「まあ──」と、クラーク。

ローガンが首を振った。

「いや、あんた、うまくやったよ！」彼はきらりと賞賛の光を目に浮かべて言う。「自由土地保有権だからな。おまけに土地は七と四分の一エーカーある。ほかにかかった出費と言えば？　こいつ修繕費の三、四百ポンド程度だ。すっかり直してもな。そして手に入れたものは？　こいつだ」彼はまた炉棚を叩く。「クラーク、あんたはやり手だ。あんたがそこまでとは思ってなかったな。幽霊のせいでいくらか価値が下がる点については──」

彼は僕を見てにやりとしてみせ、僕も笑い返した。

「なるほど」僕は言った。「ここで見かけることがあったら、あなたは幽霊をからかってやるおつもりですね？」

だが驚いたことに、彼はひどく真顔になると、手を突きだしてさえぎって反論してきた。

「そんなことがあるものか。俺は現代人でね」

「現代人？」

「そうさ。だから幽霊をあざけるなんてことはしないぞ。こうしたことはいくらでも真剣に考えていい」彼は僕たちを叱るように言うと、仰々しくうなずいてみせた。「俺は正しい躾を受けていてね。両親は正直で、分別があり、信仰心の篤い人たちだった。死後の世界を信じるというのは、幽霊を信じるということじゃないか？　たとえ幽霊ではないとしても、なにかしらが存在している。たぶん、科学的な力が働いているんだ。どうやったらわかるかな？　まあ、やがて解明されるさ。それが進歩というものだ。そうとも」ローガンはどこか誇らしそうに言う。「あざけるなんてことはしない。俺は現代人だから、どんなものでも信じることができる」

「やけに簡潔な説明だね」クラークが言う。

「ただ、ことわっておくぞ」ローガンは僕たちにバチンと片目をつむって訂正した。「怖がるかどうか、それはまた話が違う。俺を怖がらせるような機転の利く幽霊に会いたいものだねえ」

「それは危険な意見だと思うのですが」

「うむ、そうかもしれん」

「じゃあ、あなたの姿勢としては幽霊を信じているけれど、断じて怖がることはないと？」

「そうさ、当たり前だろう」ローガンは驚いてフンと鼻を鳴らし、声をあげて笑った。妻と目を合わせると彼女に近づいて大きな腕を肩にまわした。

「なあ、グウィニー？」彼は言った。「俺がどんな人間か聞かせよう。いやはや、長いあいだこんなことは忘れていた！　子供の頃に聞かされた昔話を覚えているか？　身震いできなかった少年の話を？（グリム童話「怖がることをおぼえるために旅に出かけた男の話」）なんと俺も、その身震いできない怖い物知らずさ！　昔話のその少年がどうなったか覚えているかね？　彼は大人になって結婚した。そして女房にバケツの水をかけられた。そうすると、ようやく彼は身震いしたわけだ。なあ、グウィニー？」

グウィネスは愛想笑いを浮かべたが、しかしあきらかに楽しんでいる気配もあった。世間に釣りあわないと言われる夫婦はわんさかいるが、このふたりはまさにそれだった。それでも彼女は夫に心から尽くしていて、一言一句に耳を傾けている。

彼は妻にちらりと視線を向けた。

「その通りじゃないか、グウィニー？」

「それは女ならではの現実的なやりかただね」クラークがほほえみながら言う。「だが、身震いする機会がほしくてたまらないのなら、ここで手に入る。ここは例の、幽霊が出ると言われている部屋だから」

「ここが？」仰天したローガンが訊ねた。

「そうさ」クラークがほほえむ。「明かりをつけてみようじゃないか」

彼はドアに近づいて全体照明のスイッチに触れた。

ローガンの先ほどの反応は正しかったようだ。天井を横切る中央の梁(はり)から吊られたランプで照らされた書斎は幽霊が出るようには見えなかったし、そんな感じもしなかった。居心地のいい部屋だ。床には鮮やかな端切れ編みのラグが敷かれ、西の壁沿いに低い書棚が造りつけてある。片隅にはのっぽの飾り棚があり、いちばん上に帆船の模型。百貨店で見るようなひどく趣味の悪いものではなく、気高い三本マストの横帆艤装船で、てっぺんのトガンロイヤル帆まで見事に再現されている。

南側のふたつの窓に加え、北には大きな窓がひとつあり、その下にラジオ付き蓄音機が置かれている。座面が籐の椅子三、四脚にかこまれたセンターテーブル、そこに積まれた雑誌。壁は白い漆喰で黒い木造部分と引き立てあっている。装飾らしいものは（部屋に似合っていない）ゴールドとエナメルの三連祭壇画だけで、たぶんクラークがイタリアで購入したものなんだろう。南の窓のあいだの炉棚は赤煉瓦の特大のものだった。天井に届こうかという高さだ。暖炉の口の上にピストルのコレクションがかけられている様は、梯子の横桟のようだった。

クラークがコレクションを示した。これ以上ないくらい磨きあげられ、くすんだ赤煉瓦に反射する照明で金属部分が光っている。

「ほらこれだよ、ミス・フレイザー。いちばん上が――」彼は声をかけ、指をさしていく。「十六世紀の歯輪式銃だ。上品なデザインに注目してほしい。当時は武器でさえも美しさを備えていたんだ。いちばん下はナポレオン時代の騎兵のピストル。そのあいだでは」彼は並んだ銃を下から上へとなでるように手を動かした。「三世紀にわたる銃製造が表現されている」

テスはためらってから訊ねた。

「これって、撃てるんですか？」

「まず無理だろうね。どれか手に取って重さを感じてみるといい」彼は三本の木釘から騎兵隊の銃を取った。そこで彼の目がきらめいた。「どうしてそんなことを訊くのかね」

「誰かが殺されるかもと思っていたので」と、テス。

僕たちは振り返って彼女を見つめた。

何気なく言ってしまった言葉だった。テスを知っている僕にはそれがわかった。思い留まる暇もなく口走ってしまったのだ。けれど、その場に影響をあたえずにはいられなかった。部屋が寒くなったか、暗くなったかのように、はっきりと雰囲気が変わった。原因が特定できないのだからますますいけない。テスは取り繕おうとした。

「どういうことかというと」彼女は必死な口調で言った。「わたし、ある物語のことを考えていて」

「物語？」グウィネス・ローガンが鸚鵡返しに訊ねる。

テスは仕事においても弁が立つに違いない。言い訳としてすぐさま、ずっと前に僕がしてやった話を思いつきで持ちだしたのだ。

「ええ。あの、これは物語で起きたことですからね？　古めかしい銃が壁にかけてあったんです。弾は込めてある、雷管がついているものが。窓からの日射しがテーブルのガラスの水差しを照らし、太陽光を集めるレンズにしたんです。その光線が銃の雷管を爆発させた。それで銃が発射されて」

ふたたび得体の知れない不吉な空気になったが、クラークは笑い飛ばした。

「残念ながら、ここの銃に雷管はない」彼はそっけなく言う。「日射しもたいしてあたらない」

僕は彼の目つきが気に入らなかった。ここで彼はまた元気を取りもどし、「さて、こちらに注目を！　もっと軽いピストルだ。かつてボウ・ストリートの捕手たち（十八世紀に組織されたロンドン初の専門警察組織）が持っていたものだよ。官給品だと示す王冠と太矢じりの刻印があるだろう。それから次のピストルは——」

「そんなものには、端金だって払わんぞ」ミスター・アーチボルド・ベントリー・ローガンがあけすけに言う。「だが、あの船の模型なら！」

「ああ、あれかね？」クラークが振り返って言った。「気に入ったのかい？」

「そうともさ。なかなかのものだ。売る気はないだろうね？」

「残念ながら」

「そんなことを言うなよ！」ローガンは言い返し、クラークに妙な流し目を送った。腹を割って話す用意があるとほのめかしている。「どんな申し出なら考える？ 適切なつけ値か？ 言っておくが、別に大いに俺の役に立つわけじゃないからな！」ここで彼はさも軽蔑したように船の模型をにらんだ。「だが、たまたま気に入ってね。とても。なあ、グウィニー？ さあ、売ってくれよ！ いくらならいい？ 一ポンド？ 二ポンド？ 三ポンドでもいいぞ？ 適切なつけ値だ！」

「悪いね。売り物じゃない」

ローガンは楽しそうに鼻息を吐いた。この頃には本気で関心を募らせていた。

「あほらしい」彼は言う。「なんだって売り物になる。たとえば——」ローガンはそこで口をつぐんだ。口調が変わった。「これでどうだ」彼は打ち明け話をするような声を出し、妻の肩から手を離してポケットから札入れを取りだした。「そいつに五ポンド払おう。即金で五ポンドだぞ。どうだね？」

「ベントリー、あなたったら――」グウィネスが言う。

ローガンが突然、忍び笑いを漏らした。だが、その表情はとても抜け目なく見えた。

「グウィニーはまた俺のかわりに弁解したがっている。いつもおせっかいでな。老いぼれの無作法者はもっとわきまえろと言いたいのか？」彼の目つきはますます鋭くなった。「おまえや、俺はわきまえているとも。まったく、冗談がわからないのか？ ゲームを楽しめないのか？ これは取引だ。世界でいちばんのゲームだぞ」

「わたしたち、ゲームならもうしてるでしょう」グウィネスは驚くほど淀みなく反撃した。「それにどうしてもというなら、本当に素敵なものを選ばないのはなぜ？ ほら、壁にかかっているあのゴールドとエナメルのものとか」彼女はそれを指さした。「あれはなんなの、マーティン？」

マーティン・クラークはそちらを見た。その目が一瞬面白がったのを僕は見逃さなかった。

「あれは三連祭壇画（トリプティク）だよ、グウィネス」

彼女は額に皺（しわ）を寄せた。「トリプティクと言われても、なんのことかよくわからないけど。わたしってひどいお馬鹿さん？」

「祭壇用の板絵だよ。両脇に二枚の袖、つまり可動式の板がついていて、中央へ折りたたんで閉じることができる。いまは閉まっているんだ。開けると三枚の板に宗教画が書いてある。とても立派な絵であることが少なくないね」

「そうなの？　見せてもらえる？」

熱心な彼女の声を聞いてクラークの顔が痙攣（けいれん）した。そうとしか言いようがなかった。だが、足を踏みだす彼女を穏やかに押しとどめた。

「いずれね。きっと興味を持ってくれるだろう」ここで彼は彼女の目を覗きこんだ。「だが、よきものを一度に楽しもうとしてはいけない。そろそろ夕食のために着替えをする時間じゃないかね。なんと言っても」彼は僕たちに笑いかけた。「この気のいいみなさんは自分の部屋を見たいだろうし」

アンディ・ハンターが突然、口をひらいた。「あの、ここでなにがあったんです？」

彼は勢いよくその言葉をクラークに投げつけると、両手をひらいたり閉じたりした。誰も答えないので、アンディは根気強く話を続けた。

「たくさんの噂を聞いてます。おばけだとか呪いだとか。でも、実際はなにがあったんです？　このロングウッド一族というのは何者で、彼らはなにをしたって言うんです？　そこを知りたいもんだ」

「その動議には賛成」テスがつぶやく。

「ロングウッド一族の歴史をすべて伝えるには」答えたクラークはここでまた時計に視線を走らせた。「一晩かかるだろうね。おもな特性は探求好きということのようだ。最初に世間が彼らについて耳にしたのは一六〇五年、一族のひとりが火薬陰謀事件（ガイ・フォークスらが国会議事堂を爆破しようとした）に関与したときだよ。それからは治安判事、教区牧師、法律家と、平穏無事な歴史が続いたものの、一七四五年、今度はジャコバイト蜂起にかかわった者がいた。だが、本物の悪魔が一族やこの家と結びつくことになったのは一八二〇年のことだった。その年の家長はノーバート・ロングウッドという人物だった。ここは彼の書斎だったんだ」

「どんな人物ですか？」アンディが訊ねた。

「医師だよ。碩学(せきがく)で王立協会の一員であり、名前はど忘れしたが医学のお偉方たちの友人でもあった」

「その人たちの名前は」僕が口をひらくと、クラークが鋭く振り返った。「アラゴ、ボワジロー、そしてサー・ハンフリー・デイヴィです」

「ほう？　どうしてそれを知ってるんだね？」

「調べたんですよ。当時、彼らはみんなおたがいに向けてパンフレットを書いていたようです。彼らがどんな医学的な発見をしたのか知りませんけど。でも、なにがあったんです？　ほかにあなたからつけくわえることはありますか？」

「ないね」クラークは打ち明けた。「ノーバート・ロングウッド医師は当時もいまも詳細がつかめない人だ。わかっているのは、一八二〇年の秋、この部屋で彼がむごい死を迎えたということだけでね。使用人たちが魔術をおそれたあまり、彼の遺体は触れられることなくこの部屋で二日のあいだ放置されていたんだ。だから、彼は通りかかる人々の足首をつかんで引っ張ろうとしていると言われているわけだな」

僕はテスの肩に腕をまわした。

「この部屋はその後、改装されたからね」クラークが急いで話を続けた。「当時は暗いオークの板張りで書棚や医師の薬品が置いてあった。いまやきみたちも見学すらしたがる明るい場所じゃないか。後年のロングウッド家の者たちがここを清めたがったんだよ。最後が十七年前、正餐室で執事にシャンデリアが落下した話となる」

クラークは奇妙な興奮状態にあるようだった。握り拳を片方の手のひらに叩きつけた。

「とにかく入り組んだ話だ。事実に言い伝えが混ざってしまい、そのふたつを区別するのは手遅れじゃないかと思うね。いつもそうなんだ。こうした話について多少なりとも知っていれば、そう予想できるよ。いつも陳腐きわまりない出来事が登場する。いろんな怪談に登場するから作り話に決まっているうえ、どうしてももともとあった事実とまざりあってしまう出来事を、みんなして語り継ぐんだ。たとえばこんなことだ！　この家に入ったとき、大広間の大型床置き時計に気づいたかね？」

僕たちはうなずいた。

クラークは肩をすくめる。

「こんな言い伝えがある。あの時計はノーバート・ロングウッドが死んだ時刻にとまり、それ以来動かないと。嘘っぱちだ。まず、プリトルトンの時計技師からどこも故障しておらず、数日あれば直せると聞いてるんだよ。もっとも、さらに決定的な理由は、同じような長たらしい怪談に同じような事例が繰り返し現れるからだが。言いたいことがわかるかね？」

テスが食いさがった。「わかりますけど、なにか目撃されたものはないんですか？」

「それがあるのさ」

「それは?」

「ノーバート・ロングウッドだ」クラークが答える。「彼の死後に目撃された」

彼は一呼吸分、間を空けた。

「好ましいものではないかもしれないが、短い話だよ。できれば、忘れるようにしなさい。だが、きみたちに話はしておきたいんだ。わたしには真実としか思えんからだよ。細部にまで真実の響きがある。とまった時計のようなあきらかにでっちあげの話とは反対にね。ノーバートが亡くなって半年ほどして、彼は一家のいとこによってこの部屋で目撃された。ところでそのいとこは、ノーバートが死んだとき、この家にはいなかった。この出来事は彼の日記から発見されてね。一八二一年三月十六日の夜のことだ。

彼は十一時十五分頃、誰もいないと思ってこの部屋にやってきた。驚いたことに男がいて、黒いポプリン生地の上着姿でドアに背を向け、暖炉の前に座っていたんだよ。いとこが話しかけようとしたそのとき、この男が立ちあがって振り返った。なんとこれがノーバート・ロングウッドだった。ノーバートは実体があり、顔面蒼白だが生きているように見えた。胸元にフリルのついたリネンのシャツを着て、ドルセー(十九世紀のファッション界の主導者)風の黒い頬ひげを生やしていた。だが、いとこがなによりも最悪だと感じ、理解できなかったことは、ノーバートの顔に長くて赤い引っ掻き傷があったことだったんだ。ピンの先でつけたような、片目の外側から始まってあご近くまで届く傷だ。

しかも部屋はかびくさかった。

このいとこはまわれ右して逃げた。翌日の朝食の席で、できるだけくだけた調子で彼はノーバートを見たようだと話した。ほかの家族に話してきかせた。なにも意見は出なかったが、それも引っ掻き傷について触れるまでだった。ノーバートの妹――エマという名だった――が気絶しそうになったんだ。その後、彼女はそれまで誰にも話していなかったことをすっかり打ち明けた。ノーバートの遺体の埋葬準備をしていたら、うっかり死者の顔に引っ掻き傷をつけてしまったと。かがんだときにブローチのピンでね。慌てておしろいで傷を隠し、その件については他言しなかった。以上だ」

クラークは両手の埃(ほこり)を払う仕草をして話を終わらせた。

「そんな話を忘れろと言われるんですね」テスがつぶやく。「なんてこと!」

「まったくだ。そいつはご婦人がたを怖がらせるにしてもやりすぎな話じゃないか?」ローガンが詰め寄る。驚くことに、彼の声は甲高くとげとげしかった。「どういうことだ! なにが言いたいんだ?」

クラークは驚いて説明した。「この話が本当だなんて言い張りはしないよ。ただ又聞きしたのを伝えているだけだ」

アンディは無言だった。だが、パイプを取りだして煙草を詰めはじめた。

グウィネス・ローガンは誰よりもこの話を気にしていないようだった。澄んだ青い目は物思いにふけって暖炉とそれを取りかこむいくつもの椅子を見つめていた。そしてうなずく。

彼女は同意した。「そうよね、おばのジェニファーからそうしたことには注意しろって言われたっけ。おじが亡くなったとき、おばはそっくりなことをやったんですって。ああ、そういえば」どうやらまったく無意識のうちに彼女は振り返って、僕たちに訴える機会を手にした。「わたしたちみんな、二階にあがって夕食のための着替えをする時間じゃないこと?」

5

夜中の一時にひどい胸騒ぎを覚えたことを告白しなければならない。

なにかが起こったのではなかった。なにかが起こる予感がしたということだ。

ロングウッド・ハウスの間取りは地図のように頭のなかに広げられていた。僕たちは食事の前後にすっかり探索してまわった。一階の東側——応接間と書斎から大広間をはさんだ反対側——には正餐室（奥にキッチンと家事室）、図書室、ビリヤード室があった。このビリヤード室がこんなふうに家の右側から突きだした小さな棟の部分だ。

ビリヤード室の窓からは、月が昇ると壮麗な黒と白のフルール・ド・リスで飾られた家の前面がすっかり見渡せる。

二階の寝室はいずれも狭かった。僕自身の部屋は裏側の北に面していた。色鮮やかなカーテンがかかっている。掃除が行きとどいて美しく飾られていた。天井からは電球が下がっている。炉棚には寝つくまでに読む本もあった。厄介なのはその明かりを消して寝ることだった。

一時に僕は起きあがり、三度明かりをつけ、スリッパを履いてガウンをはおった。

夕食で飲んだ酒の量が適切じゃなかった。飲みすぎたとは思わない。そうではなく、神経を刺激して眠れなくなるちょうどの量だったのだ。その後、鮮明なイメージがどっと押し寄せた。胸元が深く開いた黒いドレスで突然美しくなったグウィネス・ローガン。ディナーテーブルの蠟燭の火明かりが彼女の髪や目、そして肩を柔らかに見せたこと。どこをとっても一糸まとわぬ姿を想像させる女らしさ。それからオーブンのなかのパン生地のようにシャツの腹が膨らんだベントリー・ローガンが、蠟燭の火明かりを浴びながら話を聞かせて大笑いしていたこと。コーヒーカップのカチャカチャと鳴る音。その場にふさわしくないうかつな言葉。小声でかわされる仕事の話。際立って印象に残ったのは、おひらきになったときにクラークがグウィネスの手になにか押しつけたことだ。

いまではこうしたイメージを整理することは不可能だ。けれど、クラークがあの傷のついた顔の遺体について話をしなければ、もっとそれは簡単にできたことだろう。明かりが消えると、部屋のどの片隅にもその忌まわしい幽霊が見えて仕方なかった。

そんな暗闇と静けさには空っぽなところがあった。周囲一マイル（約一・六キロ）にわたって暗闇の壁が築かれたようなものだ。明かりのスイッチを切ると、地下墓地に塗りこまれるようにその壁に取りこまれてしまうのだ。やがて目が慣れて、壁がほんのり明るくなる。不気味なこぶに見えていたものが家具にもどる。意味ありげに思えた音は、そよ風が窓のカーテンを揺らしたものだと横目で見てわかった。

ベッドのなかで寝返りを打つ。暗闇が次第に重くなっていく。馬鹿なことを考えるな、ほかの者たちはぐっすり眠っているんだぞと自分に言い聞かせる。

だが、果たしてそうだろうか？　ほかの者たちも胸をどきどきいわせて、目を見ひらいていないともかぎらないのでは？　あるいは、僕が背を向けているから見えないだけの、部屋の片隅にいるなにかのせいで、そう思うのか？　僕はこの点について作り話をしようとしているわけではないが、あの夜の暗闇には人のいる重みがあった。好き勝手に振る舞うためにそこに潜んでいる存在。それで僕はベッドを下りて急いでまた明かりをつけるしかなかった。

またもやスリッパを履いてガウンをはおった。煙草に火をつけ、灰皿がないことにいらだち、なにを灰皿代わりにするか考えて（だいたいみんなそうするように）妥協し、燃え尽きたマッチを石鹼置きに捨てた。

急に明かりを目にしたために、神経がむずむずした。眠らせてくれる強いウイスキーソーダのためなら五ポンド払ったことだろう。一階に下りて自分で一杯作らない理由はなかったが、もし誰かに姿を見られたら意気地なしであることを暴露するようなものだし、深夜、他人の家でこっそり部屋を後にしてウイスキーを飲むのはマナー的にもだめなことに思えた。

よし、ウイスキーはなしでいく。読書でなんとかなるだろう。煙草の煙が青く立ちのぼり、味は薄くて苦かった。炉棚まで本を取りにいこうとしたとき、階下のどこからか物音がした。ソファを持ちあげて落としたような、重いゴトンという音だ。

そして静寂。

物音は大きくはなかったが、家全体がそのせいで震動したようだった。窓枠がカタカタと鳴り、電球がギーギーときしみ、漆喰(しっくい)の天井が動いたように感じる。というのも、あのゴトンという音は胸のなかでも響いたくらいインパクトがあったからだ。

そのとき、僕は悟った。物音にショックを受けながら、すべての不安の根源を発見したと思った。僕が経験した熱く冷たい感覚は、紛れもなく安堵(あんど)と言えるものだった。なにかが実際に起こった。だったら、調べることができるじゃないか。糊のきいたシーツのなかで仰向(あおむ)けになって横たわり、靴やガウンという同義をわきまえた鎧を身につけないまま、自分になにかが起こるのを暗闇で待っていなくてよくなった。そいつの元に行ける。対決できる。だから、恐怖の半分は剝ぎとられた。人が幽霊を怖がるのは、文字通り幽霊を寝かせたままにしているからだ。

鏡台の抽斗(ひきだし)に懐中電灯がある。このような探索に備えて念のために持参したものだ。これを取りだしてスイッチを入れ、廊下に出た。前を向いたままドアを閉めた。

幽霊屋敷で取ることになるのではと想像していた行動ではあった。けれど、あの階段を下りるのは気持ちのいい経験じゃなかった。

あのゴトンという物音で目覚めた者はほかにいないようだった。二階の廊下の照明スイッチの在処（ありか）を覚えていなかったし、探そうともしなかった。階段がきしむこともなければ、フェルトのスリッパから音もしなかった。一階の大広間でまた懐中電灯をつけた。その光がでこぼこした赤いタイル、そして大型床置き時計をさっと照らす。左に曲がれば正餐室のドア、右に曲がれば応接間のドアだ。

右手のどこからか――応接間の方角だ――物音がした。ふたたび懐中電灯のスイッチを切り、ぎこちない足取りで応接間に入った。

「あら！」声がした。

僕が前に向かって手探りすると、ベルベットの座面のふっくらした椅子にぶつかったから、これに身を乗りだしてランプの磁器の土台に触れた。スイッチを入れると、グウィネス・ローガンがちょうど書斎と結ぶドアから現れるところだった。

彼女は僕から少し離れた位置にいて、ドアノブに手をかけていた。暗いドアに映える濃厚な色合いの花柄の絹のガウンをはおり、その下のレースのネグリジェは胸を完璧には隠せていなかった。豊かな茶色の髪はほどいて肩に垂らしている。逃げだそうとしている者の物腰だ。鼻の穴が膨らんで顔は真っ赤だった。片手で――とても小さなものを持っているようだった――とっさにガウンとネグリジェの前をかき合わせた。もう片方の手でドアを閉めた。

「あら！」彼女はふたたびそう囁（ささや）いた。

僕たちはふたりともなぜか気まずさを覚えている。

「物音がしたと思ったので」というのが僕自身の言葉で、古めかしい部屋で大きく響いた。

「わたしだったに違いないわ」グウィネスがぎこちなく答える。「ここに下りてきたの」

「ええ」

「わたしは――」ふたりとも言葉を探すのに苦労して黙っていたが、彼女のほうは別の理由からさえぎられた。鼻で大きく息をしながら話していた彼女は呼吸が苦しくなったのだ。その視線が僕の肩を通り過ぎた。

息遣いが聞こえ、振り返るとベントリー・ローガンがいた。彼は大広間から荒々しい足取りでやってくると、ドアを大きく蹴りあけた。だが、ドアは壁にぶつからなかったから、音はまったく出なかった。彼は袖が短すぎる古ぼけた紫のガウンを着ていた。

「では、あんたが相手か」彼は言った。

彼は四五口径の軍用リボルバーを持っていて、親指で撃鉄を起こすところだった。実際のところ、ごくごくわずかな力で引き金を引けるようになっていた。

「では、あんたが相手だったのか」彼は甲高い声で繰り返した。

さて、この状況はフランスの茶番劇に似てきたと思われるかもしれない。でも、そうじゃなかった。ちっとも愉快ではない。ローガンの顔は興奮しているというより、そっけなくて青白かった。禿頭（とくとう）の両側で白くなりかけた髪の房がくしゃくしゃになっている。口ひげの一部がまるでくしゃみをするか涙を流すかしそうにピクピクと動く。こんなふうにいくつもの感情が剝（む）

きだしになっていく様を見れば、誰だって思わず飛びのくことだろう。彼は激情に駆られんばかりだったからだ。ほかのあらゆるものと一緒にいまにも爆発しそうだった。彼はまばたきをして明かりに目を慣らした。

「嘘をつくなよ」彼は言う。「四カ月も続いていたことだ」

「ベントリー！」グウィネスが金切り声をあげないようにしながらなだめた。

「妻よ。四カ月だ」

「シーッ！　いいこと――」

「妻よ」ローガンは話を続ける。「博物館へ！　こそこそ家を出て博物館へ向かっていたな――」彼は憎しみを込めて言葉を嚙（か）みしめてから、小馬鹿にして妻の口調を真似た。「ヴィクトリア・アンド・アルバート博物館へ。そこで淫売していた。俺のお袋ならどう言ったことか――」

僕は彼の横をすり抜けて大広間に続くドアを閉めた。賢明な行動ではなかった。彼の親指はまだリボルバーの撃鉄をぎこちなくいじっていたからだ。しかし、彼が家じゅうの者を起こすかもしれないと不安だった。そうすると事態はますますまずいことになる。

たとえば、テスが起きたりしたら。

「あなた」グウィネスがかなりしっかりした口調で話しかけた。「あなたってお馬鹿さんね、大嫌いよ。なんの話か、全然わからない。いいこと、今日までミスター・モリスンには会ったこともなかったのよ！」

こう言った彼女はいまにも泣きだしそうだ。誠実に応えていることはあきらかで、誤解されたと感じている女の最後の意見表明といった風であり、僕は感銘を受けそうになった。ところが驚いたことに、ローガンも感銘を受けた。もしかしたらそうじゃなかった可能性は捨てきれないし、ほかの理由があったのかもしれないが。

「違うのか、グウィニー？」彼はいきなり穏やかな口調になって訊ねた。

「違うわ！」

「だったら、ここに下りてなにをしていた？」

彼女はドアノブに火傷(やけど)させられたかのように手を離し、書斎に通じるドアから大急ぎで離れようとした。彼がそれをさえぎる。

「では、おまえはそっちの部屋にいたのか。そこでなにをしていた？　それから手に持っているのはなんだ？」

「言わない」

「なにを持っているのか見せるんだ、グウィニー。さあ、見せろ」

「嫌よ！」

「いいですか」僕はすっと彼の前に出た。「静かにして、おかしな行動をするのはやめましょう。奥さんはなにもしていませんよ」

これを聞いて彼は一瞬、立ちどまった。たぶん、心の奥底では妻を非難することは不安半分なんだろう。この男は理性を取りもどしていた。あまりに頭にきたから誰かを非難する口実を探していただけだ。こめかみに太い紫の静脈があり、のろい温度計みたいにそこを血が昇っていくのが見えた。

「口出ししないでくれ、若いの」彼は頭を突きだそうとしたが、僕が彼の前に出たものだから、元にもどした。「あんたはこの件にかかわっているのかもしれんし、そうでないかもしれん。だが、グウィニーはかかわっているし、俺もたしかにかかわっている。どう片をつけるのか俺が決めるぞ。そこをどいてくれるか？」

「嫌ですね」

ローガンはうなずいた。彼は撃鉄を起こしたままのリボルバーを注意深くガウンのポケットに入れた。そしてまたうなずく。続いて汗とウイスキーのにおいをさせながら、がむしゃらに僕に向かってきた。

だが、どちらも拳（こぶし）を繰りだすことはなかった。グウィネスがぎこちなく腕を振りかぶり、手に隠していた小さな物体を彼に投げたのだ。それは彼のガウンの下襟にあたってカーペットに落ち、雄牛が小石につまずくみたいに、ローガンもそれにつまずいたように見えた。彼はその場に立ち尽くし、大きな塊（かたまり）めいた拳を宙に振りあげたまま、その物体を見つめた。

それは小さな鍵だった。

それ以下でもそれ以上でもない。ドアの鍵にしてはあまりに小さく、むしろ宝石箱や小型の置き時計の鍵のようだった。

ローガンの息遣いが聞こえた。「こいつはなんだ？」あまりの意外さに彼は手をとめて訊ねた。「なんだよ？」

「鍵よ」と、グウィネス。

「それはわかってる。なんの鍵だ？」

「あなたには言わない」グウィネスはそう答えた。

彼は僕のことを忘れてしまったようだ。どうしていいかわからなくなって、腰をかがめて鍵を拾いあげた。大きな手のひらの上で鍵を裏返す。その声は懇願しているようだった。

「からかわないでくれ、からかわないでくれ、グウィニー。俺はたいてい自分がなにを話してるのかもわからん馬鹿者だ。でも、おまえのことは許す。おまえがどこぞの男と四カ月も密会してたことは知ってる。だがな、おまえがなにをしたんであっても、俺の元にもどって分別ある行動を取るんならそれでいいんだ。これだけ教えてくれ。おまえは誰と一緒にいたんだ？」

彼は書斎のドアを指さした。「その部屋にいるのは誰だ？」

「そこには誰もいないわ」グウィネスが言い返す。

彼女はドアを開けて手を伸ばすと照明のスイッチを押した。

「あなた、見てみれば」彼女はうながした。

何事かを僕につぶやいて（謝罪だったと誓ってもいい）、ローガンはもたもたと通り過ぎた。グウィネスは彼のために道を開けた。あきらかに彼を怖がっていて、縮みあがるような恐怖が全身に表れている。まだ頬に赤味は残っているが、ガウンをさらにしっかり身体に巻きつけて彼の腕に手を置いた。

「いいこと、あなた」彼女は柔らかな声で説き伏せにかかった。「部屋を見る前に、言わせて。あなたが悪いんじゃないのはわかってるの。夜にあまり眠れないのはわかっているから……」

これはまずい説得のしかただった。彼は彼女に向きなおる。

「俺だってわかってるぞ。今夜、俺にいつもの二倍の睡眠薬を飲ませただろう」

彼女は忍耐強く目を閉じた。「そんなふうに思いこんでいるのなら、なにを言っても無駄ね、あなた。でも、お願い。家のなかで大きな足音をたてて歩きまわって、そのおそろしいリボルバーで人を怖がらせる前に、なにがあったのか聞いて。あなたってたまにとんでもなくお馬鹿なぼうやになるのね」彼女は目を開けた。「わたしがいままでにミスター・モリスンに会ったことがないのは、わかっているわね？」

（彼はたしかにそれがわかっていた。どうしてなのかは、僕にはわからない）

「それでね！」彼女は大声をあげて彼の腕を揺さぶった。「ゴトンという音がして目が覚めたのよ。大きな音だった。なんの音かたしかめようとした。ええ、平気な顔で向かう勇気はなかったの。ただ、階段でミスター・モリスンに会って一緒に行こうと言われた。彼も物音を聞いたのよ。それでわたしたちは調べてまわったけれど、なんの音だったのか見つけられなかったし、やっぱりいまでもなんだったかわからない。さあ、これが簡単にしてたわいもない事実よ」

彼女を賞賛するしかなかった。

グウィネス・ローガンはこの大嘘に次ぐ大嘘を、誠実な青い目を見ひらいてまばたきもせず、子供を叱るような口調をゆるめることもなく言ってのけたのだ。彼女は身を乗りだした。責めるように口を尖らせている。

「鍵についてあなたに話すつもりはないから」彼女は強く首を振って話を続けた。「お仕置きするわよ。でも、ねえ、あなたは鍵に嫉妬してるんじゃないでしょう？　鍵になにかいけないことがある？　ほかのことはすべて本当なのに」青い目がさっとこちらに向けられた。「そうでしょ、ミスター・モリスン？」

（女性からこのような立場に置かれたら、きみならどうする？）

「その通り」僕は嘘をつき、それを後悔した。

というのは、この会話を聞いていたのは僕たち三人だけじゃなかったからだ。誰かが来るかもしれないとなんだか不安だったから、大広間に通じるドアにときたま視線を走らせていた。いまはわずかに開いているものの、実際にドアが開くのを見てはいなかった。けれど、ふたつのことは決定的だった。まず、大広間の明かりがついていること。次に誰かの右手がドア枠に置かれていて、左手が伸びてドアを開けた後らしいこと。

この右手は指のかたちやピンクの爪の輝きまで見覚えのあるものだった。テスのものだ。彼女が僕たちの前にいるかのように、はっきりとその姿が思い描けた。

その指はためらい、ドア枠をきつく握りしめてから引っこめられた。低いカチャリという音をたててドアは閉まり、ローガン夫妻のどちらもそれを気にすることはなかった。

「さあ、どうぞ！」グウィネスは道を開けた。「わたしがなにか大胆でいけないことをしていたかどうか、たしかめたらいいわ。書斎には誰もいないんだから」

彼女は正しかった。

ローガンは書斎を調べた。どの窓も内側からロックされていることさえたしかめた。彼は僕のように錠のない鍵の謎にとまどっているだけではなかった。あの女が空想を信じこんでいる嘘つきでなければ——夢見がちな目つきをすることからそれはあり得そうだったが——あの鍵には意味があるはずだった。だが、この部屋にはどこにも錠がない。

誰もいないし、幽霊さえもいなかった。剥きだしの電球が床の敷物や、艶光りする拳銃が縦に飾られた煉瓦の炉棚を照らしている。タイプライターのあるテーブル、籐の座面の椅子、書棚、ラジオ付き蓄音機、三連祭壇画、優雅な帆船模型も。

ローガンはまだなかば頭がおかしくなっていて、自分を取りもどせていなかった。僕たちから顔を絶えず背けていた。着古したフランネルのガウンに包まれた肩をいからせ、革のスリッパをきしらせながら暖炉からテーブルへと急ぐ。その夜、二倍の睡眠薬を飲んでいたことは疑いようがない。彼はそれに抵抗できなかった。グウィネスが肩に垂れる羊毛のように豊かな茶色の髪を揺らして近づき、落ち着かせようと背中をなでると、ローガンは突然椅子に座りこみ、目元に両手を押しつけた。

悲劇は翌日、朝食の直後に起こった。

6

頭痛と口のなかの嫌な味を感じながら、僕は朝食に下りてきた。

九時三十分を過ぎていたけれど、ほかには誰も起きていないようだった。じめじめして曇った朝で、一年のこれほど早い時期にしてはめずらしく暑かった。こんな気候特有のにおいがする一階は薄暗かった。その朝の郵便物と一緒にタイムズ紙とデイリー・テレグラフ紙が暖炉前のオークの長椅子に重ねてあった。

僕あての電報がまじっていた。前日の夕方に打たれたものだが、この国で午後五時過ぎに電報が配達されると期待する者は罪深き欲張りな考えの持ち主だ。これはひとり間に合わなかった客のジュリアン・エンダビーからだった。エンダビーは午前中に到着する予定で、テスによろしく伝えてくれと書いてあった。

僕は電報を長椅子に残し、かわりにタイムズ紙とデイリー・テレグラフ紙を手にした。正餐室ではアンディ・ハンターがひとりで朝食をとっていた。

「おはよう」アンディがちっとも熱のこもらない口調でうめいた。

「おはよう。よく眠れたか？」

「ぐっすりとな」アンディが喧嘩腰に言う。

「夜のあいだ、なにかおかしなものを見たり、聞いたりしなかったか?」

「なにも」

しかし、彼はよく眠れたようには見えなかった。浅黒くてゴシゴシ擦（こす）った跡のある顔は目の下にクマができていた。ナイフとフォークでベーコンを突（つつ）きまわして皿のあちらへこちらへと押しやっている。まるでなにかゲームでもしている風だ。

僕は新聞をテーブルに置いてサイドボードに近づくと、卵とベーコンを盛り、香り高い湯気が頭痛に効くコーヒーを注いだ。コーヒーを一飲みすると元気になってきた。

「ほかに誰か起きてないのか?」

「ローガンが起きてる」と、アンディ。

「ローガンが?」それは驚きだ。「彼のご機嫌は?」

「元気いっぱいさ。九時に朝食を終えて、いまは朝の散歩中。十時きっかりにもどって――段取りに勝るものはないよな――手紙の返事を書くらしい。今朝は六通を受け取ったそうで。聞いたか、想像してみろよ! 六通だぞ!」アンディはためらった。注意深くナイフとフォークを皿に置いた。食事は終わりと伝える位置だ。それなのに別のフォークを手にしてまた料理をいじりはじめた。「なあ、ボブ」

「なんだ?」

「ミセス・ローガンのことなんだが」と言うアンディはフォークで図案を描くことにひどく集中している。

「彼女がどうした？」

「ものすごくきれいな女じゃないか？」

僕はナイフとフォークを落とした。

ロングウッド・ハウスの正餐室はほかの部屋に比べて天井がやけに高かった。入り口で階段を二段下りる形で床を低くし、二階の寝室の天井高を七フィート（約二メートル）までぎゅっと縮めることで、部屋のこの高さを確保している。奥行きもあって広々としているし、猫の毛皮のように黒い羽目板張りが輝き、例の前面の私道を見渡せるふたつの大きな窓があった。東端は図書室に通じるドアだ。中央の梁（はり）からぶら下がるのは鉄の鎖につながるどっしりとしたシャンデリア。かつて身軽な執事に落下して彼を押しつぶしたものだ。

仕切り窓はすべて開いていた。そこから風が吹きこんで大地と草の香りを運んでいる。アンディが話したとき、僕はシャンデリアがかすかに揺れて震えていることに気づいた。かつて祖父が話していたことを思いだす。古い家に絶妙なバランスで取りつけられたシャンデリアは、どれだけ重くてもごくかすかな隙間風で揺れがちだと。

もしもダイニングテーブルが左に数フィート押されていたら、アンディの頭はシャンデリアの真下になっていたはずだ。でも、これはふとひらめいた印象で、あっという間に消えた。僕は彼に向かってうめいた。

「きみもじゃないよな？」

「そりゃどういう意味だ？」

「きみはミセス・ローガンにすっかり夢中だなんて言わないよな？」

アンディはショックを受けていた。「まさか、あり得ない。彼女は人妻だぞ」彼はあっさり言いきった。「それに、彼女には昨日初めて会った」

「それは僕も同じさ。だからといって、彼女の夫から僕が彼女の愛人だと非難されることは免れなかったよ」

こんなことは言うつもりじゃなかった。秘密にすると誓ってなどいないが、それでも話すつもりはなかった。口が滑った。その一方で、アンディに打ち明けることができないのなら、誰に対しても無理だった。

「暑さにあてられたのか？　なんの話だ？」

「美しいグウィネスには愛人がいる。少なくともローガンはそう考えてるんだ。彼女が単純で私利私欲のないロマンチックな嘘つきで、謎なんかないのに謎めかしているのか、それとも本当に厄介事を引き起こすことができるのか、僕には判断がつかない。彼女と愛人はヴィクトリア・アンド・アルバート博物館で会う習慣があるみたいだ。そう、なんとヴィクトリア・アンド・アルバート博物館でだぞ！　逢い引きするのにそんな最悪の場所もないだろうに。ローガンは相手の男が誰か知らない。でも、それが誰でもとっちめるつもりみたいだ」

僕はベーコンと卵を食べつづけ、一方のアンディは背筋を伸ばした。

「馬鹿を言え。そんなこと信じないぞ」

「別にいいさ。でも、ローガンは――」

「ローガンは卑劣な男だ」と、アンディ。

「どうしてそう思う？　彼女がきみにそう言ったのか？」

僕のあてこすりは直撃しなかったかもしれないが、かすり傷を負わせそうなところまではいった。アンディはフォークを置いた。

「違うよ。そういうわけじゃない。でも、とにかく自分の目でたしかめるといいだろ？　きみが朝食を終えたら、ビリヤード室で百点先取（ハンドレッド・アップ）ゲームをやろう。話をしたいんだ」

「ローガン夫妻について？」

「そうじゃない」アンディはヘラのような指先をテーブルの端にあて、両手で強く押しながら答えた。「ほかのことさ。この家について。たまたま知っているひとつ、ふたつのことだ」

僕は急いで食事を終えた。自然とそんなふうになった。それに僕のほうも彼に話したいことがあった。あの不可解な鍵とグウィネス・ローガンの書斎での不可解な用件についてだ。

僕たちは重そうな本がぎっしり並べられた広い図書室を通り抜けてから、右に曲がってビリヤード室に入った。このビリヤード室は図で示した通り、屋敷の主要部分から直角に突きだした小さな棟になっている。

木造部が古く見えるよう配慮されているものの、ビリヤード室はあきらかに現代になって増築されたものだった。最も大きな窓はどれも西に面していた。すなわち、窓のひとつを前に立てば、屋敷の前面が向こう端まですっかり見えることになる。形ばかりビリヤード台の覆いを外して壁からキューを手にしたものの、アンディと僕は窓に引き寄せられた。

太陽が苦労しながら姿を見せようとしていた。日のあたった板葺(ぶ)きの屋根は黒く傷んで見える。白と黒のフルール・ド・リスのデザインのつぎはぎ部分ときらめく部分が照らされた。濃淡の緑の縞になったなめらかな芝生が、カーブしつつも屋敷の前面とは平行に走る砂利の私道に向けて上り坂になっている。端はなにもない花壇だが、ちょうど植えようとしている最中だった。いかにもそれらしく腰の凝りを大いに気にしながら、庭師がゼラニウムの苗でいっぱいの手押し車を押している。彼は書斎の窓の外の私道近くで土を耕(たがや)し、園芸用のホースで水を撒いてゼラニウムを植える用意をしていた。

牧歌的な光景だ。そしてとても暑かった。

「ああ、やれやれ！」突然アンディが言った。

彼はビリヤードのキューを伸ばして仕切り窓をいくつか突いて開けた。あまりに乱暴なので彼がガラスに穴を開けるつもりかと思った。

「ゆうべはなにも見たり聞いたりしてないって言った」彼は話を続ける。「嘘その一。その逆だった」

「と言うと？」

アンディは言う。「何事かが書斎で起こった。それは知ってる。寝室が真上だからさ。きみはなにか聞いたか？」

温まった香りが漂ってきた。僕たちはふたりとも屋敷の反対側にある書斎の広い窓を見ていた。日射しが次第に強くなり、明るくなってきた。書斎のなかまで見ることができそうだ。

僕は答えた。「夜中の一時頃、ソファを持ちあげて落っことしたようなゴトンという音がしたよ」

アンディはこの言葉を額面通りに受け取った。

「ソファじゃないぞ、きみ。なんて言うか――」言葉を探すのに苦労している。「木材のような音だった。大きな木材だ。僕の真下の部屋でそりゃあひどい音をたてて」

（では、グウィネスは書斎でなにかしていたのだ）

「それできみはどうした？」

「なにもしないさ。自分には関係ない」

しかし、アンディに内心なにか考えがあることはあきらかだった。けれど、一瞬、僕たちの注意力は逸れた。ベントリー・ローガンが朝の散歩からもどってきたらしく、外の私道に現れたのだ。彼は屋敷の西の端をぐるりとまわってきて、私道をぶらぶらと玄関に向かっている。

昨夜のヒステリックな、睡眠薬のせいでなかば混乱していた男とは思えなかった。その足取りは颯爽（さっそう）としている。縁なし帽をかぶり、黄色のセーターにフランネルのズボン。葉巻をふかしている。通りすがりに愛想よく庭師と言葉をかわした。それから手紙を書くために室内に入った。

ほぼ同時に、僕たちのずっと左の車道から車が入ってきた。いかした車で日光を反射させている。だが、慎み深く作法にかなったスピードで近づいてきた。屋敷の前で向きを変えると、ぴたりと停止した。そこから降り立った男は平均よりいくらか小柄で渋く品のある茶色の服を身につけており、体重が増えはじめたばかりの気配があった。彼は手袋を脱いだ。帽子も脱いでハンカチで額を拭ったから、きれいに櫛を入れて分け目のある、ぺたりとしたブロンドの髪が見えた。

アンディがめずらしくとげとげした口調で言った。

「ありゃ、誰だよ?」

「残る最後の客さ。ジュリアン・エンダビー」

「エンダビー」

「事務弁護士だ。とても賢い男だよ。テスの友人でもある」

「見た目が気にくわない」アンディはいつものようにまわりの者をぎょっとさせる淡々とした率直な物言いをした。

「おや、エンダビーはちゃんとした奴だぞ」

「見た目が気にくわないね」と、アンディ。

実際、エンダビーの到着を悩ましく思っている様子は、ひょっこりやってきた者に対してのものとは思えなかった。ジュリアンが玄関に近づき、例の番小屋を思わせるひさしの下へ消えるのを見つめている。

「さあ、嘘その二はなんだ?」

「えっ?」

「さっき、ゆうべおかしなものを聞いたり見たりしなかったと言ったのは嘘その一だったと話しただろ。嘘その二を聞こうじゃないか」

「そんなものない」アンディは言いきった。「ほら、また嫌な老いぼれだ」

今回はエンダビーのことではなく、ローガンのことだった。僕たちの見晴らしのいい場所からは、書斎の近いほうの窓のなかを割合はっきりと見ることができた。斜めから眺むかたちだ。タイプライター、それが載っているテーブル。煉瓦（れんが）の炉棚も少しのぞける。ローガンが横からテーブルの後ろの椅子に腰を下ろそうとしたから、彼の黄色のセーターの脇と背中も見えた。これを僕たちは陽光でかすかにぼやけた窓ガラス越しに、三十ヤード（約二十七メートル）ほどの距離から見た。

庭師はゼラニウムを植えつづけている。

殺人が僕たちのすぐそばに迫っていた。

「きみときたら本当に秘密主義だな」僕はアンディに言った。「そんなことをする理由がないときでも。いったい、なにを知ってるんだ?」

アンディは決意した。キューを壁に立てかけるとパイプと煙草入れを取りだし、筋張った指でパイプに煙草を詰めはじめた。窓から振り返った彼に僕は詰め寄った。

「この幽霊屋敷についてさ」アンディが切りだしたものの、話し終える間はなかった。

まず、リボルバーの銃声が響いた。

次に、ベントリー・ローガンが動いた。アンディは窓に背を向けていたから、タイプライターテーブルの後ろ側という狭い視野で起きた死の様子を見ることはできなかった。でも、僕はこの目で見た。巨体のローガンが後ろ向きに跳ね飛ばされた。全速力のバイクで壁に衝突したかのようだった。黄色のセーターに包まれた両腕が振りあげられ、彼は窓の後ろへと消えた。四五口径（ローガン自身の四五口径）の音は、発砲後も僕たちの鼓膜を揺らしつづけた。屋敷の裏手で犬が荒々しく吠えはじめた。身をかがめていた庭師がさっと身体を起こしたから、ホースの水が私道にシュッと振りまかれ、続いて窓に勢いよく跳ねた。

　こういった、起きたことの詳細はよく覚えている。そこでアンディに腕を引っ張られ、僕たちは走りはじめた。図書室を駆け抜けたが、ここには誰もいなかった。正餐室を駆け抜けると、朝食のテーブルについたテスが目を丸くしていた。誰もいない大広間を走り抜け、応接間を横切ると、メイドのソーニャがはたきをかけていた。書斎のドアを開けたのはアンディだった。

　弾丸はローガンの額の中央に命中し、貫通して後頭部をぐしゃぐしゃに砕いていた。そのため、前にはほぼ出血がないのに後ろは血だらけだった。弾丸が最終的にめりこんだあたりの白い壁に黒いものが見える。衝撃で彼は壁に背中から叩きつけられたのだ。いまは窓の脇で僕たちにいくぶん顔を向ける格好で横たわっている。黄色のセーターとフランネルのズボン姿で、大きな腹は上向き。目はなかば開いた状態だ。彼に触れなくても死んでいるとわかる。

　そのときなにかが動いて、グウィネスが見えた。

　アンディが彼女になにか言った。僕には内容がわからなかったが、彼女にも聞こえたとは思えない。

　グウィネスは死体から八から十フィート（約二・四～三メートル）ほど離れたところに立っていた。炉棚の奥側の角の前だ。彼女がリボルバーを手にしていたのであれば、炉棚の前からまっすぐに発砲してローガンを射殺し、ローガンがいまのように横たわったと考えられる。黒い銃把以外のところが日射しに鈍く光るリボルバーそのものは、彼女の足元の暖炉底の灰受け石に転がっていた。

だが、彼女はかがんで銃を拾おうとはしなかった。胸元で腕組みをするように、自分の肩を握りしめている。視線をまず僕たちに、続いて死者に向け、ふたたび僕たちにもどし、彼女は前後に身体を揺らしはじめた。あまりに怯えていて話そうとしても小さくうめくような音しか出なかった。

アンディの声が聞こえた。「落ち着いて。ねえ落ち着いて！　いったいなにが？」

グウィネスは我に返ったらしく、言葉を取りもどした。最初の言葉は奇妙なものだった。

「わたしはやってない。それがやったの」

「誰がやったと？」

「部屋がやった」グウィネスはそう答えた。

そのとき、彼女の口と目が表していたものを理解した。夫が暴力的な死を迎えたことを目撃したショックによるものでも、悲嘆や後悔や罪悪感のような、普段お目にかかるようななにかしらの感情でもなかった。あの表情になった原因は迷信めいた恐怖だ。

言っておくが、これは暖かな五月の朝十時をまわったばかり、縦仕切りの窓に日射しの当たる部分が広がっているときだった。冬の夜にふさわしい幽霊のいたずらではない。けれど、自分が震えているとわかる。初めて、この部屋が実感として寒く思えた。まるで得体の知れないものに嚙みつかれたようだった。この屋敷の古き骸骨どもが姿を現した。なにかが窓の外で伸びあがり、鼻をぺたりと窓ガラスに押しつけて覗きこんだ。それは庭師でしかなかったが、ノーバート・ロングウッドが何が起きたのかたしかめようと蘇ったのだとしても、これほどぎょっとはしなかっただろう。

「あなたたち、信じてくれないんだわ」そう言い張るグウィネスはどこまでも正気そのものだった。「きっと誰も信じてくれない。自分でも信じられないくらい。でも、見たのよ」

僕たちの背後で走ってくる足音が聞こえた。振り返ると、テスがドア口にいた。ジュリアン・エンダビーも一緒だった。

「なにを見たって言うんだ?」アンディがやはり強い口調で怒鳴った。両手を彼女に振ってみせた。「なにがあったんだ?」

グウィネスはくちびるを舐めた。テスがなにも言わず駆け寄り、グウィネスの肩に手をまわした。グウィネスは触れられることに耐えかねるみたいに震えたが、説明を続けようとした。

「この銃が」彼女が四五口径のリボルバーを蹴ると、銃は灰受け石から床へと滑りでた。「銃はそこにあったの。壁にかかっていたのよ」

「あり得ない」と、テス。「そんなこと――」彼女は言葉を呑みこんだ。

「絶対に壁にかかっていたの」グウィネスは譲らない。「ほら」

テスから肩を振りほどいて彼女は煉瓦造りの炉棚を指さした。

旧式のピストルが昨夜の通りにずらりとかけられている。だが、ひとつ例外があった。昨夜は十二挺のピストルがあり、それぞれ三インチ（約七センチ）間隔で並んでいた。いまは十一挺しか残っていない。ナポレオン時代の騎兵のピストルが占めていた場所は空白になっていて、銃がかけられていた三つの木釘が見える。

「あの空いた場所が見えて？」グウィネスが言う。「見えるでしょ？」

「ええ？」

「これが」――彼女はまた四五口径のリボルバーが落ちているあたりを蹴った――「その空いた場所にかかっていた。本当にそうだったの！ 見たんだから。これが壁からジャンプして、ちょっと空中でとまってから、夫を撃った」

沈黙が流れた。

彼女の話がよく理解できなかったからだった。聞いた言葉が頭に入ってこなかった。

「本当なんだから！」グウィネスが金切り声をあげた。「銃を手にした人は誰もいなかった。銃が勝手に壁からジャンプして、空中でとまって、夫を撃ったの」

明瞭で感じがよく、分別のある声がそつなく割って入り、その場を仕切った。

「このご婦人はヒステリーを起こしている」口をはさんだのはジュリアン・エンダビーだった。「別の部屋に連れていってくれないか、テス」

グウィネスは後ずさりをした。彼女は僕たち全員を避けて部屋の反対側にある低い書棚のほうへ下がった。

「ヒステリーを起こしていないし、頭がおかしくなってもいないわ。この目で見たのよ。わたしはここで、夫がやってくるのを待っていた。朝の散歩からもどれば手紙を書くためにここに来るのは知っていたから。夫に——言いたいことがあったから、隠れていたの」

「隠れていた？」テスが聞き返す。「どうして？」

グウィネスはこれを無視した。炉棚の向こう側へと走る。なるほど、棚の大きく突きだした部分がこの部屋に入ってくる人物から彼女の姿を隠してくれそうだ。彼女はグロテスクにもそのときを再現して、炉棚の横から覗きこみ、部屋のこちら側、タイプライターの載ったテーブルの後ろでローガンが力なく横たわる場所を見やった。

「夫がやってきた」グウィネスはそう言ってぐっと息を呑んだ。「彼は片手に手紙の束を持っていたわ。ひとりで口笛を吹いていた。わたしは驚かせたかったの。様子を見ていたけれど話しかけなかった。

彼はタイプライターテーブルに近づくと、椅子に座って、手紙を置いた。タイプライターは窓から離してあった。彼はいつもタイプライターを窓に寄せて置くのよ、光がよく当たるようにね。彼はタイプライターを持ちあげた。動かして窓辺に近づけようとした。彼がタイプライターを持ちあげたそのとき、わたしがあなたたちに話していることを見たの。これが動いた。銃がまるで誰かが手に取ったようにして動き、空中に浮いたの。おそろしい音がしてアーチーの顔に穴が開いた。彼は羽ばたくように勢いよく、後ろに飛ばされたの。リボルバーはわたしの足元の床に落ちた。

彼女はわなわなと震える手で目元を覆い、爪を額に食いこませた。まるで自分の額に銃弾の穴が開くのを見たような、あるいは開いたと感じているような仕草だった。

「この部屋が夫を殺した」彼女は言い張っている。「部屋が殺したのよ」

7

三十分後、ジュリアン・エンダビーが静かに書斎へやってきた。僕は死者を別にすればひとりでここで待っていた。

ジュリアンは運んできたベッドシーツをひらいてローガンの遺体にかけた。慌てずにきっちりとかけている彼に感心した。顔にやや肉がついてきたところを除けば、見映えのいい男だ。ブロンドの髪はなでつけられ、日射しを受けて輝いている。ご婦人に大人気の男、それがジュリアンで、長い一日の仕事を終えても少しも身だしなみが乱れたことがない。彼のことをいささか打ち解けず、ポンド、シリング、ペンスと金については細かいところまで病的にうるさいと考える者がいるとしても、やはり本物の善良な性格の持ち主だった。

そして彼はどう見ても神経質になっていた。

彼は言った。「やあ、ボブ。警察に電話したよ。ひどいことになったな」

僕は一声うめいて同意した。センターテーブルの横に腰を下ろし、雑誌のページをめくりはじめた。

「こいつはひどいよ」ジュリアンがそう繰り返して向かいに座った。「週末のパーティに招待されたのに、殺人事件になるとは。事態は好転せんだろうね。うん、そうにちがいない」

彼はじっと考えこんだ。それからテーブル越しに視線を寄こした。〝ちらりと見やる〟という言いかたがあるが、彼がやったのはまさにそれで、僕はなにか意図をくみ取ることを期待されたようだった。彼の顔は強い日射しにくっきりと浮かび、もちあげたあご、ピンで描いたように細い小さな目尻の皺が見えた。

「あの女は何者なんだ？」彼は訊ねた。

「ミセス・ローガンのことか？」

「そうだ。彼女はここが――」彼は自分の額をトントンと突いた。

「いやいや、そういうわけではないよ」

彼はこれが奇妙な返事だと思ったようだ。視線を外さず、目を見ひらいたままだった。だが、深くは追及しなかった。「わたしはここに来たくなかった」彼は愚痴をこぼす。「馬鹿げたたぐいのパーティだと思う。それにこのローガン夫妻だが、夫のほうは――社交仲間としてはとてもつきあえないと噂が」

「彼はちゃんとした男だったとも」

「そんなに熱くならなくていいだろ！」ジュリアンは目を丸くして言い返した。

僕は死者の記憶のなかから、いつまでも消えないだろう些細なことをひとつ思いだしていた。

ローガンが弾を込めたリボルバーを手に、妻の愛人だと思いこんで半狂乱になりながら、その銃をポケットに入れてから素手で僕に向かってきたことだ。この殺人犯はそのように躊躇することがまったくなかった。

「ごめん、ジュリアン。でも、ローガンはまともだった。これはどうやら殺人のようで……」

「そのことは聞きたくない！」彼は急いで口をはさんだ。「ボブ、知っていることが少なければ少ないほど、話さなくちゃいけないことも少なくなる。きみもわたしみたいに気をつけたほうがいいぞ。なんと言っても、これは途方もない事件だからね」

いかにも彼らしい。細部にまでこだわる決断力を具えた頭脳で、すでに証拠について思い巡らしている。彼は椅子から弾みをつけて立ちあがった。

「この事件に関する要素を考えてみようじゃないか」彼は話を続けて咳払いをすると、暖炉の前を行ったり来たりしはじめた。床のリボルバーを見つめたが、それには触れなかった。「まず最初に、きみにはこれが殺人だと決める権限はない。いいか」――彼はきっぱりと僕を制した――「きみにはなんの権限もない。三つの可能性は（a）自殺、（b）事故、（c）殺人だ。その一方で、自殺だとはとても思えない」

「自殺じゃなかった。いいか、僕は窓越しに彼を見たんだぞ！」

ジュリアンは顔をしかめた。僕が説明するあいだ、感情を抑えに抑えて、いくらかもったいぶったような態度で首を傾げていた。

彼は認めた。「そうか、それはかなり説得力があるな。続けようじゃないか。第二の事故という可能性も、とてもありそうには思えない。銃は偶然に発砲されて、被害者から十数フィート（約三メートル強）離れた場所に落ちたりしない」彼は指さした。「また、壁の古い武器の空白にはナポレオンの騎兵のピストルがあったときみは話している。つまり、なんらかの仕掛けがあったことを示唆しているということだ」

「仕掛け！」僕は叫んだ。「仕掛けってなんだよ！」

ジュリアンは取りあわなかった。

「続けるよ」彼は横目でちらりと見てから話を続けた。「わたしは、なんと言ったかな――そう、ミセス・ローガンに話を聞いた。彼女はリボルバーが壁からジャンプし、勝手に夫を撃ったなどという途方もない物語を主張している。さて、そのような供述は（a）真実、（b）嘘、あるいは（c）妄想のどれかだよ。この考えをあざ笑うことはやめようじゃないか。そうとも」彼はとても真剣だった。「偏見なしに、調べてみよう」

「待ってくれよ、きみ！」僕は言った。

「それゆえに、ミセス・ローガンはどのような人物かという点が大いに問題になるだろう。すなわち、どのような証人かということだ。彼女は正直か？　虚言癖があるのか？　正直だが不注意なのか？　想像力がたくましいのか？　それとも――」

「いいから、ちょっと待ってくれないか？」

ジュリアンは話をやめたが、むっとしていた。僕は椅子から立ちあがり暖炉に近づいた。妙案というのはごくまれにしか浮かばないものだ。導きだすには、水の入ったバケツを頭に載せて運んでいて、こぼさないために揺らされたり押されたりしてはいけないといった心境になる。

僕は灰受け石に立ち、炉棚の煉瓦を調べた。空白箇所の三つの木釘が僕の視線とほぼ水平の位置にある。第一の木釘から少し左のあたり、煉瓦のひとつに黒っぽいシミがにじんでいた。煉瓦の濃い赤についているから目につきづらいが、見つけてしまえば明白だった。それに特徴的なにおいがあった。

「硝煙の跡だ」

「なんだって？」ジュリアンが言う。

「硝煙だよ。横の部分に。リボルバーはここの木釘にかけられていた。ぴたりと壁につけられて。その状態で発砲されたんだ」

僕たちはふたりしてあたりを見まわした。

この犯罪の全体像が定着液のなかの写真のようにくっきりと浮かびあがってきた。

四五口径のリボルバーはここにかけられており、その銃口は左を指していた。ベントリー・ローガンはタイプライターテーブルの後ろ、六フィート（約一・八メートル）ほどのところにいて銃口に顔を向けていた。銃口は彼の額の中央とまさに同じ高さだったはずだ。

背後から声がした。

「タイプライターを見て！」

テスだった。部屋に入ってくる物音はしなかったが、彼女は僕たちのすぐ後ろにいて、振り返ったジュリアンは彼女の肩にぶつかった。僕たちは彼女があごで示すほうを見ると、醜悪なからくりがさらに少しその牙を剝きだした。

タイプライターテーブルは細長く、短い辺が窓につけられている。だから、僕が昨夜気づいたように、長い辺は奥行きのある暖炉の端からだいぶ部屋のなかへ突きだしていた。いまでも散らばった用紙に覆われている。けれど、ゆうべのタイプライターは窓辺に寄せられていた。いまは何者かがテーブルの反対側へ置いている。暖炉正面にぴたりと揃う位置だ。

「動かされてる」テスが不自然な声で言う。「誰かが動かしたのよ。でも、ミスター・ローガンはここにやってきてそれを見て、元の場所にもどそうとした」

ローガンがタイプライターを持ちあげようとしたときのように、僕はテーブルの後ろにまわった。タイプライターの前に立ってかがんだ。そこで、この殺人の仕掛けが絶対確実なものだったのだと気づいた。タイプライターを持ちあげようとすればこうするしかない。真正面に立ち、前かがみになり、両端の下に手を入れてつかむ。失敗するわけがない。この位置ならつねに外さない。

「わかった?」テスが大声で言う。

ジュリアンが必死になって指紋がとわめくのを無視し、彼女は走って近づき床からリボルバーを拾いあげた。これをぎこちない手つきで三つのなにもかかっていない木釘にかけた。タイプライターの正面に立つ僕の位置から見ると、十二挺のピストルの銃身は炉棚の前面からまっすぐに僕のほうを向いていた。けれど、ニッケルメッキの弾丸が入っていたのはそのうち一挺だけ。四五口径がその瞬間に発砲されれば、僕の頭のてっぺんは吹き飛ばされていただろう。

僕は急いで身をかがめ、シーツの下で横たわるベントリー・ローガンの足につまずいた。テスはかなり気分が優れないようだった。その日は顔色が悪く、そんな彼女を目にするのは初めてだった。いつもは黒く艶やかな髪でさえも、生気が失せているようだ。彼女はセンターテーブルに近づいて僕たちに背を向けた。

ジュリアンは依然として落ち着き払っていた。

「興味深い」彼はすっきりしたデザインの懐中時計の鎖をいじりながら言う。「とても興味深い。でもねえ、テス。きみはあの銃に触ってはいけなかったのに！　やれやれ！」

「あら、誰が気にするわけ？」

「このわたしが気にするんだよ。それはともかく、きみはいっぱしの探偵だね、テス」

「ここに並んでいるピストルはどこか怪しいってわかってた」彼女はあっさり言い返した。

「ゆうべからそう言いつづけていたんだから」

（それは本当だが、彼女は振り返ったり、僕に同意を求めたりすることがなかった。肩の角度から察するに、打ち解けたい気分ではないことが伝わる）

「ええ、そうよ。わたしはみんなにそう言ったのに」彼女は歯を食いしばるようにして話を続けた。「なにかおそろしいことが起こるってわかってた。でも、誰も注意を向けようとしなかったのよ。そして、こうなってしまった」

ジュリアンは眉をひそめた。

「こうなってしまった？」彼は聞き返した。「わたしにはよく理解できないね。確信があって言っているんじゃないだろうね？」

テスはこれを聞いてさっと振り返った。

ジュリアンが言う。「きみが提示したすべての事実を認めるし、煉瓦に硝煙の跡があることも、タイプライターが異なる位置に動かされたことも認めるよ。大変結構。では、この点について教えてほしい。リボルバーはどうやって発砲されたんだ？」

沈黙が広がる。

テスがあやふやなことを言いはじめた。「引き金に紐が結んであったとか、そういうことで……」だが、知性ある女として言葉を呑みこんだ。僕たちは全員、問題点が眼前に立ちはだかっているとわかった。炉棚そのものと同じように固く貫けない、なにもない壁にドンとぶつかったようなものだった。

「リボルバーはどうやって発砲されたんだい？」ジュリアンが質問を繰り返す。

「でも――」

「これはわたしが口出しすることじゃないが」ジュリアンが僕たちに警告した。彼はその点をかなり強調しているようだ。「わたしの意見だと人に漏らさないと約束してくれるかい？」

「ああ、話して！」

「銃は壁にかけてあったかもしれない。だが、被害者になるべく運命づけられた者が前にやってきたからって、ひとりでに発砲しやしない。そんなことは考えづらいだろ。だから、きみたちがまずやるべきことは、誰が銃を発砲し、どうやって発砲されたか見つけだすことだよ。

数分前にボブには警告したんだ。ミセス・ローガンの証言が大きな問題になるだろうとね。さて、ミセス・ローガンは嘘をついているか、真実を話しているか、あるいは妄想の被害者であるかのどれかだ。また、ひとりきりの目撃者でもあり、死者を除けば発砲の時刻にこの部屋にいた唯一の人物でもある。彼女が嘘をついているとしたら、なんの茶番劇も――あるいはいんちきもなかったのであり、彼女自身が銃を手に取って夫を撃っただけであるとみることが可能だ。それがひとつの解答だよ」

僕はこの説に反対した。

「でも、待ってくれよ。ミセス・ローガンは嘘をついていない！　硝煙の跡だけでそれが証明できるぞ」

「あれが古い硝煙だったとしたら？」

「違うよ。火薬のにおいがしている。そのこと自体が立派な証拠になるはずだ。それにほかにも明白な要素がある。四五口径のリボルバーは反動が大きい。ああいう木釘にかけられたまま発砲されれば、反動で空中に飛びあがるだろう。そうしたら、ちょうど見つかった位置、あの灰受け石の上に落ちるさ」

「つまりどういうことだい？」ジュリアンが穏やかに訊ねた。

「どういうことかと言えば、想像力豊かで怯えた女には、本人が証言したように、銃が壁からジャンプして夫を撃ったように見えるのはもっともだってことさ」

ジュリアンはかなり考えこんでいるようだ。

相変わらず懐中時計の鎖の端をいじりながら、彼は部屋を行ったり来たりしはじめた。途方に暮れたからか、自分の説に横やりが入ってむっとしたのか、生き生きとした顔が紅潮してきている。洞察力のある明るい色の目がテスから僕へと向けられた。

「きみの主張は」彼はいらだっていた。「筋が通っているように聞こえるかもしれない。でも、納得できない。やはり同じ疑問が浮かんでくるから。銃は発砲された——どうやって？」

「わからないよ」

「ほらね？」

「説明する方法があるはずなんだ。絶対に。ミセス・ローガンという目撃者が、犯行現場に居合わせたんだから。たとえ、彼女はなにが銃を発砲したのか見ていなくても！　糸だか紐だか、その手のからくりがあったはずはないよ。アンディ・ハンターと僕は銃が発砲されて二十秒も経たないうちにこの部屋に到着したから、どんな仕掛けも始末する時間なんかなかった。仮にどんな仕掛けだったのかきみが説明できるとしてもね。この事件が朝の十時じゃなくて真夜中に起こったんだったら、僕たちはみんな幽霊が怖くてガタガタ震えているところさ」

「ミセス・ローガンみたいにね」テスがつぶやいた。

彼女はやはり僕のほうを見ない。空中を伝わる震動のように、どうやら僕がグウィネス・ローガンの肩をあまりに強く持ちすぎていると感じていることがはっきり伝わってきた。

「でも、やはり銃を発砲する方法がないじゃないか！」ジュリアンがわめくようにして言った。

「隠し通路なんかはどうだ？」

ありありと自暴自棄の表情を浮かべていたジュリアンだが、愉快そうに目をきらめかせた。

「なあ、ボブ。きみの想像力がどんなふうに働くか、わたしたちはよくわかっているよ。きみが伝説の白い貴婦人の幽霊や階段の家鳴りを好むのもわかっている。ずっとひらく羽目板の話が大好きなこともね。でも、それはさておき、事実だけを追うようにしてくれないか。隠し通路がどうした。目下の事件には関連がないよ」

「そうかな？　炉棚を見てくれよ」

「うん？　炉棚がどうした？」

「あたらしいものだ」僕は言った。「比較的、という意味だけど。十七世紀にはこのような煉瓦造りの炉棚は作らなかった。こいつはたぶん、家の改装のときに設置されたんだよ。戦後すぐに。これがからくり炉棚で、後ろが空洞になっているとしたら？　何者かがなんらかの方法でそこに隠れ、手を伸ばしてミセス・ローガンに見られることなく、手を伸ばしてリボルバーの引き金を引いたとしたら？」

この説は見込みが薄いように思えはじめて、続きは口にしないまま消えてしまった。でも、結局のところ、これは筋の通った仮説だ。

「ほら、僕たちは仮説のようなものにたどり着いたぞ、きみ。いくらきみの説が――」

ジュリアンが言う。「わたしにはそんなものはない。ずっと言いつづけているが、わたしは本件にかかわりがないからね。事件の当事者になりようがないだろう？　招待主に会ったこともないのに。このミスター・クラークというのは……」

「そういえば」と、テス。「ミスター・クラークはいったいどこにいるの？」

こうして彼女がようやくその件に触れた。心の底ではみんな訝っていたことだ。クラークがいないというのは明白な事実だった。ぽっかりと空白を感じる。彼こそ事件の中心へと突き進み、至るところへと動きまわり、刀身の平たい部分のような重みのあるあの個性で僕たちをまとめるべきなのに。殺人事件がこの家で発生したにもかかわらず、クラークは姿も見せず、なんの言伝もない。

テスがぶるりと震えた。

「彼はどこ？」彼女はなおも続けた。「今朝、誰か彼を見た？」

「わたしは見ていない」ジュリアンが彼女に言った。「わたしは、まあ、その件を話題に出そうとしていたんだよ。ここに着いたとき、戸口のところで年配の白髪の女に会ったんだ。家政婦かな？」

「そうよ。ミセス・ウィンチね」

ジュリアンはこまっているようだった。「当然ながら、ミスター・クラークに会いたいと伝えた。すると、彼は〝何時間も〟前に起きだして〝裏に行かれた〟と言われたんだよ。ミスター・クラークは朝食にコーヒー一杯しかとらない可哀想な人だという余計な情報まで知らされた。察するに〝裏に行かれた〟というのは庭に行ったということだと思ったから、そちらに向かったよ。そこにいたとき、リボルバーの銃声を聞いた。でも、彼は見当たらなかった」

「そしてほかの誰も彼を見かけてない」テスが指摘した。

「ねえ、テス！　その紳士が逃げたと言いたいんじゃないだろうね？」

「いいえ。でも、もっと悪いことを言いたいのかもよ」

車の音がドドドドと私道を近づいてくると、窓の前をさっと通り過ぎた。警察に違いなく、子供っぽいパニックが部屋のなかに広がった。みんなここから逃げだしたくなった。僕たちは証拠に手を触れていたが、小説のおかげでそれはいけないことだとよく知っている。だが、応接間に通じるドアのところでアンディ・ハンターに出くわした。

「なあ」彼はだいぶ息を切らして僕に話しかけた。「表にふたり来た。彼らは――」

「心配はまったくいらないはずだよ」ジュリアンがいくらかは自分に言い聞かせるように彼を安心させた。「警察だ。わたしが電話をかけておいた。ほかに誰もそうする気配がなかったからね」

　アンディが彼を無視する態度があからさまだったから、ジュリアンはまるで顔面を殴られたような表情になった。「このあたりの警察じゃないぞ」アンディは僕に言った。彼は浅黒く毛深い指で普段着使いのジャケットの下襟をいじりはじめた。「ひとりはエリオット警部だと名乗っている。ロンドン警視庁（スコットランド・ヤード）の」

「エリオット？」テスが大声をあげた。「その人、ボブの知り合いじゃなかった？」

　僕は言った。「そうだよ。でも――」

「それにもうひとりは」アンディが口をはさんだ。「何度も聞いたことのある名前だ。ギディオン・フェル」

ジュリアン・エンダビーが口笛を吹きはじめた。

「もしそれがフェル博士だったら」彼は肩書きを強調した。「これ以上は望めないアドバイスをもらえるよ。信頼できる男だ。とてもね。いささか意外すぎて本当だと信じられないくらいだ」彼は疑わしそうにブロンドの眉をひそめた。「スコットランド・ヤードの警部は大物すぎる。みんな正直に意見を言おうじゃないか。警部がここでなにをするつもりだ？」

やはり彼を無視してアンディは咎めるような目を僕に向けた。

「なあ、我が友人のジャーナリスト君よ」アンディはジュリアンの疑問に答えた。「世間にこの件を広めたな。警部はきみに呼ばれたと言ってるぞ」

8

ロングウッド・ハウスの大広間の奥にある小さなドアの先は庭だった。右はキッチンなどの使用人部屋が突きだしており、月桂樹の生垣で品よく目隠しされている。左はタイル敷きのポーチでガラスの屋根があり、屋敷の裏手に沿って延びている。書斎の大きな北の窓に至るほどだ。タイルの床を滑らせるようにした小さなキャスター付きの緑に塗られた鉄製の椅子が、このポーチのここかしこに散らばっていた。天蓋のある派手なストライプのポーチ用ブランコがひとつ。

椅子のひとつにエリオット警部が、別のひとつに僕が座っている。ブランコには（彼が座れるくらい大きいのはこれだけだったので）ギディオン・フェル博士の巨体が収まっていた。

さて、時は一九三七年の春である。アンドルー・エリオットはまだ、後のような偉大な名声は手にしていなかった。同じ年の七月に『曲がった蝶番』事件を扱い、その後、十月にはソドベリー・クロスの毒殺事件（『緑のカプセルの謎』より）で名をあげることになる。

だが、この頃のエリオット（僕とは同じ学校に通った仲である）は非常にまじめで野心に燃え、少しでも犯罪のにおいがすると言われたら休みの土曜日でもどこにだって駆けつける気満満だった。それなのに、いまの彼は嬉しくなさそうだ。なにが起きたのか、話すべきことを伝えたとたん、熱意が遠くに吹き飛ばされたように見えた。

「殺人なのか？」

「殺人だとも。書斎を見て、自分の目で確認してくれ」

「なのに、この電報を送ったのはきみじゃないと言い張るのか？」エリオットはポケットから皺くちゃの紙を取りだして僕に寄こした。

サウスエンドの消印でゆうべの発信の電報にはこう書かれていた。

いわゆる幽霊屋敷での幽霊パーティで重大事件が予想さる／警察に正式な連絡は取れないが口実を作ってきてほしい／エセックス州プリトルトンのロングウッド・ハウス／生死にかかわる――モリスン

「違うね。この電報も、どんな電報も、送っていない。でも、こいつはきみを大急ぎで呼びだしたかったように見えるな」

「わたしはチャンスに飛びついたんだ」エリオットは打ち明けた。「でもいまは、ロンドンにもどるチャンスにしか飛びつきたくない。この件はわたしが手がけるようなものじゃないぞ。もう地元の警察には連絡したんだろう？」

「うん。でも、帰らなくてもいいだろう？　大注目の事件になりそうなのに」

「それはできないって言ってるじゃないか！　わたしが関与するような事件じゃないよ」

「話くらい聞いたらどうだ？　損にはならない」僕はフェル博士を見やった。「あなたはどうですか、博士？」

フェル博士は首を傾げた。

巨体でにこやかな笑みを浮かべ、テントのように大きなボックス襞のマントを着た彼は、派手なブランコの真ん中に座り、橦木杖の上に両手を重ねていた。シャベル帽（聖職者のかぶるつば広のフェルト帽）は頭上の天蓋にくっつきそうだ。眼鏡は薄紅色の鼻に危なっかしく載せられている。この眼鏡をとめる黒いリボンは、三重にたるんだあごの奥から轟くように大きな息が吐きだされるたびにふるふると揺れ、山賊めいた口ひげを乱した。だが、なによりも印象深いのはその目のきらめきだ。人生を謳歌し、目の前のものを見て、聞いて、考えるだけという海賊にも似た威勢のよさが、かまどから立ちのぼる蒸気のように彼から発散されていた。サンタクロースかコール老王（イギリス童謡の音楽好きの王）に出会った気分だ。

「申し訳ないが」フェル博士はベン・ジョンソン（詩人・劇作家）風にいかめしく、詠唱するように言った。「わしもすまんと言うしかなさそうだ」彼は頰を膨らませた。「幽霊屋敷にしてやられた。幽霊屋敷と聞いて抵抗できんかったわい。警部の家の戸口で《三匹の子ぶた》のアニメ映画ばりの優雅で軽やかなファンダンゴを踊ってアピールし、同行してくれとしぶしぶ招待させたんだが。しかし、殺人とは――」博士の顔が曇った。「うーむ。どういった殺人かね、ミスター・モリスン？」

「不可能殺人です」

「そうかね？」

「そうです。誰も引き金を引いていないのにピストルが勝手に発砲され、あのローガンという男を殺したんですよ」

「コッホン」と、フェル博士。「警部、きみに指図したくはない。金輪際な。だが、ミスター・モリスンの話を聞いてみても、別に損にはならんと思うぞ。いいかね、損にはなりゃせん。なんと言っても、そういう話は刺激になることが少なくないし、昼めしの食欲を増進させる。そうじゃないか？」

彼はふたたび口をつぐんだ。テスがめったに見せることのない、いつもと違う態度でポーチ沿いにやってきた。一度は急いで背を向けて走って引き返すかに見えた。だが、彼女はぐっとこらえた。客人たちの前に立つと口走った。

「エリオット警部？」

「なんでしょう、お嬢さん？」

「ごめんなさい。わたしが電報を送ったの」

エリオットは椅子を引き、小さなキャスターをきしませて立ちあがった。いまではすっかり職業意識を取りもどしていた。カウンターにいる店員のようにきびきびとそつなく振る舞っている。

「ほう？　どうしてそんなことをなさったんですか、お嬢さん？」

「わたしはテス・フレイザーと言います。あなたがボブの友達だって知っていました。ボブはパーティの主催者に今週末、あなたを招待するよう勧めたんですが、彼は招待しようとしなかったの。わたしはゆうべこの屋敷から電話を使って電報を打ったんです。スコットランド・ヤード気付で送れば、あなたの手に届くとわかっていたので」

「なるほど、お嬢さん。でも、そもそもなぜ電報を送られたんですか？」

テスは濃い青のスカートの両サイドに手をきつく押しつけていた。上半身は半袖の青い絹のブラウスで、呼吸に合わせて胸元が大きく上下している。

「もう、ひとり死んでる」彼女は答えた。「そしてわたしは証明できるの。このミスター・クラークはわたしたちがここから逃げだす前にみんな焼き殺そうとしているって」

そこで彼女は警部の目を見つめた。

なめらかな濃い赤のタイルを貼ったこの裏手のポーチから、乱張り石の小道が沈床庭園（サンクンガーデン）の長い坂になった芝生に延びていた。沈床庭園は青、赤、黄と絡みあう色に縁取られ、中央は金属盤の日時計。西にはブナ並木が空を背にそびえたっている。太陽は雲に隠れていた。

「焼き――」エリオットは言いかけてやめた。「どうしてそんなふうに思われるんですか、お嬢さん？」

「お願いだから、地下室を見てほしいの」

「と言われると？」

テスは答えた。「地下室の隅々まで、床一面が大きなガソリンのドラム缶で埋め尽くされていて、藁で覆われているの。ここは木造の家。地下室の階段でマッチを一本擦れば、動く暇もなく火あぶりになってしまう」

太陽は雲に隠れていた。

エリオットは驚いたまなざしをちらりと僕に向けた。「なるほど？　その話はミスター・モリスンにしたんですね？」

「いいえ」と、テス。「ボブは秘密をグウィネス・ローガンに教えたがるので」

彼女の言葉は外したブローチのピンで相手を引っかこうとするかのように辛辣だった。同時にハシバミ色の目がきらりと光った。そのすぐ後に彼女は涙をこぼした。

「テス、それは違うよ！」

フェル博士は巨体ゆえに座ったままだったのだが、ここで波打つように立ちあがろうとした。最初のよろめきは地震さながらだったからブランコ全体がギイギイ、ピシピシと音をたて、天蓋はアコーディオンよろしく折りたたまれた。だが、彼は喘息のように何度も息を切らしながら懸命に立ちあがってみせた。薄紅色の顔は同情したせいでさらに濃い色になっている。だから本能から真っ先にテスが訴えたのは博士に向かってであった。

「あなたなら助けてくれますね」彼女は急き立てた。「お噂は伺っています。まさかあなたがここに来てくれるなんて思ってなかった。でも、来てくれたんですから、助けてくれますよね？

別にわたしは女がよくやるように〝ほら言ったじゃないの〟と主張しているわけじゃないんです。でも、ボブには警告したんですよ。六週間前、クラークにはひどくおかしなところがあるってこの人に言いました。クラークは悪賢いし、それに——ああ、もう！ それは直感なんかでもない。ソーンズ美術館で吊し首になり、内臓をえぐられ、四つ裂きにされる絵を見ている彼の顔を見て、そう思ったんです。でも、ボブははなから耳を貸そうとしなかった。ボブは誰のことだって好きになるので。助けてくれますか？」

「マダム」フェル博士はとてつもなく真剣に言った。「喜んでお助けしよう」

「博士、早まらないで！」エリオットが注意する。

僕はテスの腕をつかむと椅子にぐっと座らせた。彼女が〝ボブは誰のことだって好きになる〟と強調して侮辱したために、やたらと頭に血が昇ってしまった。手厳しくあざ笑われた。まちがいなく、彼女から受けた最大の罵倒だ。僕たちはふたりとも恥をさらした。彼女は腕を振りほどこうともがき、涙に濡れた憎しみのこもった目で見てきたが、僕はさらに強く彼女を押さえた。

「離してよ！　痛いじゃない！」

「わかったよ。でも、グウィネス・ローガンのことは後で話そうじゃないか」

「いま話しても、全然平気！」テスが大声をあげ、顔をこちらに向けた。「あなたって時間を無駄にしなかったのね？　彼女と一階に下りてたしかめようとするなんて——」

「なにをたしかめるんだ？」

「しらばっくれないで、ボブ・モリスン。わたし、知ってるんだから」

「そうか、僕より僕のことに詳しいんだな」宇宙が自分に対して陰謀を働いているように感じて取り乱す男は叫んだ。「彼女とはどこにも行かなかった。一階で彼女を見つけたんだ。僕がやったことといえば、彼女が夫についた嘘に口裏を合わせただけさ。でも、きみはなんの話をしている？　あの小さな鍵と関係のあることかい？」

「あるに決まってる。でも、もちろんあなたは知らなかったって言いたいのね？」

「テス、本当に知らなかったんだよ！」

「クラークが彼女にあの鍵を渡したところを見なかったの？　みんなが休む前に」

（たしかに、その通りだった。階段のいちばん下でクラークがグウィネスの手になにかを滑りこませたことはすぐに思いだせた。あれが鍵だとは知らなかったが）

「ちょっとよいかな」と、フェル博士。

博士の目にはあのきらめきがもどっていた。僕たちの頭上にそびえたち、腹の底から忍び笑いを漏らした。だが、少しまじめになるとふたたびブランコに腰を下ろした。

「きみたちは忘れておるようだな。言い分につい熱がこもるあまり、この会話は刺激こそあれども、警部とこのわしにはちんぷんかんぷんだということを。わしたちは——コッホン——」ここで彼はオランダの軍艦のように大きな金時計を取りだして時間をたしかめた。「ロンドンに帰るまであと三十分はいられるよ。そうだな、警部？」

「まあそうですね、博士」

「だったら、始めからすっかり話すのがいいんじゃないか？」

「ボブ」テスが僕を見つめてつぶやいた。「今度こそ、本当のことを話してくれるのよね！」

「本当のことを話しているって、きみも聞けばわかってくれるさ」

「じゃあ、話して。フェル博士が言うように！　始めからすっかり。誰か納得いく説明ができるはずよ」

僕は低いポーチの端に腰を下ろし、事実を整理した。三月のコンゴ・クラブでの会話にまで遡(さかのぼ)って話を始めた。クラークがこの屋敷を買ったこと、彼の反応、招待客の選定について語った。夕方ここに到着したときのこと、そしてそれに続く出来事について話す段になると、これまで書いてきた通りのことをなにも漏らさず詳しく述べた。長い話だったが、彼らは退屈しなかったようだ。

フェル博士はどんどん夢中になっていた。だいぶ前に火をつけた葉巻を、子供がペパーミントのステッキ・キャンディに吸いつくようにしてふかしている。彼は傷んだ革表紙の手帳を取りだして、短くなった鉛筆でメモをとってもいた。またもや頬を膨らませるとふんぞり返ってベン・ジョンソン風に語ろうとしたが、エリオット警部をちらりと見て思い留まった。

「アテネの執行官よ！」彼はうつろな声でつぶやいた。「おお、わしの聖なる帽子よ！　いいかね、エリオット。こいつは一筋縄ではいかんな」

警部はうなずいた。彼もこの話に引きこまれているようだった。

「さて」フェル博士が葉巻の灰をベストや手帳に散らしながら派手な身振りをしてうながした。「ひとつふたつ質問させてくれ、ミス・フレイザー。うーん、よし！」

「なんでしょう？」

「最初にこの家に足を踏み入れたとき、玄関で〝指のある〟なにかに足首をつかまれたとか？」

テスは顔を真っ赤にしたが、うなずいた。

眼鏡をくいっと押しあげると、フェル博士は一瞬彼女にとても厳しい目を向けた。

「その出来事には曖昧な点がいくつかあるんだよ。たとえば、指というのはどういったものだったね？　大きな手だったか、それとも小さな手だったか？」

テスはためらった。「小さな手だったように思います」

「ふむ、そいつはなにをしたんだ？　きみを引っ張って転ばせるとか、そういったことかね？」

「いいえ。それはただ――つかんだだけで、それから離しました」

フェル博士は軽くぜいぜい呼吸しながら、ふたたび彼女にとても厳しい目を向けた。その後、僕を振り返った。「その謎めいたミスター・クラークには、極めて興味をそそられるね。彼がきみに話したこのノーバート・ロングウッドのことを考えてみようじゃないか。一八二〇年にここで死んだ学者のことだ。いやはや、ミスター・クラークの豪胆さには感心させられるな！」またもやフェル博士は忍び笑いを漏らした。顔全体が艶（つや）のある薄紅色になって輝き、にこやかだ。ベストの葉巻の灰を払おうとして逆に擦りつけた。「ノーバート・ロングウッドは〝医者〟だと言ったんだね？」

「ええ」

「そしてノーバート・ロングウッドの医学界における三人の友人、あるいは仲間の名前は、アラゴ、ボワジロー、サー・ハンフリー・デイヴィと言ったと？」

「いいえ。それを言ったのはこの僕です」

「きみがそれを言っただと？」

「そうです。クラークは自分からはどの名前も出さなかった。それどころか、僕が名前を持ちだすとちょっとむっとしたようでしたよ」

フェル博士は考えこむように話した。「なあ、彼は多くの点で奇妙なくらい口をつぐんでおるな。そこがとりわけ目立つのう。さて、コンゴ・クラブにいたこの若者だが。ああ、シャンデリアを揺らした身軽な執事の話をした男だよ。名前はなんというのかな？」

僕が名前を教えると、博士はこれを書き留めた。

「住所は？」

テスと僕はとまどって顔を見合わせた。フェル博士が彼に尋常ではないほどこだわるなんてまったくの予想外だった。

「どこに住んでいるかは知りません。でも、クラブ気付にすればいつでも彼には連絡が取れますよ」

「よろしい！　ふうむ、さて！　夜中の一時頃、一階でゴトンという音がしたと言っておったな。きみはそれを調べにいき、ミセス・ローガンが書斎から出てくるところを見つけた。彼女は小さな鍵を持っておって、そいつが大変な騒動と厄介事を引き起こしたと」

僕はうなずいた。テスはいまにもなにか言いそうになったが、こらえて僕をさっと見やった。

「そこできみはミスター・ローガンにとっちめられた。彼の妻に下心があると非難されたが、彼はすぐに見当違いの相手をつかまえたと納得した。しかし、彼はミセス・ローガンがヴィクトリア・アンド・アルバート博物館でよその男と逢い引きしておると言った」

「ボブは」テスが出し抜けに言う。「博物館のことならなんでも語れますよ。そういうところばかり行くの」

「きみだってよく知ってるだろうに」僕は切り返した。「僕たち――クラークと僕って意味だぞ――はそういう大きな施設には行かないって。ソーンズ美術館だとかチャンセリー・レーンの官公記録所とか小さなところだけだよ。とにかく、僕が行ったことがあるのはそういうのだけだった。クラークはどうか知らないけどね」

フェル博士はテスを見てまばたきをした。

「きみも夜中にこのゴトンという音を聞いたかね、ミス・フレイザー？」

「ええ、聞きました」

「そして一階に下りた？」

「はい」

「そしていまの話と同じ言い争いを小耳にはさんだんだね？」

「ええ、そうです」テスをこれを認めてポーチの椅子の肘掛けを人差し指でなで、顔をあげた。

「さて、このとても興味深い鍵の件だが。どんな意味があるのか、なにを開けるものなのか知ってるかな？」

「いいえ、知りません」彼女はすぐに答えた。「もしかしたらと思いあたるのはあるし、推測はできるかもしれませんけど。やっぱりたしかな話じゃないですし、たとえわたしの考えが正しくても――！」彼女は混乱しているという激しい仕草を見せた。

「きみはどうかな、ミスター・モリスン？」フェル博士がうながした。「この鍵についてなにか考えは？」

「あります。隠し通路のたぐいの鍵かもしれません」僕がそう答えると、みんなが驚いて僕を見つめ、フェル博士は病的なほど熱意と関心を窺わせる眼光を浮かべた。僕は説明をはじめた。

「つまり、暖炉につながっている隠し通路ですよ。まず、これはあきらかに現代的な暖炉です。次に、アンディ・ハンターがこの家について、僕たちは誰も知らないことをなにか知っています。彼は修復を担当した建築家でしたから、それはごく自然なことですよ。ローガンが殺害される直前、アンディはそれがなにか僕に全部話そうとしていたところだった。そのとき、銃声がしたんです。彼はやや青ざめて、それ以来、口をひらいていません。彼の知っているのは後ろめたい知識じゃないですよ——アンディのことはよく知っているから、それはまずありません——でもこの事件にとっては、とても重大なことかと」

　僕たちは玄関からだいぶ離れた場所にいたものの、静かな屋敷でノッカーがコンコンとこだまする音を全員が聞いた。

　陽気さの消えた様子で考えこんでいたフェル博士は我に返り、顔をあげてエリオットを見つめた。

「きみ、こいつはおそらく地元の警察だよ」彼は穏やかに言った。「どうやら、わしたちは三十分とはいわず留まっておったらしい。きみから彼らと話してくるかね、それとも、ふたりしてバラ園からこっそり抜けて逃げだすかね？」

　エリオットは立ちあがった。砂色の髪の下の顔は、いつもは明るく素朴で、いかついあごのために隠れがちな無邪気さに満ちているのだが、いまは憤慨（ふんがい）した表情になっていた。

「どうやら」彼はのろのろと言う。「彼らに会ってきたほうがよさそうですね」そこで本音が自制心を打ち破った。「まったく、博士、わたしが関心を持っていないなんて思っていないでしょうね！　この事件を捜査するためなら一カ月ぶんの給料だってさしあげますよ。でも、地元の警察がヤードに要請しないかぎりはわたしたちの出る幕じゃないんです。要請されたとしても、このような重大事件がわたしの担当にはなりそうにない」

　テスの好奇心が目覚めた。「地方警察はスコットランド・ヤードに要請するのはちょっとためらうのですか？　自分のところの捜査能力を気にするから？」

エリオットは頭をのけぞらせて笑った。

「警察署長が気にするのは自分の予算についてですよ。ほとんどの人が知らないようなんですがね、地方警察がスコットランド・ヤードの者を呼べば、手当を払わないとならないんです。一日、三十シリングかかる。だからためらうんです。しかしながら――」

彼は咳払いをした。さりげなくて堂々とした雰囲気で、フェル博士は怪しむように彼を見てまばたきした。

「たまたまなんですがね」彼は話を続けた。「わたしはここの警部と会ったことがあります。一年前に、この地方でジミー・ギャリエティが逮捕されたんですよ。よろしければ、わたしがその警部と話をしてきましょう。ついでながら」彼は僕たちににらみをきかせた。「きみたちはここに残るように。すぐもどる」

だが、彼からそんな指示をされる必要はなかった。ミスター・マーティン・クラークが熱帯でしかお目にかからないようなパナマ帽と白いリネンのスーツといういでたちで、沈床庭園からちょうど階段をあがってきたのだ。

クラークは僕たち一同を見てぴたりと足をとめた。空模様が暗くなっていく下で、ブナの木立の向こうで風が強まっており、パナマ帽で彼の顔は影になっていた。草をかき分けるための軽くしなやかな杖を手にしている。背中は丸まっていた。彼は無言だった。なにか言ったとすれば、彼が叫んだように、しかも大喜びの声をあげたように感じただろう。彼は両手で杖を握り、まるで細い剣のように前後にそっとたわませた。

9

「フェル博士では？」クラークが言った。

誰よりも先に口火を切った彼の言葉は、ひどい冗談のように僕たちには聞こえた。乱張り石の小道をやってくる彼は、色とりどりの庭を背にその輪郭を際立たせていた。まだ杖をたわませている。日焼けした皺(しわ)だらけの顔に白く強い歯が見えた。薄い色の目にはユーモアをたたえている。

「なにがあったんだね？」彼は訊ねた。

「ミスター・ローガンが亡くなりました」テスがはっきりと答えた。「あなたの空飛ぶリボルバーで頭を撃ち抜かれて、わたしたちはみんな死ぬほど怯えているんですけど」

クラークは彼女のトゲのある言いかたに憤(いきどお)りはしないようだった。それどころか、そのことに気づいているかさえも疑わしい。しかし、彼がまず浮かべた表情はまぎれもない驚きだったと誓ってもいい。内心楽しんでいることが窺えるようになり、それがあまりに大きく歪(ゆが)んだものだったから、手にした細い杖を折ってしまうのじゃないかと思ってしまうほどだった。とは言え、これらの表情はほんの一瞬、幽霊のようにちらりと浮かんだだけだった。次の瞬間、彼はあっけにとられた驚愕と不安の表情を見せた。

「なんとまあ!」彼はそんな言葉を囁いた。「それはひどい知らせだね。それは――」彼はいったん口をつぐみ、片手で目庇を作った。「だが、どういうことだい。事故だったということかね? それにきみは〝わたしの〟リボルバーと言ったね。わたしはリボルバーを持っていないんだが」

「肝心の言葉は〝空飛ぶ〟のほうですぞ」フェル博士がそう言いながら、またもや耳障りなギイギイ、ガシャンという音をたててブランコから立ちあがった。「だが、よろしいかな。まずはここでわしが横入りすることをお詫びせねばならん――」

「お気になさらず」クラークが言い終える前に口を開いた。

「――なにが起きたかを教えてさしあげることでな」博士がぜいぜいと言う。「ミスター・ローガンは殺害された」簡潔な言葉で彼は状況のあらましを説明した。「不幸なことにミセス・ローガンがその部屋におって、その奇跡を目撃しておる」

「グウィネスが現場に」クラークがすさまじい勢いで言いかけた。ふたたび彼はぐっとこらえた。「これは思ったよりまずい事態だ。グウィネスが!」

「説明はできんのかね?」

「なんの説明だろう?」

「このみずから動けてみずから発砲できるリボルバーの奇跡だよ」

クラークはいらだっている仕草を見せた。「博士、どうやったらわたしにそんなことが説明できると？　冷静に考えれば、これが超自然現象だったと主張するのはためらわれる。そんな主張はしないよ。ただ、わたしが言いたいのはこの家が……」またいらだちの仕草をした彼はとまどって年寄りじみて見えた。彼はポーチにやってきて腰を下ろした。「いまは家に入るつもりはない。そちらはエリオット警部では？」

「なぜ名前を？」

「昨夜」クラークは考えこみながら言った。「夕食の直前にわたしの招待客のひとり、とても愛らしく若いご婦人が電話をかけた。わたしの寝室には内線電話があって、たまたま受話器を手にしたら、電報局につながるところだった。まあ、わたしはじゃまをしなかった。成り行きが面白くなりそうだったからね。エリオット警部——それから、ほかならぬ博士——ならばいつだってこの屋敷では歓迎しよう。ただし、あなたたちがなにを発見するのだろうと考えたくはないと白状するよ」

テスの顔は真っ赤だった。

事態を面白がるクラークは人が変わっていた。彼が研がれた爪を見せただとか、毒を吐いただとかいうのではない。彼が僕たちに向けた表情に不快なところはなにもなかった。しかし、彼は前より口調こそ穏やかだが手厳しくなったようで、押しが強くなっていた。まるでテスと僕は突然、学童に成り下がったようだ。僕たちより立場が上のクラークは、フェル博士に対等に話しかけた。

「ぜひ、お手伝いしたいね」彼は申しでた。「あなたにこの事件の捜査の依頼が行けばと願っているよ、博士。わたしに訊きたい質問はないかね?」

「ないな」と、フェル博士。

「ない?」

「つまりだね、この時点でわしがなにか口をはさめば、礼儀をわきまえないでしゃばりになるんだよ」フェル博士は杖の石突きで強く地面を突いて単調に語った。「とは言え——アテネの執行官よ!——なんたる事件だ!」重苦しい態度は崩れた。「まったくな。このローガンという男だが、知りあってどのくらいかね?」

「七年ほどだね」

「そんなに長く?」

「詳しく言えば」クラークはほほえんだ。「手紙のやりとりを通じて知っていた仲でね。わたしたちの商売にはつながりがあった。聞き及んでいるかもしれないが、彼は手紙を書くのが得意でね。それで知った仲になったわけだ。ただし、本人に初めて会ったのは数カ月前。彼はマンチェスター在住で、わたしはナポリに住んでいたから」

「仕事上のつきあいだったということか」

「わたしはジャム製造業を手がけていた」クラークが楽しそうに答える。ジャム製造業は世界一愉快なものであり、同時になによりも優れたものであるかのような口ぶりだ。「ジャムやマーマレードは食卓の極上の彩りだよ。太陽に照らされて果物が熟すイタリアの丘からきみたちの炉辺へ、朝食に日射しの息吹(いぶき)を運ぶ。ローガンは取引相手の卸売り業者だった」

「ふうむ、なるほど。好ましい協力関係だったんだろうね？」

クラークは大笑いして切り返した。「わたしに会う前から、ローガンはわたしが大嫌いだったよ」

「ほう？」

「もちろん、そこは後から変わったがね。手紙をやりとりするうちにすれ違いが大きくなってしまう無意味な反目、それに過ぎなかった。ローガンはわたしを理解できなかったんだね。それで彼はよくいらだっていた。まったく！――わたしが商売人を名乗るのであれば、なぜ煤まみれの北の故郷に帰り、胸を張って商売に精を出さないのか？　わたしが〝退廃的な南〟に沈みたがるのはなぜか？　そんなことはまちがいだ。道をはずれている。おそらくハーレムを作って奴隷を虐待しているんだ。なにより、わたしがあきらかに楽しそうなのはなぜなんだ？と、まあそんな具合だよ。そんな思いが彼を逆上させた」

「あんたは楽しんでおったんだね？」

「心からね。わたしはストラーダ・デル・モロに事務所を構え、自宅はコルソ・ヴィットリオ・エマヌエーレに、別荘はカプリに……」クラークはくつろいで椅子にもたれ、夢見るような目をポーチのガラス天井に向けた。そうした背景に溶けこむ彼がありありと想像できる。痛いほどくっきりと日射しに照らされるカラフルなナポリの街並み、真っ白なビーチとオリーブの木立のシルエットを背にした姿だ。

「たまに、なぜあそこを離れたのかと考えてしまう」彼はそう言いきった。「だが、わたしはローガンのような強い性格ではない。彼がどんな人間だったかわかるね。彼は震えることのできない男だったんだから」

「彼は震えましたよ」と、テス。「弾丸に当たったとき」

「それはそうだろう」クラークは突然、姿勢を正して同意した。「しかし、わたしになにを言ってほしいんだね？　わたしはなにが起きたのか知らないんだよ。何者かが哀れなローガンを殺した。いったい、どうしてだ？」

このあいだもずっとフェル博士はクラークから目を離さなかった。その目は太い黒のリボンで留められた眼鏡の奥で拡大され、不穏な感じになっていた。博士はいまにもマシンガンのように質問を次々に放つ気配になったが、必死にこらえているようだった。そして彼が言ったのはこれだけだった。

「ミスター・ローガンに敵はおらんかったかね？」

「ここにいる者は誰も敵じゃなかった。もっとも、彼はここにいる何者かに殺されたはずだが。こんなことを言わねばならないのは残念だが、それが真実だよ」

「殺された——どうやって？」

「ああ、痛いところを突かれたな。だが、あなたはなにか仮説があるんじゃないかな、フェル博士？　あるいはきみ、モリスンは？」

「あります」僕は言った。「書斎の暖炉の裏に隠し通路があることに賭けます」

「ほう？　なぜそう思うのかね？」

「あなたがゆうべ、ミセス・ローガンに手渡した小さな鍵のことがあるからですよ」

するとと息を呑むようにあたりは静まり返った。クラークは椅子を少し後ろに引いた。キャスターがきしんで黒板を引っかくチョークのように甲高い音をたてる。だが、クラークの表情はとまどったままだった。

「ねえ、きみは幻を見ているね。わたしはミセス・ローガンにもほかの誰かにも、鍵など渡していない」

「テスが見ています。僕もです」

「繰り返すが、ミセス・ローガンにも誰にも、鍵は渡していない」

「長さ一インチぐらいの小さな鍵でした。彼女はそれを使って夜中の一時になにかを開けたんです」

「わたしの主張は変わらない」

「僕だって――」

「それから隠し通路については」クラークが口をはさみ、みなの緊張感が高まってきたところで口調を穏やかなものに変えた。「その点は解決できるはずだ。わたしはそういったものの存在はいっさい知らない。もしあるのだとしたら、我が建築家に騙されたことになる。けしからんことだ。ミスター・ハンター！　ミスター・ハンター！」

僕はアンディが少し離れた裏口の内側に潜んでいたなんて気づいていなかったが、クラーク（その目は影の動きでさえも追う）は彼を見ていたのだ。アンディはやかましい足音を鳴らして僕たちのところにやってきた。挑むような態度から立ち聞きしていたことがわかる。

「ボブ」彼は言った。「馬鹿なことを言うなよ」

「隠し通路のことかい？」

「そうさ。そんなものはない」アンディは必死なほどに真剣で、舌がまわらなくなっていた。いまさらながら思いだしたように、上着の内ポケットから大量の紙類を取りだして探りはじめた。勝ち誇ったように汚れた名刺を引き抜く。

「読んでみろ」彼は言う。

僕は声に出して読んだ。そこにはバーナード・エヴァーズの名前があった。王立歴史協会フェローで、住所はクラレンス・ゲートだ。これを見ても僕はなにもピンとこなかったが、クラークはひらめいたようでうなずいた。

「ああ、わたしは知っている。彼は――」

「彼はイングランドの秘密の隠れ場所については第一人者なんだ」アンディが割って入り、名刺を手にして僕の鼻先で振った。「彼の本を読めば、きみにもそのことがわかる。この屋敷の扉がまたひらかれると聞いて、彼は弾丸みたいにここへ飛んできてね。そして家じゅうを調べた。自分も一緒にまわったんだ」

アンディは喉をごくりといわせた。本人の喉仏と同じくらい大きな塊でもあったかのようだ。そして彼を生き生きとさせる数少ない話題について、勢いよく雄弁に話を続けた。

「隠し通路、隠し穴、隠し扉についての馬鹿げた話ってのはたくさんあるだろ。そういうのはたいてい、まるきり嘘っぱちさ。当然だろ。きみがまずなによりも問いかけるべきは、どんな家であろうとそういうのが必要になった理由じゃないか？　そういうのを使う目的は？　ようするに、昔の人たちは面白半分にそんなものは作らなかった。作るからには理由があったのさ。

　百の事例のうち九十九は捜索者から誰かを隠すためのものだったとわかるんだ。エリザベスの時代とジェームズ一世の時代にはカトリックへの迫害から司祭を隠すため。共和制時代には国王派を隠すため。ジャコバイト蜂起のときはスチュアート家支持者を隠すため。そういう人たちを隠し、できることなら、秘密の脱出口を使ってその家から逃がすためだった。

　さて、この屋敷は一六〇五年の建造だ。火薬陰謀事件の年、司祭たちが至るところで隠れ場所を求めて走りまわっていた頃だよ。それで、ミスター・エヴァーズはここにもそういったものがありそうだと考えた。俺たちはこの家を顕微鏡で見るようにして調べた。結果、隠し通路のたぐいなんか、どこにもなかったのさ。俺の言葉を真に受けなくてもいいぞ！　ミスター・エヴァーズに手紙で問い合わせてみろ。それで解決だ」

　アンディは咳払いした。手にした大量の紙類をシャッフルし、いくらか床に落としてしまい、それを拾いあげてから締めくくった。

「ここにいるボブは炉棚の話になるといかれてしまう。ゆうべここに到着したとき、ほいほいとこいつが話題にしたのは炉棚のことだった。古い家のなかには暖炉の下に隠し穴が作られているものもあるってことは認めるよ[*原注]。でも、書斎のやつには変わったところなんて皆無だ。どの煉瓦（れんが）もしっかりしているし、すべての継ぎ目はセメントで固められている。証明してくれる人をいくらでもここに連れてくることができるぞ」

「でも、アンディ。あるはずなんだって！」

「どうしてあるはずなんだよ？　ちゃんと説明してみろ」

「なにかがあの忌々しい銃を撃ったからだよ！　そうじゃなければ、幽霊の手に支えられて銃が弾み、宙に浮き、ローガンを撃ったってことになる。そんなの信じられるか？」

僕たちの声そのものも力強く弾んでいった。アンディは答えない。自分は正しいと知っているときに彼がいつも浮かべる強情な顔つきをしている。堂々たる威厳たっぷりに壁にもたれて腕組みをしていた。

「ここには」彼は一言ずつ極めてはっきりと告げた。「隠し――通路――なんて――ない。俺はそう言ってるんだ」

クラークはここまで、突っこみどころはないかと楽しそうに聞いていた。

「その言葉を聞けて嬉しいね」彼は言う。「すなわち、きみがわたしになにも隠していないことが嬉しいんだよ、ミスター・ハンター。だが、モリスンの鍵についてはどう説明するのかね？」

「あれがなにかよくご存じのはずですよね、ミスター・クラーク」テスがとても低い声で言った。

「そうかね？」

「そうですよ。なにを開ける鍵かあなたは知ってる。あの三連祭壇画を開けるものです」

沈黙が流れた後、彼女は堰を切ったようにフェル博士に訴えた。

「大きくて平たい木でできたもので、書斎の壁にかけられているんです。金箔とエナメルに覆われています。中央に折りたたむ二枚の袖。隠された鍵穴があって、鍵がかけられるようになっているんです。わたしはイタリアの教会で鍵穴のある三連祭壇画をいくつも見ました。よくよくながめないと鍵穴が見つからないの。問題の鍵はそのためのものです。ミスター・クラークはそれを否定できないはず」

アンディ・ハンターがパチンと指を鳴らした。驚愕の表情は確信のそれへと変わっていた。

「絵が床に落ちたんなら」彼は言う。「まさに昨夜聞いたような物音が鳴るだろう。すごい、テス、きみの言う通りだ！　しかも、その前にミセス・ローガンは三連祭壇画のなかを見たがっていたよね。それで――」

彼は口をつぐんだ。クラークが忍び笑いを漏らしているからだ。彼は細い杖で片足をシュッと打つと、フェル博士に向きなおった。

クラークは言う。「あの三連祭壇画に鍵穴はなかったんじゃないか。隠されているものだろうがなんだろうが。中身は宗教画の《東方三博士の礼拝》だ。ミセス・ローガンが宗教画を見るために夜中に起きだして一階に下りると思うかね？」

「彼女は起きだして一階に下りたとどうして知ってるんですか？」僕は訊ねた。「ここにいる誰もその件についてなにも言ってないのに」

ふたたびクラークが歯を見せた。その光景に僕は吐き気のように嫌な感覚を催した。

だが、彼はなにも言い返さなかった。うやうやしく立ちあがった。うやうやしくポーチを下りた。

「一緒に来てくれないかね?」彼は問いかけた。「きみたちみんなで」

僕たちは全員、フェル博士までも彼に続いた。彼はポーチ沿いのなめらかな芝生を歩き、ポーチの端を通り過ぎ、書斎の北の大きな窓へと向かった。六つの縦仕切りの小窓が組み合わさった窓で、地面から高さ八フィート(約二・四メートル)ほどあった。椅子だとか踏み台になるものに立たないとなかを見ることができないはずだ。

クラークはぴたりと足をとめ、心底驚いたように口笛を吹いた。窓の下はまだ花の植えられていない花壇だった。花壇のなかには壁に寄せてひっくり返した木箱がある。

彼は言った。「何者かがなかを見るため、うってつけのここにきたとみえるな。まあいい」彼はくるりと僕を振り返った。「ミスター・モリスン。この箱に立って、誰でもいいからなかにいる警官に三連祭壇画を開けるように言ってくれないかね?」

僕は箱に乗った。顔は窓の下枠の上へたっぷり突きだしたから、書斎の端までまっすぐ、向かいの壁の暖炉とふたつの窓が見えた。

黒い手提げ鞄から察するにどうやら警察医らしき男がローガンの遺体にかがみこんでいる。遺体はいまでは部屋の中央のほうへ移されていた。巡査がカメラと指紋検出器を片づけている。ほかのふたりの男――エリオットと制服姿の警部――は仕事に没頭していて、不気味ながら理詰めの作業を進めているとわかった。

彼らは金属製の巻き尺を伸ばしていた。エリオットが巻き尺の片端を弾丸の開けた壁の穴に当て、制服姿の警部が巻き尺のもう片方を伸ばして暖炉の上にかけられた四五口径のリボルバーの銃口に当てていた。巻き尺は直線になっている。警部から声がかかり、巡査がやってきてローガンがいたタイプライターの後ろの位置に立った。彼はローガンと背格好がほぼ同じだった。巻き尺は彼の額の真ん中を貫く形になったはずだ。

「これについては疑いようがない」エリオットがうなるように言う。

僕が少し開いていた仕切り窓のひとつを軽く叩くと、エリオットがやってきた。骨張った顔に砂色の髪をした彼は、見たことがないほど心配そうだった。

「どうした?」

「その三連祭壇画。そっちにあるやつ。開けてみてくれないか」

「なにか問題でも?」

「鍵穴があるかどうか見てくれ。もしあれば、鍵の説明がつきそうだ」

エリオットは一瞬、僕を見つめ返した。それから、いまでは影(かげ)に入ってどんよりした三連祭壇画へと歩いた。日は翳って湿気を帯びた風が僕たちの後方から吹くようになっている。

三連祭壇画は低い書棚のすぐ上、西の壁の中央にかけられていた。エリオットがその袖を引き開けた。僕が立っているところからでさえも、クラークが語っていたのは真実にほかならないことがはっきりした。伝統にのっとった手法で、いくぶん線は荒いが見事な色味でベツレヘムのまぐさ桶を拝む《東方三博士の礼拝》の絵だった。

エリオットはこれを見ると、箱に立った僕のほうをいらだった表情で振り返った。金箔を貼られた板がちらちらと光る。三博士の長服は赤子イエスの後光の下で暗い色に燃えていた。

「で？」エリオットが言う。「これがどうした？」

「鍵穴はあるか？」

「うん、あるが」エリオットが考えこむように言い、僕はしゃくにさわって叫び声をあげそうになった。ミセス・ローガンはなんだって慌てふためき、このことを必死に隠そうとしたんだ？　意味のない謎に謎が積み重なっていく。

「警部さん」クラークの声が下からいかにも優雅に聞こえてきた。「怪しいところなどないと保証してくれるかね？　たとえば、その絵が七百年前のものであることなどは？」

「ええ、そのぐらい古いですね」エリオットは認めた。彼は三連祭壇画を閉じ、手をひらいたり閉じたりした。「フェル博士にここに来るよう頼んでくれませんか？　本件はますます不可解になっていくようだ」

僕のうなじを二粒の雨が打った。クラークは声をあげて笑っていた。

＊原注：この魅惑的な主題を探究したい諸君には、グランヴィル・スクワイヤーズ氏の *Secret Hiding-Places* (Stanley Paul & Co., 1933) をお勧めする。有名だが多用の嫌いがある仕掛けの引き戸式の隠し羽目板扉について、著者はイングランド全体で本物はわずか三例しか見つからなかったと語っている。

10

大粒の雨となったのは、昼食の直後だった。誰も食事には手をつけなかった。ローガンの遺体は運ばれていった。グウィネス・ローガンは、ちっとも悪気のないアンディ・ハンターにコーヒーはどうかと訊ねられただけでグラスを投げつけ、突然泣き崩れてヒステリーを起こした。ジュリアン・エンダビーはこっそりロンドンにもどろうとしたが、屋敷を離れようとしたところを見つかり、留まるよう命じられた。

フェル博士しか書斎に入ることを許されず、警察は終始その部屋に閉じこもったままだった。だが、三時に僕が呼ばれた。

書斎は不吉で陰気に見えてならなかった。床は淡い湖のようだ。雨が窓を打っている。フェル博士の巨体は椅子のひとつをいまにも破壊せんばかりだった。エリオットは僕をプリトルトンからやってきた警部に紹介した。面長で知的な顔つきに太い眉、力強い握手をする人物だ。

エリオットが真剣な口調で言う。「どうやら、結局、わたしが事件を担当することになりそうだ」

グライムズ警部は自分の立場を明確にする返事をした。「はっきり言っておくよ。できれば、この事件にはいっさいかかわりたくなくてねえ。うちの警視も、署長もだ」そこで彼はためらった。ローガンの遺体が横たわっていた場所をちらりと見やる。いまではローガンの名残と言えば、床に残るいくらかの血痕と、角の漆喰壁の低い位置にある血飛沫くらいだ。

「わたしが警察に入ったばかり、そう、十七年前のことだが」グライムズ警部がふいに話を続けた。「やはり事件が起きた。ほら、シャンデリアが執事に落ちた事件。わたしはこの現場に来たんだ」

彼は正餐室のほうへ、ぐいと頭を傾けた。

「ポルスンという名前だった。ウィリアム・ポルスンだ。ご老体だったよ。八十二歳は下らず、生涯ロングウッド家に奉公していた。ポルスンに死なれて、ミスター・ロングウッド——旧家のロングウッド家、最後の当主だ——まで命が縮まりそうだったよ。

それで、警視が——いまの警視じゃないがいい人でねえ——みずから事件を解決しようとした。そして行き詰まった。諦めたんだ。どうにも説明のつかない事件だったが、そいつはなんの説明のしようもないからだった。みなにこれは殺人だと言われた。殺人だって！　誰がポルスンじいさんを殺すんだ？　それにどうやって？　いいかね、あのご老体は自分の意志で飛びあがってシャンデリアをつかみ、揺さぶりはじめたんだからな」グライムズ警部は興奮してきた。「だから、事故でもなかった。だったら、あれはなんだったんだ？」

エリオットは興味ありげに彼を見つめた。

「そうだな。わたしたちはみんな、そのロングウッド家の最後の当主について知りたくて——」

「そうとも」と、フェル博士の轟く声。

「――だが、そのほかにも知りたいことがあるんだ」エリオットは僕に向きなおった。「いいかい、手の内を明かそうじゃないか。ローガンは壁にかけられたリボルバーの弾で撃たれた」彼の顔は怒りで陰気になった。「きみの友人のミス・フレイザーはその後、問題の銃を触って証拠を見事に台無しにした。銃には彼女の指紋のほか、ローガン自身の指紋もあるんだ。ほかの指紋があるかどうかは、わからない。ただ、なさそうだと考えている。

さて、昨夜遅くか、今朝早くのどこかの時点で、何者かがここに入った。そして三本の木釘にかかっていたあの古い騎兵のピストルを隠した――そっちの本の裏に隠してあるのを見つけたよ――そしてかわりに四五口径を置いた。この四五口径はローガン自身のものだときみたちは言ったな。それはたしかかい？ それは事実だと言えるか？」

ためらうのは僕自身の番だった。

「そうだな、ゆうべ彼がここで持っていた銃と同じに見えるよ」

「そんなことはいいんだ。確信があるかと訊いてる」

「いや、それはなんとも言えない。でも、彼の妻が同じ銃と思っているようだ。彼女が確認できるだろう」

「そうだな」エリオットがのろのろと言う。「そのはずだな」彼はテーブルに近づき、籐の椅子に腰を下ろすと手帳を取りだし、鉛筆でトントンと叩いた。「さて、あの銃を最後に見たのはいつだ？――同じ銃だと仮定して――今日ここで目にする前の話だが」

「ゆうべ、一時三十分頃。つまり、今日ということだよ。でも、ゆうべと言ったほうが混乱がなさそうだ」

「そのとき、銃はどこにあった？」

「ローガンのガウンのポケットに」

「きみとローガン夫妻がこの部屋にいたとき、夫のほうは誰かがここに隠れていると思って探していたということだったな？」

「そうだよ」

「その後、きみはどうした？」

「二階にあがって休んだよ。ローガン夫妻は自分たちの部屋へ、僕は自分の部屋へ」

「リボルバーはずっとミスター・ローガンのポケットにあったのか？　つまり、彼が銃を取りだしてここに置いていった可能性はあるか？」

「いや、なさそうだ。思いだせるかぎりでは彼のポケットに入ったままさ」

エリオットはまたメモを取ってから顔をあげた。「きみとミセス・ローガンのほかに、彼がここで銃を持っていたことを知っているのは誰だ？」

「僕にはなんとも言えないよ。知っているかぎりでは、誰もいないけど」

「ほかには誰にも会わなかったのか？　廊下にいた者、あるいはほっつき歩いていた者は？」

「会わなかった」

雨はしつこく降りつづき、古い木材と古い石の香りを運んできた。

「じゃあ」エリオットは静かに有無を言わさぬ声色で続けた。「その目で見て、しっかり考えてもらいたいことがある。脳細胞をフル回転させてね。暖炉に近づいて、並んだピストルを見てくれ。じっくりと。それから、なにか違っているところがないか教えてくれ。なんでも構わないからゆうべのピストルの並びかたと違っていることがあれば。騎兵の銃のかわりに四五口径が置いてあったことはわかっている。そのほかでなんでもいいから、違うところはないか？」

彼が切羽詰まった口調で言うので、僕は不安になってきた。フェル博士のぜいぜいいう呼吸でさえも早くなったようだ。博士は火が消えた葉巻でマッチを擦(す)った。鋭いシュッという音がして星のような光の芯が彼の眼鏡に反射した。

僕は炉棚に近づいた。わびしく単調な雨音が響くだけで、あとはなんの音もしない。最初はピンとくるものなどなかった。雨が降りつづいている。そのとき、うろ覚えの記憶が頭のなかで大きくなり、ねじれ、形になった……

「そうだよ、誓って違うところがあるぞ！」

「おお？　どこだ？」

「何者かがほかの銃もいじってる」

「そうなのか？　どんなふうに？」

記憶は絵はがきのように正確にはっきりと甦(よみがえ)った。

「何者かが壁から三挺か四挺のピストルを下ろし、すぐにもどしている」

グライムズ警部が口笛を吹いた。エリオットは視線を動かさない。彼の厳しく探る声が執拗(しつよう)に訊いてくる。「今度はたしかな話だな？」

「絶対にたしかだ。犯人は銃の仕掛けのためにふさわしい高さを探ろうとして、まず四五口径を複数の異なる位置に置いたんだ。そのときの手際がよくなかった。ゆうべはここにあるピストルの銃口はほぼ一直線に並んでいたよ。いまでは何者かがそれをいじって、不揃いになっている」

「実際のところ」エリオットは打ち明けた。「ミセス・ウィンチとメイドのソーニャもそう言ってる。ソーニャはそれらのうち二挺の場所が入れ替わっていると断言してるよ。さらにソーニャの話では、ボウストリート・ランナーズの銃がいまでは決闘用ピストルのあった場所にかかっていると――」

「そうだ、彼女の言う通りだ！」

「そうか？」と訊ねてるエリオットは鉛筆を置いた。「ここにある銃はすべて磨き粉の皮膜で輝いているんだ。どれひとつとして指紋がないと知ったらきみも興味が湧くだろう。手袋をして扱えば残るはずの跡さえないんだ。何者もここにある銃には触れていない」

「でも、待ってくれよ、そんなのでたらめだ！　誰に訊いたっていい。置き場所が入れ替わっているんだ！」

エリオットは淡々と言う。「誰も、ここにある銃のひとつとして触れていない」

「でも、もしも隠し通路があったら――」

エリオットは突然人間くさくなった。手帳をつかみ、テーブルに叩きつけた。「頼むから、隠し通路だとか意味のわからないことを言うのはやめろって。隠し通路への執着はきっぱりと頭から追いだしてくれないか？　この炉棚は見たままのものだ。頑丈な煉瓦の炉棚だよ。隠し通路も、隠し扉も、そういうのはこの部屋にはまったくないんだ」

　彼はフェル博士を振り返った。

「ねえ、博士。なにか考えはないですか？　どうです？」

　フェル博士は身じろぎした。葉巻の火がついた端をにらみながら、何重にもたるんだあごの奥から重たげな言葉を引っ張りだし、地震の揺れはじめの轟きに似た、地中の奥深くから響いてくるような重々しい声で返事をした。

「考えがあることを否定はせんよ。かすかにちらちらときらめく考えだが」――彼はかすかに葉巻を振って灰をまき散らした――「そいつがきらりと光っては消えおる。ただ、その考えにはひどく目立つ難点がひとつあってな。明言する前に、ミスター・エンダビーの話を聞きたい」

　エリオットは立ちあがるとドアに近づき、応接間にいた巡査に声をかけた。

「ミスター・エンダビーに、すぐここに来るよう伝えてくれ」

　この件にジュリアンがどう関係しているか僕には謎だったが、エリオットはなにも言わなかった。けれど、僕が書斎を後にしようとすると、彼は僕も残れと手招きした。

　彼はタイプライターテーブルに近づき、開封された六つの封筒を拾いあげた。どうやらローガンが今朝受け取った手紙の封筒、つまり彼が撃たれたときに腰を下ろして返事を書こうとしていたものらしい。これらをエリオットはセンターテーブルにきれいに重ねた。その隣に、死者のポケットの中身と思われる品々を置く。特に意味のありそうなものはなかった。札入れ、鍵束、万年筆、鉛筆が二本、小型の住所録、小銭がバラで少し、しわくちゃのセロハン紙に包まれて折れた葉巻。

エリオットがこれらの品を一列に並べていると、ジュリアンがやってきた。ひっきりなしに雨が窓ににじんでいる薄明かりの下で、彼のずんぐりした姿は別人のもののようだった。だが、彼が口をひらくと、やはりジュリアンでしかなかった。エリオットが椅子に座るよう手招きすると、彼は背筋を伸ばして腰掛けた。

「さて、形式上のことですが……」

「警部、いいですか」と、ジュリアン。「わたしは十数回もここを後にしていいかとお願いしたのに、歯牙にもかけてもらえなかったようなのですが？　まったく、わたしはこの事件になんの関係もないのに。なにもね！　関係あれば、大喜びでお手伝いしていますよ」

エリオットは証人に対して見事な対応を見せていた。きびきびしているが敬意を払っている。感じはいいけれど誰の発言であろうと戯言は戯言であるとにおわす態度。

「そうでしたら、本件に対してわたしたちがいつもお訊きする質問を早く済ませば済ますほど、あなたは早く帰ることができるでしょう。フルネーム、それに職業と自宅の住所を教えていただけますか？」

ジュリアンはたいそうきれいな名刺入れを取りだして一枚をつまみ、あいだにはさまった薄紙から極めて慎重に引き剝がすと、テーブルに置いた。

「なるほど。で、自宅の住所は？」

「ロンドン、ノースウエスト6、フィンチリー・ロード、マルプラケット・チェンバーズ二十四号室」

エリオットはこれを書き留めた。

「ミスター・ローガンと知りあってどのくらいになりますか?」

いらだちの影がジュリアンの顔を横切った。「まさにそこが肝心なところなんですよ。わたしは彼とは知り合いではなかった。彼が死ぬまで会ったことがなかった。したがって——」

「ミセス・ローガンには会ったことがありましたか?」

ジュリアンは考えこんだ。

「ちょっとお伝えしたいことがありましてね、警部」彼は打ち明ける。「彼女を目にして以来思いだそうとしているんですよ。以前どこかで会ったか、見かけたような気がするんです。でも、どうしてもどこでだったのか思いだせない。実際には彼女のことは知らなかったと言えますけどね」

「なるほど、そのようですね。さて、今朝はこの家に何時に到着されましたか?」

「十時になるところでした。正確に何分かまではなんとも」

「すぐに家に入られましたか?」

「もちろんですよ。招待主に挨拶したかったですからね。わたしはその——彼とも面識がなかったので」

「でも、ミスター・クラークが見つからなかった?」

「そうです」そう答えたジュリアンは、完璧に整っているネクタイをいじり、間がもたなくなると、今度は上着の下襟から埃(ほこり)を払う仕草をした。「家政婦――あの人は家政婦ですよね？――から彼は〝裏にいる〟と聞いたんですよ。わたしは庭に行きました。すでにボブ・モリスンに話したようにね」彼はさっとこちらを横目で見た。「庭にいるとき、ミスター・ローガンを殺害したと思われる銃声を耳にしました」

「銃声を聞かれたと？」

「もちろんです」

「あなたは庭のどのあたりにいらしたんですか？」

手続き上の質問のように聞こえた。だが、エリオットを知る僕はかすかな含みを聞き取った。声の調子がかすかにあがって人当たりよく聞こえたのは、その丁重さの影に罠が潜むとほのめかすものだ。

ジュリアンは質問についてしばし考えた。返事をした彼の口調は説得力のあるものだった。

「それはなんともはっきりしませんね、警部。広い庭ですから。あなたも見たでしょう。広い芝生、乱張り石の小道、その先には沈床庭園ですよ。銃声を聞いて仰天しましたから――当然ですよね――はっきりどことは言えません」

「おおよその場所でいいので教えてください。家の近くでしたか？」

「いえ、あまり近くはありませんでしたよ」

エリオットは振り返り、北の庭に面した大窓を鉛筆で指し示した。窓は雨の縞でにじんで暗くなっており、彼に答えるようにトントンと音をたてている。縦長の小窓のひとつがわずかに開いたままだったので、その下にあるラジオ付き蓄音機のてっぺんが雨でほぼ水浸しになっている。

「たとえば、その窓の近くにはいなかったのですか?」

「いませんでしたよ。近くといえるところにはいなかったはずです」

エリオットは鉛筆を置いて手を重ねた。

「ミスター・エンダビー」彼は机越しに話しかける教師のような口ぶりだった。「こんな問答はここまでにして、単刀直入に言ってもらえると大変ありがたいですね。銃が発砲されたそのとき、外のひっくり返した木箱に立って窓から部屋を覗いていて、なにを見たのですか?」

「覗き……」ジュリアンが切り返そうとした。雨が全員の耳に咆哮のように響いた。

エリオットは言葉をさえぎる仕草をした。忍耐強くしゃべる。

「お待ちください。わたしは鎌をかけているのでも、尋問しているのでもありません。ご存じのように、あなたはわたしの質問に答える義務はないのですよ。返事を拒否するのはあなたの自由です。しかしながら、いまここで本当のことを話してわたしを助けてくだされば、検死審問で困ったことにならないと保証します。またそうすることで、あなたの面子が救われることもたしかです」ここで彼はジュリアンに厳しいまなざしを向けた。「それ以外の不愉快なあれこれからもあなたを救ってくれることでしょう。今朝あなたがこの屋敷に車でやってきたとき、前面の私道の脇で仕事をしていた庭師に気づきましたか? ふたつの表に面した窓のすぐ外の花壇にいたのですが？　そちらです」

彼は指さした。

ジュリアンは言う。「人がいたことには気づきましたよ。たぶん庭師が」

「ええ。その庭師のミスター・マッケリーは銃が発砲されたとき、表の窓から六フィートも離れてない場所に立っていました。彼はホースを放りだして何事かたしかめようと走った。表の窓は——お気づきですか？——裏の窓に比べてずっと低い位置にあるのです。覗きこむのは簡単だった」

「それで？」と、ジュリアン。彼は懐中時計の鎖の端をいじりはじめた。その手つきがさらに早くなる。

エリオットが話を続ける。「ミスター・マッケリーはあなたが裏の窓の外に立っているのを見たと証言していいそうです。箱に立って覗いていたと。彼に箱は見えなかった。しかし、あなたをはっきりと見たのです。さらにあなたの手が窓の内側に入れられていたとも証言しています。開いていた小窓の隙間からね。しかもそれは、銃声からわずか二秒後……二秒後のことだったのです」

さきほどより力強い仕草で相手の反論を押し止めて、エリオットは相手に先手を打った。

「お待ちください。あなたがこの犯罪に関係していると言いたいのではないですよ。ご心配はいりません。犯行当時、あなたが窓の外にいたことははっきりしている。ですが、わたしたちが求めているもの、喉から手が出るほど求めているものは証人なんです。あなたこそが証人だ。

そのはずです。あなたが箱に立ち、片手を窓の隙間から突き入れていた。銃声のわずか二秒後に。発砲されたときになにが起きたのか、あなたが見ていることは絶対なのです。ミセス・ローガンはとてもありそうにない話を語っています。あなたはその話を認めるか覆すかできるはずだ。そのことと、ご自分が明白に負っている義務について考え、なにがあったのかご意見を変えて話してもらえませんかね？　どうです？」

11

これに対するジュリアンの反応は、彼という人間のさまざまな面を知る僕たちにとって、興味深いものだった。彼は僕を振り返った。

「わたしをこんなことに巻きこんだのはきみだぞ」彼は咎めるように言った。

それは控えめに言っても混乱しきった図々しい主張だった。彼が理屈を立てようと苦悩して右往左往しながら「この件に関係する要素を考えてみようじゃないか」などと言っていたことを考えると、誰の目から見ても、あまりに変わり身が早くて信頼できない。ジュリアンはすぐに冷静さを取りもどした。丸い目蓋でまばたきすることもなく、エリオットの視線を受けとめた。

彼は言った。「警部。質問されている途中でも口をはさむことは可能ですか？」

「あなたの返事を待っているのですが」

「わたしもですよ」ジュリアンは言い返す。「いいですか、あなたの問いかけの意味がわからない。たとえそれが本当のことだったとしても？　あなたは窓の外にいたんですよね？」

「本当のことだとしても――」

「そんなに先走らないでくださいよ！」小むずかしく小うるさいけれど、いつでも機転の利くジュリアンは反論した。「仮にあなたの言うことが本当だとしましょう。いいですか、仮定の話ですからね。どうしてわたしが、いわばあなたの最重要の証人ということになるんですか？　庭師はどうなんです？　彼はどうしてミセス・ローガンの証言を裏づけるか否定するかできないんです？」

「銃が発砲されたとき、彼は窓辺にいなかったからですよ」

ジュリアンが言う。「だったら、わたしが窓辺にいたと仮定する理由がなにかありますかね？」

「いいですか――」

「いやいや！　これは正当な質問ですよ、警部。庭師は銃声の数秒後に窓辺にたどり着いたんですよね。なるほど。ではどうして同じことがわたしに言えないんですかね？　わたしも銃声を耳にして、反対側の窓からなかを見たと思わない理由は？　庭師がそちら側の窓から見る前に、わたしがあちら側の窓から見ていたという証拠がほんの少しでもあるんですか？　ないですよね。それはあなたは自分でも承知のはずだ。だったら、どうして庭師よりもわたしのほうが多くを知っているはずだと思われるのですか?」

エリオットの忍耐力は限界に近づきつつあった。

「ミスター・エンダビー、なぜなら庭師が見た窓は具合が悪かったからですよ」

「具合が悪かった?」

エリオットはテーブルに両手のひらを押し当てて話を続ける。「つまり、銃が発砲されたとき、たとえマッケリーが窓辺にいたとしても、彼にはなにも見えなかったのです。どういうことかおわかりですか? 彼はタイプライターテーブルがつけてある窓からなかを見た。そちらにある窓です。だから彼にはミセス・ローガンが見えなかった。彼女は暖炉の反対側にいたからです。炉棚の突きだした部分で視界がさえぎられたんですよ」

ジュリアンはそちらを見た。

そしてそのことは認めた。「それは本当のことのようだ」

「かたや、あなたは反対側の室内がよく見える正面にいました。わたしから言えるのはこれだけです。膝をついてあなたにお願いしたようなものですよ。いま本当のことを話さないのであれば、あとはもう自己責任になります。銃が発砲されたとき、あなたは北の窓からなかを見ていましたか?」

「いや、見ていなかった」

「犯行時間以外でも、あの窓からなかを見ましたか?」

「いや、見てません」

一瞬、この話はここまでのように思えた。いくら考えてみても、ジュリアンが嘘をついているのかいないのかは決めかねた。彼はスポンジみたいにはっきりしないのっぺりとした表情をしていたのだ。

エリオットがどんな態度に出るつもりだったのかはあきらかにならなかった。エリオットが話すチャンスは訪れなかったからだ。口をはさむ者がいたのだ。フェル博士が二階にも聞こえるようなすごい咳払いをして、椅子から身を乗りだした。葉巻の火はまた消えている。博士はぼんやりとそれを見てまばたきすると、諦めて葉巻をポケットに入れた。撞木杖（しゅもくづえ）に重ねた手に体重を預ける。苦悩する巨人ガルガンチュアのような表情を浮かべていた。

「ミスター・エンダビー」博士は言う。「きみの騎士道精神はどこにいった？」

「騎士道精神？」

「騎士道精神だよ」フェル博士はきっぱりと繰り返す。「ご婦人がこまっておるんだぞ。ミセス・ローガンは信じがたい話をしておる。アテネの執行官よ‼　きみが彼女の話を裏づけなければ、彼女が殺人の罪で逮捕されかねんとわからんのか？」

ジュリアンは重々しく懐疑的な声でしゃべった。

「そんなことあり得ませんよ、博士」

「そうか？　なんでだ？」

「まずはじめに、わたしが彼女の話を裏づけることに関心を持たなければならない理由はありますか？」ジュリアンは肩をいからせて訊ねた。「わたしはそのご婦人を知らないんですよ。

わたしが懸念することじゃない」

「騎士道精神だよ、きみ。騎士道精神だ」

ジュリアンは心底、楽しんでいるようだった。「それに、ミセス・ローガンが逮捕される危険はないですね。ボブ・モリスンに訊ねてみるといいです。なにしろ理由がある。(a)リボルバーは発砲されたとき、壁にかけられていました。硝煙の跡が残っています。(b)リボルバーに彼女の指紋はひとつもなかった。ええ、それはわかっているんです!」彼は笑顔で僕たちを見まわした。「じつは、エリオット警部とグライムズ警部が話し合っているのを、たまたま立ち聞きしましてね」

フェル博士は彼を見てまばたきをした。

「それだけかな」博士はうつろな声で訊ねた。「彼女が逮捕されるはずがないときみが考える理由は」

「じゅうぶんな理由でしょ」

「いや、チッチッ!」と、フェル博士。「チッチッチッ!」

「なにがおっしゃりたいのか」

「いいかね」博士は説得力のある声色で言い、身を乗りだした。「わしからきみに正々堂々と申し出よう。わしがあのリボルバーを撃ってしんぜる。壁にかかったまま、触れることもなく――六フィート以内に近づくことなく――糸、機械装置、いかなるナンセンスな仕掛けもなくだ」

沈黙が流れた。

「五シリング賭けてもいい、無理ですよ」グライムズ警部が息を殺して噛みついた。だが、僕のほかには誰も気にかけていなかった。

「つまり、あなたは奇跡を説明できるというのですか？」ジュリアンが訊ねた。

フェル博士はうむうむとうなずいた。

「そのように思っておるよ、きみ。コッホン――エリオット。リボルバーはどこだね？　わしに渡してくれ」

リボルバーは書棚のてっぺんに置いてあった。エリオットはかなり疑わしそうな目で博士を見つめてから、根負けして銃を取りにいった。その後になって僕たちは、弾を込めたリボルバーを持たせたギディオン・フェルを信頼するのは、安全という点で彼に大量のダイナマイトを委ねるのと変わりないと学んだ。だが、その瞬間は話の成り行きにすっかり夢中になっていて、自分たちの耳を吹き飛ばされる小さな可能性を考えられなかった。

「コッホン。さて諸君、わしをよく見ておくんだぞ」彼はうながした。

彼は銃を手にしてのしのしと暖炉に近づき、僕たちに背を向けた。彼がなにをしているのか、よく見るのはできない相談だった。背中が炉棚の中央をすっかり隠してしまったからだ。けれど、鋭いカチリという音は聞こえた。

「いいかね」彼は話を続ける。「ええと、危険な結果になるとは思っておらんよ。とは言っても、グライムズ警部、あんたはどっちかに寄ったほうがいい。もう少しだけどっちかに」

「あの」エリオットが反対する。「そいつを撃つつもりなんですか？」

「うまくいけばな」

「でも、口で説明はできないんですか？ どうしてまた家じゅうの者を動揺させるんです？」

「心の準備はいいかな」フェル博士が言った。

彼はエリオットの話を聞いていなかった。この実験に完全に夢中になっている。暖炉のずっと右へ移動すると、杖を差し棒にして黒板の前に立つように、位置についた。

薄暗い明かりのなかでも、三本の釘にかけられた四五口径が見えた。ずらりと並ぶ輝くピストルの下の位置だ。誰も動かないし、話さない。窓は大量の雨が這うように流れていた。煙突からかすかにゴボゴボという音がして、冷えた空気がドアの下の隙間から床に忍び寄ってくる。

フェル博士が話を続ける。「見ての通り、魔法の言葉を唱える必要も、神秘的な模様を描く必要さえもないんだ。わしはこれだけで――」

「うわあ！」エリオット警部が叫んだ。

驚愕した僕の目にはフェル博士が、奇術師が催眠術にかけるような手つきをしただけに映った。狭い空間に大きな銃声が鳴り響く。炎の縞が暗い煉瓦を突っきって消え、リボルバーがそれ自体が持つ悪魔の生命によってひきつったように上へ跳ねあがってから、フェル博士の顔へと落ちてきた。銃は彼が振りあげた腕にあたり、耳をつんざくような音をたてて灰受け石へと落下した。その音がこだましてから聞こえなくなると、僕は左に視線を走らせた。白い壁に第二の弾丸の穴が開いていた。最初の弾とほぼ重なる位置だ。

フェル博士は後ろめたい表情をしていた。

「謝らないといかんな。こんな騒動を起こして」彼はドアのほうにあごをしゃくった。「だが、いいかね。すでに家のなかから反応する音が聞こえるぞ。ここにいちばんにやってくるのは誰か、興味深いことこの上ないな」

「ときに、あなたはなにをしたんですか？」ジュリアンが訊ねる。

「いたって単純なことさ」博士はそう請けあい、ぞっとするようなしかめ面をしてアザになった腕をさすった。「さて……リボルバーを拾ってもらえるかな、ミスター・モリスン？」

僕は言われた通りにした。

「ありがとさん。いいかね、まずは銃の撃鉄を起こす。このようにしてな。次は……」

ジュリアンが口をはさんだ。彼はひどくショックを受けていた。「でも、近頃のリボルバーは撃つ前に撃鉄を起こす必要はないのでは？」

「そうさ。ただ問題は、四五口径は引き金が固くてかなり押さなければならんことさ。撃鉄を起こせば、銃をわずかな力で発射できるようになるんだ。さて、壁にこの銃をかけていた三本の木釘に注目してくれ。

中央の木釘はあきらかに、引き金をかこむ用心鉄の内側を引っかけてリボルバーを下から支えるために使われておるね。わしは決められたやりかたで銃をもどした。左を向くようにな。中央の木釘は引き金の前面に確実に当たるようにしておる。わしは右に、そうだいぶ右に立つ。銃尻にごくかすかに触れれば、木釘に引き金が押しつけられるだろう。それでわしは杖の先を伸ばして……」

「また発砲しないで!」エリオットがぴしゃりと言った。「触らないでくださいよ! そこから離れて!」

「ふうむ、そうか。きみがそこまで言うなら」

「となると必要なのは」エリオットがつぶやいている。「銃をジャンプさせることだけですね。木釘が引き金に触れるように」

フェル博士は好奇心剝きだしの口調で話した。

「そうだよ」と賛成する。「まったく、これ以上楽しい言葉選びもないな。必要なのは銃をジャンプさせることだけ」

後に僕たちが思いだすことになる間が空いてから、博士はジュリアンに向きなおった。

「いまの実演が呑みこめたかね、ミスター・エンダビー?」

「ええ、よく呑みこめましたとも」ジュリアンが不機嫌そうに荒っぽく言う。「ですが正直言って、がっかりしましたよ。たいして鮮やかなやりかたじゃないですね。魔法のように見えたのは、あなたが杖で銃尻に触れるのが見えなかっただけとはね」

「ハハーン!」

「〝ハハーン!〟とはどういう意味です?」

「じゃあ、きみは本当に肝心なところがまだわかっておらんと?」

ジュリアンは詰まった。「打ち明けると、技術的にはふたつの問題点が片づきますね。ミセス・ローガンが指紋を残さなかった点、そして壁から銃を取らずに発砲できた点です。もっとも、彼女がそのようなトリックを試みるほど愚かならばですが」

フェル博士が言う。「ふうむ、そうさな。だが——わからんかね？——この部屋にそもそもおらんかった何者かが発砲できた方法の説明にもなる」

先ほどの実験は屋敷の者たちを慌ただしくさせていた。走りまわる足音や慌てふためいた呼びかけの声がかすかに聞こえる。フェル博士はそういったものにまったく注意を払わなかった。

彼は理屈っぽく話を続けた。「わしが理解しておるところによると、今朝は暗くて曇っておった。誰もが太陽が〝苦労しながら姿を見せようとしていた〟と話しておるな。雲間から一、二度、覗かせただけで、顔を出したのは殺人の後だった。なあ、エリオット。ミセス・ローガンから供述書は取ったかね？」

「取りましたよ、博士」

「彼女はなんと言っておる？　ローガンが殺害されたとき、この部屋は暗かったと言っておるかね？」

「ええ、そうですね」エリオットは冷静に答えた。

「ならばだ」フェル博士は力強く強調して人差し指で差した。「仮にわしがあの北の大窓の外に立っておるとする。箱に乗り、開いた小窓に片手を突っこんでおるとな。仮に——いいかな？——長くて細いしっかりした棒、たとえば引き延ばした釣り竿のようなものを持っておったとしよう。暗い部屋のなかで、想像力がとても豊かだがそこまで観察力の鋭くない人物に気づかれることなく、その棒を入れることは可能だ。簡単に発砲するようになった銃に触れた後、触れた側の棒の端を床に落とし、向かいの窓のところにおる庭師に見つからんよう引きもどす。仮にだがね――」

博士は口をつぐんだ。

この説をじっくり考えているかのように、ゆったりした仕草で尻ポケットから大きな赤いバンダナを取りだすと、額を拭きはじめた。バンダナをもどして肩を震わせ、訴えかける口ぶりで語りかけた。

「騎士道精神を発揮しなさい、ミスター・エンダビー。なにも怖がることはないよ。エリオットが言ったように、きみは大丈夫だ。警察はこれまでのところ、きみを疑ってはおらん。騎士道精神を発揮してあのご婦人を支えてやってはどうかね？」

「あなたのそのほのめかしはナンセンスです」ジュリアンは甲高い声で言った。「あなたの言ってることはまったく――非常識だ」

フェル博士はうめいた。

「ざっくばらんに言うとだな」彼は打ち明けた。「その通りだ。わしだってきみが長さ十五フイートもの釣り竿なんぞを持ってうろつき、誰にも目撃されることなくリボルバーを釣るほど荒唐無稽（こうとうむけい）な話は思いつけんよ。だが、そいつが奇跡を説明しうるひとつの道だってことはわかるかね？　たぶん、ただひとつの道だ。この方法がもしも検死審問で持ちだされたら、きみを窮地に追いこんで、世間に顔向けできなくなるどころか、みなの疑いすら招くだろうね。そうするくらいなら、単純に真実を話したほうがはるかにましだ。これできみを説得できたかね、ミスター・エンダビー？」

ジュリアンはよく手入れされた自分の茶色の靴を見つめた。ひどく疲れたように見える。追い詰められている、それがわかっているようだ。顔をあげると、目を固くつぶっていたために、目尻の細い皺がくっきりと浮かんでいた。

「いいでしょう」彼は息を吐いた。「そちらがどうしてもと言うなら、話すしかない。こんなふうにいじめられ、恐喝されるよりは――いまのはそうですからね、恐喝についてはよくご存じのはずです――お話ししますよ。そうです。わたしはあの窓から覗いていた」

「銃が発砲されたときかね？」

「ええ」

このとき、グライムズ警部が石炭バケツにつまずいて、一同の注意は逸れた。しかし、エリオットが口調を乱すことなく、質問を引き継いだ。

「先ほどその話はできなかったんですか？」

「先ほどは話すことを選ばなかったんですよ」

「あなたは箱に乗ったのですね？」

「ええ。発砲の三十秒ほど前に。箱をあそこに置いたのはわたしじゃありません。最初からあった。箱が見えたので、それに乗っただけです」

「なぜです？　なぜ乗ったんですか？」

ジュリアンは眉間に皺を寄せた。「ここから複数の声が聞こえたので。それに物音が聞こえたからですよ」

「ほう？　なにを聞いたのですか？」

「わたしが聞いたのは――」

彼には最後まで言い終えるチャンスがなかった。キツネ狩りのときのように声を張りあげ、部屋から部屋へと移動していたが、この部屋だけは神経質に避けつつ、先ほどの騒ぎはなにかと探っていた者たちが、ついに勇気を振り絞ってここのドアに飛びこんできたのだ。部屋にやってきた最初の人物はグウィネス・ローガンで、その顔にはまだ涙の跡が残っていた。彼女のすぐ後ろには、その肩に手を置いたクラークがいた。

12

僕は常々、語り手が出ずっぱりの探偵小説に惹かれながらも、不可解に感じていた。語り手はまともな口実もなくどこにでも顔を出すのに、警察は語り手に気づいてもいないようだと。少なくともその存在に異議を唱えることがない。こんなことは言いやしない――「おい！　きみ、ここでなにをしている？　さっさと帰れ」

こんなふうに不満たらたらなのは、ジュリアン・エンダビーがまさに極めて重要な証言をしようとしたそのとき、警察は僕を部屋から追いだしたからだ。

白状すると、書斎から閉めだされて応接間に足を踏み入れた僕は、ソファのクッションを叩き落として思いきりキックした。これをテスとアンディに見られ、反省をうながす視線を向けられたが、その目は僕と同じく好奇心にあふれてもいた。僕たちの心はすっきりしないままだった。グウィネス・ローガンとクラークは書斎に残ることを許されたからだ。

「それで？」テスがうながす。「なにがあったの？　ほかにも誰か殺された？」

「殺されてない。銃の実験をしていただけさ。でも、殺人現場を目撃した人が見つかった。ジュリアンその人だよ」

「ジュリアンが……」

「そうだ。目の前で見たらしい」

「でも、彼はなんて言ってるの？」

「さあ。いまから話すってときに僕は放りだされた。彼がローガンのご婦人の話を証明したら、この犯罪はますます不可解になるよ」

書斎のドアの向こうからのくぐもった低い話し声を聞き取ろうと耳を澄ましたがうまくいかず、自分の声も落としてテスとアンディになにがあったのか話した。応接間は暗すぎてふたりの表情は見えなかった。アンディがすでにひげが伸びてきたあごを擦っている音は聞こえた。

「卑怯な奴め！」アンディが言った。ジュリアンを指しての言葉だ。「彼がどんな人間か話したよな？　馬鹿丸出しだ！　なんでだ？　なんで否定する？　窓辺にいたことをだよ」

テスが考えこむように話した。「それは理解できるかな。ジュリアンはひどく体面を気にするもの。彼、興味深いことを耳にして立ち聞きしたのよ。でも、そんなことを証言台で認めなくちゃいけないくらいなら死んだほうがマシってこと。だから、ペンチで引っこ抜くみたいにして彼から聞きださないとだめだったのね。警察の人たち、彼にかなり厳しく当たったはずよ、ボブ。可哀想なジュリアン。可哀想なジュリアン」

「とにかく」と、アンディ。「ジュリアンなんて、よく言うよ」

「可哀想なジュリアンなんて、よく言うよ」

彼がほっとしてため息を漏らしたこと、こわばった筋肉がゆるんだこと、そして筋張った両手を脇に下ろしたことが感じられた。これはあらたな気がかりとなった。テスも同じことを感じたようだ。

「それから可哀想なアンディ」彼女は笑い声をあげた。

「どういう意味なんだよ、可哀想なアンディって?」からかわれた男は訊ねた。

「窮地に立たされたレディにぐっときちゃったのね」テスは彼と腕を組みながら言った。「恋に落ちないでよ、アンディ。どうかお願いだから、あなたが恋に落ちたりしないで」

僕は言った。「そいつは今朝、彼にアドバイスしたことさ」

「なんの話か全然わかんないよ」アンディは組まれた腕を振りほどいた。「ものすごくきれいな女じゃないか、とは言ったさ。その通りだからね。なぜだめなんだ? それに、彼女が本当のことを言ってるって誓ってもいい」

テスは興味ありげに彼を見つめた。「彼女が本当のことを言っていないとジュリアンが話したら？　彼女の話すべてをひっくり返すとしたら？」

「彼にそんなことはできないよ。成りあがりの小者だからな！」

「落ち着いてよ、アンディ」

彼は勢いよく息を吸い、ふたたび自分を取りもどした。ソファの肘掛けに腰を下ろしてパイプを取りだすと、長い指でくるくるとまわす。首を片方に傾けて雨音に耳をすましているようだった。

「なあ、ボブ。そのジュリアンなんとかいう奴がミセス・ローガンの話を証明したら、この犯罪はますます不可解になると言ってたが、それはどういう意味なんだ？」

「その通りの意味だよ。こいつもまた密室殺人事件ってことになるからね」

「はあ？」

「いいかい。いままでは書斎の出入り口はすべてふさがれていた証拠があるとわかっただろ。庭師のマッケリーは南のふたつの窓をふさいでいた。メイドのソーニャはこの応接間にいて、書斎に通じるただひとつのドアをカバーしていた。ジュリアンは北の窓をカバーしていた。すべてを合わせると、発砲後に書斎を後にすることができた人物はいないと立証できるんだよ。だから部外者がローガンを撃ち、目撃されずに書斎から逃げだしたという線はない」

「だから？」

「グウィネス・ローガンは夫とふたりきりだった。彼女が本当のことを話していて、彼を撃っていないとしたら……ぞっとするような不可能犯罪ってことになる。なにかが、あるいは何者かがリボルバーを動かしたんだが、それはいったいなんだ？」

すでに四時十分だった。影が迫っていた。現実でも、比喩的な意味でも。僕たちが最初にロングウッド・ハウスの敷居をまたぎ、指のあるなにかが床でテスの足首をつかんでから、たった二十四時間という短いあいだにだ。

ふたたび夜になろうとしていた。書斎の閉じられたドアの向こうから、マーティン・クラークの甲高くて上機嫌な笑い声が聞こえた。なにやら挨拶がかわされているようだ。そこでドアが開いてグウィネス・ローガンが現れた。

グウィネスはすっかり様子が変わっていた。彼女がまとっていた落ち着きのない雰囲気を思い返すと、薄暗がりのなかでもその変化が目につく。見ひらかれた青い目は安堵か感謝の気持ちできらめき、涙をこぼさんばかりになっている。セピア色の絵画を思わせる湿った下くちびるは震えていたが、彼女はそこをぐっと嚙みしめた。両手を胸に押し当て、助けを求めるように僕たちの元へ駆けてきた。

「わたしの大切なお友達」彼女は言った。「わたしの大切な、大切な、、、お友達！」

このように感情を高ぶらせている理由はどうにもはっきりしなかった。そんなふうに呼ばれるようなことをなにかしただろうかと気まずく考えるばかりだった。けれど、すぐに心を動かされたテスはグウィネスをカウチに座らせて肩に腕をまわした。

テスの声は張り詰めていた。

「あの人たち——あなたを長くは引き留めなかったのね」

グウィネスは興奮して早口で喋った。「そうよ。さっきも警察には会ったわ。ベントリーのリボルバーについてわたしに質問したがったの。夫がどこに保管していたかも。それに夜、わたしたちの寝室に鍵をかけていたかも。ベントリーは昼も夜も鍵をかけていたわ。夫には田舎にいるときはそんなの野暮よって言っていたの」彼女は話題をさらりと変えた。「でも、そうじゃない。あなたたちに話したかったのはそんなことじゃないの。いまでは信じてもらえたの」

「おお！」アンディがうなった。

「わからないの？　わたしが本当のことを言ってるとわかってくれたのよ。あの素敵なミスターなんとかさん。ほら、ブロンドの髪で、今朝ここにやってきたばかりの人よ。彼が全部見ていたの。それを話してくれたのよ」

「ジュリアン・エンダビー？」テスがつぶやく。

「それが名前？　そうよ、その人のはず」

テスは彼女を覗きこんだ。「でも、教えて。ジュリアンは窓の外の箱に立ってなにをしていたの？」

グウィネスはぴたりと黙った。口調が変わる。「わたし——わたし言えない。なんでもないのよ、本当に。わたしが可哀想なベントリーに話して彼がわたしに話した、そのやりとりがあっただけ。最初は警察にその話はしなかったのよ、だって話さなくてもいいでしょ？」

「でも、あなた」テスが言う。「たぶん、検死審問では話すしかないと思うけど」

「検死審問で？」グウィネスが金切り声をあげた。「人前で？」

「中止にならないかぎりは、もちろんよ」

「話すなら死んだほうがまだいいわ。あなたの前でも話せない」グウィネスは言いきった。ところが困り果てたらしく、方針を変えた。「それが今朝、可哀想なベントリーに会いに行った理由だったの。彼がタイプライターを打つために腰を下ろすときを狙って。わたし、わたし怖かったの」彼女は息もつかずに話を続けた。「どうだろうって考えていたのよ。わたし、その――ゆうべ、ベントリーとベッドに入ったのよ。ええと……用心しないで」

薄暗がりのなかでも、彼女の顔は赤く染まっているのが見えた。彼女は一気に言葉を吐きだしたのだ。

「それだから」アンディがぎくしゃくとした声で言った。「彼は今朝、あんなにすっきりしていたのか」

「アンディ！」テスがぎょっとして言う。

「それでわたしは考えたくなかったのよ、その――赤ちゃんができるとは」グウィネスは手を払う仕草をして説明した。「夫にそう言いたかった。それで今朝、書斎で彼を待ったの。彼はやってくるとわたしを目にしてこう言ったの。〝おや、ここでなにをしているんだ？〟って。だからこう言ったの。〝わたしは用心の方法をなにも使わなかったの。赤ちゃんはできないわよね？〟と」グウィネスはここで口をつぐんでからあっさり言いたした。「そうして、彼が笑い声をあげたそのとき、リボルバーが壁からジャンプして彼を撃ったのよ」

ここで彼女は泣きだした。

おそらく降りやまない雨のせいだろう、応接間は一段と寒く感じた。大広間に通じるひらいたドア越しに、大広間の反対側の正餐室から皿や受け皿のカチャカチャいう音がして、お茶のためのテーブルが整えられているところだと伝わった。

「状況がはっきりした」テスがつぶやく。

「ジュリアンの意向がはっきりした」僕はそう言った。

「ほら、泣かないで！」アンディがぶっきらぼうに言う。

グウィネスは涙をこらえた。「そうよ、わたしはお馬鹿さんよね？」そう言うと背筋を伸ばし、手の甲で目元を擦った。「なにも心配いらないとは思うの、本当に。でも、こういうときっていつでも心配になるから」

「無理もないわ」テスが言う。

グウィネスはその言葉を意に介さなかった。「それにいちばん大事なのは、いまではわたしの話を信じてもらえてるってこと。リボルバーが壁からジャンプして可哀想なベントリーを殺したと言ったら、それが本当のことだと受け入れてくれた。ひどい気分よ。顔もひどいことになってるでしょうね。わかってるの！　一緒に来て、テス。お化粧を直すから。そうしたらみんなでお茶にしましょう。いかがかしら？」

アンディと僕は大広間を横切って正餐室に向かい、あとのふたりは内緒話をするつもりの女たちという、誤解しようのない雰囲気を漂わせて二階へ消えた。

正餐室には壁付けのランプがふたつあり、黄昏の室内をかろうじて照らしていたが、僕たちの目にはまぶしく感じられた。元気なミセス・ウィンチ——今日起こったどんなことにも動じていない——が飛びまわりながら僕たちに騒がしく話しかけ、テーブルに載ったすべてのものを立てつづけに指さして栄養価について話した。なんのことだったか忘れてしまったが、彼女は給仕において大きな失敗をしたと言ってソーニャをぶち、キッチンへと彼女を追いやった。

この家でお茶に与るのは初めてのことで、僕はそういう振る舞いに我慢できた。けれどアンディは賛成しかねる目つきでテーブルをにらんだ。自分の身体をもてあましながら椅子に腰を下ろし、長い脚を伸ばした。

「可哀想に！」彼はむっつりと言う。

「誰が？　ソーニャか？」

「ソーニャ！——ミセス・ローガンのことさ」

「ふーん。そうかもな。でも、〝ああいったこと〟が起こるたびに心配していたのなら、結婚生活は終わりの見えない恐怖でしかなかったに違いないよ」

これはアンディの痛い部分に刺さった。信じられないといったふうに目をひらいてから、次第に頑迷さと当惑の混じったいらだちへと気持ちを変化させていく。

「ボブ」彼はいたってまじめに言う。「きみ、どうなってる？　思いはないのか——」彼は言葉を探して懸命に身振りをした——「つまり人生はすばらしくあるべきだという思いは？　すばらしいものに対する思い——精神的なすばらしさという意味だよ？　言いたいことはわかるだろう」

「ああ、きみの言いたいことはわかる」

アンディは考えこんだ。

「彼は夫人より三十歳も年上だった。彼女にひどい人生を送らせていたに違いないさ。俺にわからないのはただ、誰が……？」これが頭を悩ませている問題のようだった。アンディの頭の奥から離れることのない繰り返し浮かびあがる問題だ。

「グウィネスの愛人が誰か考えてるのか？」

「その話をしてはならないんだ」アンディは頑なに言う。「こんなふうに話すなんて罰当たりなことさ。それでも」彼はあたりを見まわして立ち聞きされていないかたしかめた。「それでもさ、いったい誰なんだ？　そいつを知りたくてね」

「クラークはどうだ？」

アンディは背筋を伸ばした。「クラークだって？」そう繰り返す彼の口調は到底信じられないという気持ちがあふれていて、声は大広間まで届いたに違いない。「あり得ない！　あり得ないね！」

「どうして？」

「クラークだろ？　なあ、きみ、クラークはローガンと同じ、じいさんだぞ！　ひょっとしたらもっと年上かも。いやはやクラークとはな！」

「それでも、僕には彼がトラピスト会の修道士のようにお堅いとは思えないよ。それに、クラークは博物館に詳しい。さらに、クラーク自身が彼とローガンは最初、おたがいに嫌っていたと認めていたんだ。見せかけとは裏腹に、彼らの関係はたいして改善していなかったことに六ペンス銀貨を賭けよう。それに、彼が地下室に千ガロンのガソリンを蓄えているのはなぜかわかれば、もっと安心できるかな」

「千ガロンのなんだって?」

「ガソリン。火をつけるやつ」

アンディが言う。「ボブ、きみはどうかしてるな。この家にガソリンなんかないぞ。俺が知らないわけないだろ?」彼は拳(こぶし)でテーブルを叩いた。「ここの地下なら隅々まで知ってる。数週間ものあいだこの家を訪ねた。ほぼ毎日だ、このあいだの水曜日と木曜日を除けば。いいか、そんなものは――」

それは昼食のときにテスと長々と話しあった点だった。そして彼女からあれこれ事実を教えてもらったのだ。

「ミセス・ウィンチに訊いてみるといい」僕は提案した。

「その件にミセス・ウィンチがどう関係してるんだ?」

「実際にクラークは木曜日にその品をここに運んでしまいこんだ。自分の鏡台に骸骨が座っていてもまばたきひとつしそうにないあのミセス・ウィンチでさえも、それにはびっくりしたんだ。それでテスに話し、テスは僕に話した」

アンディの表情は暗くなっていた。

「いいか、クラークはそんなことしちゃいけないんだ！」

「法律違反か？」

「いや、そうじゃない。保険会社を相手におかしな真似をしようとしなければな。俺が言いたいのはその品は危険だってことだ。だって、もしもさ――？」

「わかった、きみの言う通りだよ」

アンディは次の言葉を発するまでに長いこと考えていた。椅子を後ろに引いたから堅木の床が嫌な音をたて、大きなシャンデリアもつられて響いたようだった。彼は朝食のときと同じ椅子に腰を下ろしていた。白い蠟燭が三重になった特大の王冠を持つシャンデリアはその重みを感じさせる影を投げかけており、ふたたび彼の頭のほぼ真上にあった。

彼は口走った。「ここからおさらばしよう。今日のうちに。ミスター・クラークを信頼してないからじゃないぞ！　でも、話さないといけないことがあるんだ。今朝、きみに言おうとしたらじゃまが入ったあれだ」

「なんだい？」

どっしりした足音がまず大広間のタイルを鳴らし、続いて正餐室に下りる二段の階段をきしませ、シャンデリアをはっきりと揺らした。

フェル博士だった。後に続くのはグライムズ警部だ。フェル博士の視線はそのシャンデリアに釘づけで、そちらに集中しすぎて危うくバランスを崩して転びそうになった。檀木杖を前に突きだし、目が見えないかのように足元を探った。彼は（本当に）シャンデリアを見つめるあまり正餐室の奥にやってくるまで、僕たちが見えていなかった。

「おっと？」博士はうめき声をあげて足をとめた。「おお、これは！」彼はお茶の準備がされたテーブルを見てまばたきをした。「これは諸君、失礼。文明化された国ならどこでも、いまはお茶の時間だということを忘れておったわ。グライムズ警部がこれから――」

またもやじゃまが入って僕は苦々しく挨拶をした。

「一緒にいかがです？」

「ありがとさん」博士はぼんやりと答えてまだシャンデリアを見つめていた。そこではっと我に返った。「すまんね、なんと言われたかな？」

「一緒にいかがですかと訊ねましたよ」

「なにをだね？」

「お茶を」

「ああ、なるほど！　お茶か！」フェル博士は突然、ようやくピンときて叫んだ。「喜んで！　わしは、まあその、別のことで頭がお留守になっておったんだ」そしてグライムズ警部を振り返った。「では、シャンデリアが落ちて執事の脳天をつぶした部屋はここなんだな？」

「そうです、博士」

「当時、あんたはここに駆けつけたと？」

「そうでした」

「ふうむ、そうか。では、教えてくれ。こいつは同じシャンデリアかね、それとも別物か？」

グライムズ警部はためらった。眉間に皺を寄せてシャンデリアを見つめた。「博士、それはちょっとばかり答えるのがむずかしい質問ですなあ。たしかに同じものには見えます。ただ、はっきりとは言えません。ミスター・クラークに訊かれるのがいいんでは」

「同じものですよ」アンディが口をはさんだ。「ミスター・クラークは地下室からこいつを引っ張りだしてまた使えるようにさせたんだ。よく見れば下側に大釘が突きでてる」アンディはまるで部屋の温度が下がったと感じているように見える。「嫌な死にかたですよ。そんなふうにくたばるのは俺はごめんですね」

フェル博士はうなずいた。

窓のカーテンは閉められていたから、雨音はつぶやきくらいにしか聞こえなかった。黄色いシェードの壁のランプは黄昏を輝く霧に変え、板壁、磁器、銀器、さらには人の顔までもオランダ絵画の筆致で描いたような黄金の趣をまとわせた。保温壺が湯気をあげているがまだ手をつけられていない。サンドイッチが高く積みあげられていた。

テーブルがじゃまになっているのに、フェル博士は杖をあげてシャンデリアの下側になんとか触れた。シャンデリアは揺れ、鋭いメキッという音が梁から聞こえた。

「わたしだったら、そいつは注意深く扱いますなあ、博士」グライムズ警部がやや大きすぎる声で言った。いまの音で彼は飛び跳ねたほどだったのだ。「わかりませんかね?」

「くだらない。シャンデリアは大丈夫です」アンディがきっぱりと言う。「とにかく、少なくともいまは大丈夫だったでしょ」

「ダイニングテーブルはどうかね？」フェル博士はどちらの話も気に留めずに訊ねた。「ロングウッド家の最後のひとりがここに住んでおった頃、テーブルはいまと同じ場所にあったのかな？　ほぼシャンデリアの下に？　どうだい、警部？」

「その通りです、博士」

「だが、執事は椅子だけじゃなくテーブルにも乗ったんじゃなかろう？　つまり、テーブルの上に椅子を置いて、その上に乗ったわけじゃあるまい？」

グライムズは同意した。

「ええ、たしかに、博士。わたしたちがぐちゃぐちゃになったここにやってきて彼を発見したとき、テーブルは部屋の片側に押しやられていましたな。あきらかに本人がやったことです。続いて彼はここにある椅子のひとつ」――グライムズは指さした――「あの背の高い古い椅子をシャンデリアの真下に押してきて、それに立ったんですな」

「そうか。執事の身長はどのくらいだったんだ？　あんたぐらいか？」

「わたしより高かったですね、博士」グライムズがふたたび指さした。「そこの紳士と同じくらいの身長で」

「ミスター・ハンターと同じくらいだと？」

「その通りです」

上の空で一言ことわりを入れると、フェル博士はもう時間を無駄にしなかった。テーブルをつかんで巨人ガルガンチュア並みの力でぐいと押したのだ。食器類がガチャガチャと鳴り、ミセス・ウィンチがキッチンから飛んできた。いくつものピンクと白の菓子がぐるぐる回る。ティーアーンが倒れ、アンディがこれを起こしたが、手に火傷するという犠牲を払って毒づいた。

フェル博士は次に椅子を抱えた。背もたれも座面も高く、オーク材に挽物装飾をほどこしたジャコビアン様式の椅子だ。コンゴ・クラブで聞いた、命が宿っている椅子の話を思いだす。フェル博士がこの椅子に個人的に侮辱されたと言わんばかりに、大変な悪意をもってにらんでいるからなおさらだ。

視界の隅で、テスとグウィネス・ローガンが大広間からやってきて、ぴたりと足をとめたのが見えた。

「わしは」博士がぜいぜいしながら言う。「残念ながら次の実演をやれるほど達者じゃない。そこのきみ、ミスター・ハンターは亡くなったウィリアム・ポルスンと同じくらいの背丈らしい。椅子に乗ってくれんか？」

「いいですよ。ほかにはなにをすれば？」

黄色のシェードのランプは正餐室の北の壁に取りつけてあった。南の壁、さらには濃い赤のカーテンや、羽目板の腰見切り板に飾った磁器の皿にも、ランプがアンディの長身の影を落としている。足をひらいてバランスを取るとハサミのように伸びて見えた。

「いいぞ！」フェル博士はうなずいた。「さあ、頭の上に手を伸ばして」

「これでいいですか？」

「うん。シャンデリアにはあとどのくらいで届く？」

「六インチくらい（約十五センチ）です。もしも――」

「どうなってるの、気をつけて！　動いたわ！」

柔らかな声のグウィネス・ローガンの肺にこれほどの力が秘められているとは、誰も夢にも思ってなかったはずだ。彼女の叫びは、しゃくりあげる声から始まって最後には金切り声となり、僕はぎくりとして一気に全身から汗が噴きだした。アンディはよろめくことになって椅子から飛び降り、真っ青な顔をして後ずさりをした。さらに、大広間にいたに違いないほかの者たちが駆けこんできた。マーティン・クラーク、エリオット警部、ジュリアン・エンダビーだ。

クラークがグウィネスの背後から毅然とした声で一方的に話しかけた。

「どうしたんだね？　なにが動いたと？」

「シャンデリアが動いたの！」グウィネスが声をかぎりに叫んだ。「まるで、手で押されたみたいに。こんなふうによ！　彼女は必死になって身振りをした。

「なあ、グウィネス！　そこに手などないよ。自分で見てごらん」

「ないって言いきれます？」テスが静かに訊ねた。「ゆうべ玄関でわたしの足首をつかんだ手と同じなんじゃ？」

僕たちが話題にしているのはただの手でしかないはずなのに、警戒を怠らない少々しなびたその手が、こちらが全然予想していないときにぐいっと引っ張ってくるのだと思えてくる。それは優しくなだめてくれる手とはほど遠いものだった。しかし、これはあきらかにエリオット警部の心には響かない考えだった。入り口の人たちをかき分けてエリオットは正餐室への段を下りると、勢いよくフェル博士に近づいた。

彼は切羽詰まった口調で訊ねた。「なにがあったんですか、博士？　あなたはシャンデリアを見ていましたよね？　動いたんですか？」

博士は巨大な頭でうなずいた。

「ああ、そうだ。リボルバー、椅子、玄関の手と同じようにな。動いたぞ」

13

「さて、博士。この事件について忌憚のない意見を聞かせてもらいたいのだがね」クラークがうながした。

読者諸君は、僕たちが静かに腰を下ろしてお茶にするなんて想像しなかったかもしれない。でも、そうしてだめな理由は？　僕たち八人は大きなテーブルをかこんでおり、グウィネス・ローガンがティーアーンの前に陣取り、お茶を注いでいた。ジュリアン・エンダビーだけが一緒にお茶を飲むことをことわった。彼はむくれていて、反抗心たっぷりに僕たちをにらむと、足取りも荒々しく部屋を後にした。エリオットとグライムズ警部もテーブルについたが、グライムズのほうはしぶしぶで、咳払いをしてみせて不本意だということを隠さなかった。

エリオットの雰囲気は明らかに、ひとまずこの話題は棚上げにしましょうというものだった。

けれど、僕たちが椅子に座るとすぐにクラークが先ほどの要望を告げたのだった。

フェル博士は忍び笑いを漏らした。心温まり、元気づけてくれる声だ。遠慮する気配は消えていた。とびきりの笑顔でにこにこしながら、当世のクリスマスの幽霊（C・ディケンズ『クリスマス・キャロル』より）のようにテーブルを高いところから見おろし、ベストの胸元にナプキンをはさんでいる。

「忌憚のない意見か」彼は考えこんだ。「うん、話しても構わんよ。少しばかり話す時間をもらえれば、たぶん暗雲を吹き飛ばせるだろうて。そいつはわしの特権で、しかもめったに失敗せん」

「誰がやったか知っているということ？」グウィネスが訊ねた。

テスの隣席の僕からは、ティーアーンの陰になってグウィネスの顔は片側しか見えなかった。またもやひどい恐怖を経験した女にしては、その手つきは目につくほどしっかりしている。

「結論は出たと思ったがね」クラークがほほえむ。「あれは〈魔手のエリック〉がやったということでね。便宜上、そう名づけただけだよ。彼をエリックと呼ぶことにしようじゃないか？」

「怖いことを言わないで」グウィネスがそう言い、さっと顔をあげた。「お砂糖はいくつですか、フェル博士？」

「うん？　おお、ひとつだけもらおうか。さて、いちばんの謎、あらゆる点で最高に悩ましい証跡、わしたちがなんの手がかりもあたえられておらん問題はなんだと思うね？　教えてしんぜよう。そいつはロングウッド一族の問題だよ。わしはロングウッド一族を推し量ることができん」

「ロングウッド一族?」

「あたりを見るといい」博士は首を動かした。「三百年以上もの長きにわたって、一九二〇年まで、この屋敷はひとつの家族の子孫たちのもので、人生の悲喜こもごもに厚く覆われておる。誕生、死、結婚、家族でのいさかい、十世代以上にわたってそれらのすべてがこの屋敷を特徴づけてきたはずなんだ。だが、このロングウッド一族の人々とは何者だ? どんな人たちだったんだ? 彼らについてわかっておるのはどんなことだね?」

クラークは彼をじっと見つめていた。クラークは砂糖ふたつと合図し、グウィネスからカップを受け取りながらもフェル博士から視線を逸(そ)らさなかった。

「その問いかけはいささか——めずらしいものでは?」

「いやいや、そんなことはないとも!」フェル博士は食器類がガチャガチャと音をたてるほどテーブルを強く叩いた。「その点こそがこの事件全体の鍵になるんだよ、わしたちに把握さえできればな。だが、いままでのところ、なにも把握できておらん。モーティマー伯父さんの棒馬(棒の先に馬の頭を模したものをつけた玩具)はどこにある? スザンナ伯母さんの刺繡(ししゅう)作品はどこだ? こういうふうに幽霊が出る理由はなんなんだね? ロングウッド家の人たちはとんでもなく個性がなかったように思えるぞ」

クラークはにやりとした。

「〈魔手のエリック〉にそんな話を聞かれないよう注意したほうがいい」クラークは警告した。「抗議のためだけに、サイドボードからなにか投げつけるかもしれないから」

テスが思わず振り返ってサイドボードに視線を走らせた。

「たしかなことは」フェル博士が話を続ける。「百年ほど前にロングウッド家の人間、ノーバートがなにやら暴力的な死を迎えたこと。だが、それにしたって、彼についてなにかわかっておることがあるかね？　悪魔、薬物、医家たちと関係があったことを除けば、なにもない。ドルセー風の頰ひげを生やし、医学すなわち科学にどうやら関心があったということだけで、人となりも浮かんでこない。彼はどのように生き、そして死んだのか？　語り草のひとつも残しておらん」

この話の奥底にはまだなにかある！　ただの空騒ぎ以上のものがあると誓って言えそうだ。ここでテスがすばやくフェル博士を見やり、かすかに頰を染めて話したからだ。

彼女は言った。「そこがわからなくて。足首をつかむものがいるっていう話は、ノーバートの死が発端になったんじゃないんですか？」

「そうだよ」クラークが請けあった。

「それに顔に引っ掻き傷のついた遺体の話もだね？」フェル博士が重ねる。

「そうだよ」

フェル博士はしばし紅茶をかき混ぜた。テーブルが静寂に包まれた。テス、エリオット、グライムズが所望する砂糖の数を合図し、カップを渡された。幽霊話についての会話は博士が大いにやりがちな脱線に過ぎないと言えたかもしれない。でも、僕はエリオット警部の肩が次第に緊張し、その目が厳しい警戒心を取りもどしたことに気づいた。

「最後に」長い間を経てフェル博士は言った。

「十七年前の執事の死の件がある」

彼の声はひときわ大きく響いた。

「いいかね、たった十七年前のことだよ！　この屋敷の歴史からすると、昨日のことのようだ。ロングウッド一族の最後のひとりが、当時ここの当主だった。だが、その当主についてなにかわかっておるかね？　やはり、さっぱりわかっておらん」

グライムズ警部が咳払いをした。

「わたしがその件についてはお話しできますな、博士」彼が名乗りをあげた。

「おっ？　彼を知っておったのかね？」

「よく知っていましたよ。めったにお目にかからないような立派な紳士でね。だから、あんなことになってわたしたちはみんな残念に思ったんです」

フェル博士がうめき声をあげる。「ついにきた。なにか情報を得られるぞ！　さあさ、彼はどんな人物だったんだね？　地方の鼻つまみ者？　ノーバートのように邪悪な研究の信奉者かね？」

グライムズ警部はふいに大きな笑い声をあげ、グウィネス・ローガンはたじろがずにいられなかった。彼女が手にしたカップがピクリと揺れたほどだった。彼女は砂糖を三つ入れるとアンディへと滑らせ、出しっぱなしだったティーアーンの蛇口を急いで閉めた。当のグライムズ警部も同じように慌てて笑い声を押しとどめてから謝った。だが、彼の伝えようとする熱意は変わらなかった。

「彼がですか、博士？　あり得ない！　いま言った通りですよ。誰よりも会いたくなる気持ちのいい紳士で、誰に対してもいい言葉をかけてくれてねえ」

「では、彼は幽霊話を好んだりしなかったと？」

グライムズは考えこんだ。

「いやあ、博士。そこまでは言いきれません。ちょっとした冗談があれほど好きな人はいませんでしたなあ。マッチ箱の手品だとかそういったことで人をかつぐことができたら、一日じゅう上機嫌でしたよ。昔のロングウッド一族が墓から起きだして歩きまわっているなどと触れまわって人をからかうのも好きでしたね。

彼はロングウッド一族の遠い分家の出身でした。オックスフォードシャーだったと思いますね。財産や屋敷を相続できると期待していなかったので、いざそういうことになると大喜びでした。小柄できびきびと歩き、禿頭、高い襟の服装の大学教授のような男でした。戦争が終わった直後ぐらいにここにやってきましてね。一九一八年の終わりか、一九一九年の始まり、どちらだったか忘れてしまいましたが。そして屋敷を改装して、ロングウッド一族がふたたびここに住むと言ったんです」

グライムズ警部は口を閉じた。

彼は熱意を失い、おずおずと椅子に浅く腰掛け、乳鉢と乳棒を使う化学者のようにお茶をかき混ぜていた。昔を思いだしているのだ。

「結婚は？　子供はおったのかね？」フェル博士が訊ねる。

クラークが驚くほどとげとげしく口をはさんだ。「いいかな、博士。彼が結婚していたか、子供があったかということで、なにか違いが出るなら教えてほしいものだが？」

突然の荒っぽい言葉に全員が注目した。

「いずれ、教えてあげられるよ」フェル博士が雷のような声で答えた。「続けてくれ、警部」

グライムズはためらった。「彼は結婚していましたよ——奥さんもとてもいい人でした——でも、子供はなかった。ほかに話せるようなことはよく知らないですね。彼はれっきとした地主階級でしたが、手を使って働くことを好みましたなあ。本業もあって、海辺で絵を描くジョー・パートリッジのようにさらさらと、ちょっとした設計図を書いたんです。彼はやりたいことがあったので——屋敷の再建をしたかったものですから」警部の口調は厳しいものになった。「一九一八年と一九一九年の途中までは、厚意からにしろ、金のためにしろ、満足に働いてもらえる男がいなかった。それでミスター・ロングウッドはガーンジー島から労働者たちを連れてきて屋敷の仕上げをさせなければならなかったんです。近い将来、またそんなことにならないよう願うばかりですよ」

「また起こるだろうね」クラークが低い声で言った。

「なにが起こると？」

「戦争だ」と、クラーク。

彼の声はやはり大きくなかったものの、その言葉は部屋じゅうで不吉にこだました。傍(はた)から見れば、彼は話題を変えようとしていただけだと思われるかもしれない。いつものようにほほえみながらからかう口調で話していたからだ。それを強調するように、彼は小さなサンドイッチを手にしてがぶりと頬張った。

僕は抗議した。「世界情勢について討論していたんじゃありませんよ――」

クラークは言う。「討論しようがしまいが、今年か来年、あるいはその次の年には戦争になる。わたしの言うことを覚えておいてくれ。それもあって、わたしは長年慣れ親しんだイタリアを離れることにしたんだ」彼はサンドイッチを食べ終えた。「しかしだな、こんな話をしたのはついでだよ。きみが言うように、わたしたちは世界情勢について討論していたんじゃない。もっと視野を狭めてこの殺人に話題をもどそうじゃないか。今夜の幽霊パーティはどうなるだろうね？」

話のきっかけが訪れた。

「テスと僕はもう幽霊パーティには参加しません」そう言って彼女の手を握った。「今夜、彼女をロンドンに連れて帰りますよ」

テーブルをかこむ者たちがざわめいた。クラークはまたサンドイッチを手にしてから返事をした。眉毛を見れば、歓待を踏みにじられたと思っていることがわかる。

「それは残念だよ。残念だし、がっかりだ。きみが最初に逃げだすとは思ってもいなかった。しかしきみ、問題は警察がきみたちを帰してくれるかどうかじゃないかね？」

エリオットもためらってから返事をした。

「誰にも帰ってほしくないんだが」彼はそっけなく僕に言った。

「そんなの関係ないよ。きみに僕たちをここに引き留めておく権限があるのかい？」

「ここの権限を持つのはそりゃグライムズ警部だ。もちろん、きみたちを強制的にこの家に留まらせることはできないさ。きみたちは誰でも、自由に村か近隣の宿に泊まっていい。だが、まだロンドンに帰る許可は出せない。申し訳ないが、わかってくれるよね」

　クラークは得意げだった。

「村に泊まっていいとは！」彼はサンドイッチを頬張りながら繰り返した。「では、きみとミス・フレイザーは〈驚きの牡鹿亭〉に泊まるのかね？　それはあきらかな敗北宣言だ。違うか？　きみは〈魔手のエリック〉が怖いのかな？」

　テスが「ボブ、乗せられて怒っちゃだめ！」と、囁いた。実際には語気荒く囁いたわけではなかったが、総じて同じようなものだった。

「エリックが怖いのじゃないことはたしかかね？」クラークが返事をうながす。

「ええ、エリックのあのいつものいたずらが怖いんじゃないですよ」

「だったら、なにが？」

「エリックがこの地下室にある大量のガソリンに、火のついたマッチを放り投げようなんて思いついたら……」

「そうだそうだ！」と、アンディ。

　全体が大騒ぎになって、クラークが力強く尖った歯と不健康な赤い歯茎を見せて笑っているのが見えるのに、その声は全然聞こえなかった。彼は片手をあげて静かにするよう合図した。

「待っていたよ」彼は言い放った。「いつになったら、誰かその話を持ちだすだろうかとね。あれは大丈夫だと保証しよう。その件はエリオット警部に説明済みで、施錠をした地下室のただひとつの鍵は彼が持っている。それにわたしは放火魔でもないと保証しよう。ガソリンが置いてあるのは、わたしの洞察力と先見の明を示すものでしかないよ。亡くなったベントリー・ローガンはわたしにはその洞察力と先見の明があるとつねに賛成してくれていた」

「どういう意味です？」アンディが訊ねる。

「戦争が起こりそうなんだからね」クラークは多くを語らず、「それ以上なにか言う必要があるか？」

「ありますよ」

「来年、戦争になると思っている。そうなると誰にも手に入らなくなる品はガソリンだよ。だが危機を叫ぶ声が聞こえるときへの単純明快な投機として買いだめしておけば、結果として備蓄しておくことにもなる。それだけさ」

クラークはサンドイッチを食べ終えると、指を舐めてからさらにハンカチで拭いた。なにか計算しているようだ。

「これだけの備蓄があれば、二年以上はわたしの質素な車を運転しつづけていけると見積もっているんだ」と話を続けた。

「あなたは危ない真似をほとんどしないってわけですか？」アンディが訊ねる。

「ねえきみ、わたしはどんな危ない真似もしないんだよ」と、クラーク。

アンディを冷たく偉そうな目で見つめてから、彼は背を向けた。

「我が友たちよ、これがわたしの邪悪な秘密さ。ガソリンを蓄える男が怖いだなんて、まさか言えないだろう。ほら――言わせてもらえば――勇猛で通っているわけではないミスター・エンダビーさえもここに留まることに同意した。だから、ほかに理由があるはずだね。頼もしい我らが友のモリスンがエリックを怖がっているとしたら」

「そんなのは嘘だ。あなたもそれはわかっているくせに」

「そうかね？　じゃあ、きみが今夜はここに泊まらないことに五ポンド賭けたいね」

「受けてたちましょう。そしてこちらは、あなたが僕より先にこの屋敷から逃げだすことに賭けて、さらに五ポンド上乗せします」

「いいだろう」クラークはそれに乗った。

「ああもう、男のひとって！」テスは絶望して言った。「男のひとときたら！」彼女は立ちあがってテーブルの横でステップを踏むような動きをした。

アンディが口元をこわばらせて言う。

「ちょっといいかな。別に混ぜっ返すつもりじゃないんだが、でも、ミセス・ローガンにここに泊まることについて直接訊ねようって人はいないのか？」

こう言われて、僕たちはかなり恥ずかしさを覚えて口をぴたりと閉じた。アンディは熱情に駆られた顔をしていた。テスは自暴自棄になってすうっと息を吸って腰を下ろした。機械仕掛けのようにぎこちなくみんなのカップを受け取ってお代わりを注いでいたグウィネスが、最後のカップをテーブルに置いた。

「わからない」彼女の口ぶりも機械仕掛けのようだった。「訊かなくちゃ……」声は次第に小さくなった。目は一点に据えられている。その目に浮かんだ驚きが大きくなり、続いて恐怖めいたものへと移ろっていく。「わたしはこう言おうとしたの。ベントリーに訊かなくちゃだめだって」彼女は息継ぎをした。「でも、彼は死んだ。わたしはなにもかも彼に頼っていたのよ。その彼が死んだ。ああ、わたしはこれからどうすれば？　わたしを家に連れ帰ってくれる人さえいない。どうしたらいいのよ？」

「わたしたちはきみの友人だよ、グウィネス」クラークが話しかけ、彼女の手を取った。

「ええ、それはわかってるのよ、マーティン。わかってる。あなたはたぶんわたしのいちばんの友人」慌てて機嫌を取っているような口調だ。彼女は手を握り返した。「でも、あなたはわかってない。わたしはひとりぼっちなのよ。修道院を離れてからひとりぼっちになったことはなかったの。わたしはここには泊まれない。無理よ、ひとりであの部屋には——」

「ミス・フレイザーの部屋に一緒に泊まればいい」

「そうしていい？　ねえ、テス？」

「もちろんよ」

エリオット警部は立ちあがり、パンくずを身体から払った。態度がすっかり変わっている。幕あいが終わり、本題にもどろうと宣言しているようだった。

「では、話はつきました」エリオットはずばりと言う。「あなたがたはもっとも賢明な判断をされた、そう話そうとしたところです。あなたがた全員がね。それぞれ、こちらが納得できる供述書を取らせてくだされば、いつでもロンドンにもどって構いません。一方でフェル博士とわたしもロンドンにもどらないとならないのですが、まずは一、二点、はっきりさせておきたい」

口調はとてもそっけなくなり、にこりともしていない。

「たとえば、ずっと話題に出ている〈手〉についてです。ミス・フレイザー、大広間に来て、そいつに足首をつかまれたとき、どこに立っていたのか正確に教えてもらえますかね？」

「その、わたし……」

「お願いできますか？」

シェードのないひとつきりの電球が大広間に灯っていた。昨夜より殺伐として見える。今夜は雨音がひどく鳴っているからだ。赤いタイルに足音が響く。フェル博士、エリオット、グライムズ警部は奥に立ち、玄関のほうを見た。

「どんなふうだったのか教えてください」エリオットが頼んだ。

テスはためらっていた。電球の下に立っているから、髪は黒い絹のように輝き、まつげの影が頬に落ちている。腕はぶらりと両脇に下ろしていた。リハーサルで緊張した女優のように身体は固く、不自然だった。彼女の後ろには鋲打ちの大きな玄関ドア、その左右に窓がひとつずつあり、片隅に背の高い大型の床置き時計がある。

「わたしは、その——」彼女が話しはじめたところにクラークが助け船を出した。

「このドアはそのとき開いていたよ」彼はそう説明する。急いで大広間を横切ると大きな木製のかんぬきを外してドアを開けた。冷たい風が一気に流れこみ、アーチ形のひさしでも防げない雨粒も降りこんだ。テスは身体をぶるりと震わせ、スカートが大きくはためいた。僕はクラークに近づき、彼にかわってドアをつかむと閉めてから、ふたたびかんぬきをかけた。

「落ち着いてくださいよ。ここまでする必要がありますか？　クラークさんにアンディ・ハンターも、僕はみんな外に立っていたじゃないですか。この雨のなかでさすがに外に出たくはないですよね？　どこで起こったことなのか、あなたはもう見ている。木の壁にかこまれた玄関の、ドアマットのところで。あなたのために彼女は再現しないとならないんですか？」

クラークが顔をしかめた。

「モリスン、わたしは助けになろうとしただけだった。どこが悪い？　もう〈手〉は消えてしまったと思うのかね？」

「ちょっと待った！」フェル博士が口をはさんだ。

しばらく彼はむっつりと考え事をしていて、あまり嬉しくなさそうな様子だった。脇に寄れと僕たちに合図し、のしのしと歩みを進めた。だが、彼はドアには近づかなかった。そうではなく、大型の床置き時計の前で足をとめ、上から下へとながめまわした。

「わしの考えが正しければ」彼は時計のケースをコンコンと叩いて話を続けた。「こいつは百年以上前、ノーバート・ロングウッドが死んだ夜にとまったとされる時計じゃないかね？」

「たしかにその時計だが」

フェル博士は時計のケースの長い扉を引き開け、なかを覗いた。とんでもなく大きなポケットからマッチ箱を探りだして一本を擦り、さらにしっかりと覗く。僕が見るかぎり、なかに特段おかしなものはなかった。振り子、チェーン、錘だけだ。歳月を重ねて古めかしく黒ずんでいるが、埃は掃除してあるし、錘も巻きあげてある。フェル博士は扉を閉めた。

「アテネの執行官よ!!」博士は頬を膨らませてつぶやいた。「元からあった時計。元からあったシャンデリア。元からあった……ふうむ。この時計はどうやら、どんな話にもついてまわる〈手〉とやらがとめたんだね?」

「いいや」クラークがきっぱりと答えた。

「違うと?」

クラークはまじめに興奮しているようだった。「そのような戯言など信じないように」と助言する。「昨夜ここにいる人たちには話したんだよ、時計の件はノーバートにまつわる逸話のなかでもデタラメ以外の何物でもない。なぜって？ 古くさく、退屈で、陳腐な言い伝えだからね。あきあきするほど耳にする話だ」

ゆっくり堂々と、フェル博士は振り返った。数歩前に進む。

「それは認めよう。だが、顔に引っ掻き傷のある遺体の逸話もさほど目新しいものじゃないのではないか?」

電球のせいなのだろうが、クラークの顔が混濁したようににじんで見えた。彼は後ずさりして、応接間のドアをほぼ背にするようにして立っていた。ボクサーのようにかかとをつま先を軽快に動かしている。だが、ほほえみは絶やしていない。

「どういうことかね、博士」

「いや、その出来事が一八二一年に起こったのであれば――そうだと思ったが？――その言い伝えはじゅうぶん熟成した年代ものに違いないだろう？　それとも顔に引っ掻き傷のある幽霊は古いといってもまだ受け入れられるとあんたは言いたいのかね？」

「ああ。そうだよ、もちろん。てっきり――」

「わしがなんの話をしておると思ったんだ？」

「別になんでもない」クラークはきっぱりと言い、持ち前の気さくさを取りもどした。「あなたに大声であれこれ言われると、いささか混乱してしまうんだよ、博士。いいかね、〈手〉が時計をとめなかったからといって、存在を疑いはしない。エリックはその気になれば、時計をまた動かせることだろうね」彼はにやにやしながら大広間を見まわし、犬を呼ぶように口笛を吹いた。「どこにいるんだ、エリック？　声が聞こえるか？」

「やめて！」テスが叫んだ。

「これは失礼」クラークが慌てて言う。「我ながら趣味の悪いことをしてしまったよ」

エリオット警部は耐えてはいるがうんざりもしていた。

「そんなに心配しなくていいと思いますよ」彼はほほえみらしきものを浮かべてテスに言った。「照明がこれだけついていますし、これだけの人間がしっかり見ているなかであなたの〈手〉がなにかいたずらを仕掛けることはなさそうです」彼はここではたと考えた。「昨夜の出来事を演じる必要はありませんが、玄関の外まわりは見ておきたいですね。またドアを開けてくれるか？」

テスを後ろに立たせ、僕がかんぬきを外すと、ひらいたドアから雨混じりの突風が吹きこんできた。黄色い光が番小屋風の玄関まわりへと流れだす。剝きだしのタイル、泥で汚れたくしゃくしゃのドアマット、両脇の木の壁、ひさしの屋根を照らした。それだけだ。エリオットはそこを見つめた。いらだったように目の下に赤味が差した。彼は勢いよくひさしの下へ歩くと、雨避け壁をなでたり、拳でノックしたりした。

「そのとき、どのくらい内側まで進んでいましたか、ミス・フレイザー？　玄関までどのくらいだったかということですが」

「玄関ドアに触れそうなくらいまで」

「そしてもちろん、家のなかに顔を向けていましたね？」

「ええ」

「でも、大広間の照明はついていなかった？」

「そうです。あれは……ねえ、聞いて！」テスは言った。

テスはその日の早い時間のグウィネス・ローガンと同じように、迷信にとらわれたような心からの恐怖の表情で振り返った。その身振りの激しさに僕たちはぴたりと動きをとめた。彼女はヒールをきしませて振り返った。胸元でブラウスの金色の留め具がきらりと光る。外では雨のパラパラという音が激しくなって重みを増してきていた。でも、テスが言ったのは明らかに雨音のことではなく、僕たちの頭に忍びこんでくるかすかな衣ずれめいた音であり、まぶしく照らされた大広間でそれは脈拍のように規則的に鳴っていた。みんなして同じ方向を振り返って目にした。

エリオットはテスの言いたかったことがなにかわかったようだ。

時計がチクタクと動いていた。

14

第二の悲劇は夜中の二時三分に起こった。

僕は起きていたし、テスも眠っていなかった。彼女は僕の寝室の暖炉近くで羽毛布団を肩にかけて腰を下ろしていたからだ。よく気のつくミセス・ウィンチは、ロングウッド・ハウスの骨組みから染みこんできた湿気を防ごうとすべての寝室に火を入れていた。この火があれば、僕たちは快適と言ってよかった。

でも、それは身体にかんしてだけだった。夕食は早めに振る舞われ、エリオットとフェル博士は屋敷を離れる前に、僕たちから個別に供述書を取った。後々まで強く尾を引くほど徹底的な聞き取りだった。ほかの人たちがなにを話したか僕は知らない。テスは顔を赤らめながらもむっとした様子で聴取用の部屋を後にした。いちばん長く聴取されたのはクラークで、なにやら口論めいたものになったようだった。けれど（この点については隠すまい）あれだけ厚いドア越しでははっきり盗み聞きするのは不可能だった。ソーニャがミセス・ウィンチに語り、ミセス・ウィンチがテスに語り、テスが僕に語ったところによると、クラークとの会話はある手紙についての話だったらしい。

とまどってしまったのは、ジュリアン・エンダビーが聖霊降臨日の休暇を〈驚きの牡鹿亭〉だかなんとかいう名のパブで終えるのではなく、屋敷に留まると決めたことだった。ジュリアンは警戒しきっていた。彼は夕食後に図書室で長いことクラークと話をしていたが、クラークは気さくに振る舞っていたのに、ジュリアンはあたりに油断なく目を配るあまり、じっと座っていられないほどだった。

ジュリアンが不安になっていることだけはわかった。彼は僕の隣の寝室を割り当てられ、それぞれ自室に引き揚げた後、部屋を歩きまわってスリッパが床をきしませる音が聞こえたからだ。

雨はあがった。その後は屋敷全体がきしみながら縮んでいるように感じた。僕はパジャマとガウン姿で暖炉の前の安楽椅子に腰を下ろして煙草を吸った。ジュリアンのスリッパが漆喰（しっくい）壁の向こうでネズミのようにキュッキュッと断続的に鳴っていた。彼の部屋に行って話をしようかとも思ったが、彼は最高に愉快な話し相手になりそうもない。心から会いたい人間はテスだったが、グウィネス・ローガンが彼女と一緒の部屋だから、テスはこんな遅い時間ではおそらくあの想像力豊かなご婦人の過敏な心を静めるのに手一杯だろう。

こんな結論を出したところで、ドアが軽くノックされた。それが開いてテスがするりと入ってきた。

「シーッ！」彼女はくちびるに人差し指をあてながら囁き、隣の部屋を指さした。

歩きまわるスリッパの音がとまり、間が空き、また歩きはじめると、テスは音を立てずにドアを閉めた。たっぷりしたレースと絹の淡いオレンジ色のネグリジェ姿で、そのことで少しばかりそわそわして恥ずかしがっているようだった。

「でも、どうしてるんだ――」僕は普通に話しはじめた。

「シーッてば！」

「大丈夫だよ。彼に声を聞かれても、内容までは聞こえないから」

「でも、彼に誤解されたくないもの。ジュリアンがどんな人かわかってるよね」

「はっきり言うと、わかってないよ。わかればよかったけど。重要なことが起こるたびに、そうだな、大型床置き時計が十フィート以内に人っ子ひとり近づいていないのに、僕たちの目の前で動きだすとか」――あの静かな時計がギーギーと音をたて時を刻みはじめ、怒っているかのように生命力をみなぎらせて復活した様子が甦る――「そんなことが起こっても、いつもうまい具合にジュリアンはその場にいないんだよな」

「ボブ、時計はきっと糸や針金で動いてたのよ！」

「糸や針金じゃないよ。それはわかってるだろう。いいかい、僕はこう言おうとしたんだ。どうしてるんだ、グウィネスは？」

テスは鋭く息を吸った。「眠ってる、ありがたいことに。彼女のご主人は睡眠薬を飲んでいたって知ってる？　わたし、大麦湯にこっそり二倍の量を混ぜて、十五分後には彼女を寝かしつけたわ」

彼女は衣ずれの音をさせて暖炉に近づき、炎に両手をかざし、なかなかやるでしょと言いたげに僕を見あげた。僕は彼女に腕をまわしてくちびるをきつく重ねた。数秒ほどは彼女もキスを返してしっかりこちらに身体を向けた。けれど、ジュリアンが隣の部屋でまた歩きはじめると、彼女は急に顔を離して身体を振りほどいた。

「だめ！」彼女は言った。「今夜はだめ。ここでは」

「たぶん、きみの言う通りだ。でも――」

「シーッ！」

彼女を安楽椅子に座らせ、煙草をあたえて火をつけた。暖炉に火が入っていても寝室は冷え冷えとしていたから、ベッドから羽毛布団を剥いで彼女の肩にかけてやった。彼女は煙草を吸いながら早口で話しだした。

「おまけに」彼女は話を続けた。「ゆうべ、わたしがここに来たら、あなたはそもそもここにいなかった。だから、あなたを追って一階に行ったの。わたしを見た？」

「きみの手を見たよ」

「〈手〉なんて言わないで！」彼女は震えた。「ボブ、話してしまわないと頭がおかしくなりそう。わたし、なにもかもわかった」

「なにもかもわかったって――」

「正確には、ほぼなにもかも。なにがミスター・ローガンを殺したのか、そこ以外は。グウィネスとわたしは彼女が寝つく前に内緒の話をしたの。ばつの悪い内緒の話をね。例の鍵がなんに使うものか、すっかりわかった。あなたは鍵についての説明は重要じゃない、わたしたちの助けにはならないって言うかもね。でも、わたしは絶対助けになるって自信がある」

テスは膝に肘をつき、肩にかけた青い羽毛布団から腕を突きだすと、煙草をくるくるまわしながら見つめていた。その火は暖炉の炎を背にはかなげに燃えていた。彼女は激しく首を振った。

「わたしはグウィネスが好きよ、ボブ。もちろん、どうしようもない嘘つきさんだけど。別にわたしはああいう人に眉をひそめるってわけじゃ――」テスは口をつぐんでくちびるを嚙んだ。

「そこはどうでもいいってこと。でも、鍵について彼女が本当のことを話していたのは絶対よ」

「鍵にどんな裏があったんだ?」

テスは身じろぎした。

「とても単純な話。クラークがグウィネスと親しいのは気づいたよね。ゆうべ、夕食の後で彼はますます親しげにしてた。彼女はヘルクラネウムとポンペイのおそろしい出土品をたくさん収めたナポリの博物館の話を耳にしてね――あなたも聞いてた？　それでクラークはとびきりのジョークを思いついたの。三連祭壇画、あれは全然なんでもないフィレンツェの祭壇画なんだけど、じつはナポリから持ってきたおそろしい出土品だと彼女には教えようってね。彼はグウィネスにその鍵を渡した。そうしたら好奇心が強い彼女は、真夜中にこっそり見ようと一階に下りたわけ。当然、後でネタバラしをしようって気にはならなかった。それだけのこと」

「やれやれ！」

「シーッ！」

「そうだけどさ――」

「グウィネスはただの平凡な絵だったので驚いちゃって、それを壁から落としてしまった。それで、真夜中にあのゴトンという音がしたの」またもやテスは深々と息を吸った。「それで今朝、クラークは彼女に鍵なんか渡してないと言い張った。もちろん、いんちきの騎士道精神よ。彼女を守るふりをして。彼が声をあげて笑っていたのを覚えてる？　彼、三連祭壇画に鍵穴なんかないと、まじめくさって言って、もっとややこしいことにした――しかも彼は楽しんでやってる！　そしてまた笑ってた。彼にとばっちりがいくことはないからよ。でも、彼は今日の午後、エリオット警部とフェル博士には詳しくすべて話をしたの」彼女はここで息をついた。「それはグウィネスから聞いたことじゃない。わたしが窓の外から立ち聞きしたの」

　僕たちは炎を見つめた。

「テス、僕はあのクラークという男は、まずお目にかかれない百カラット級の卑劣漢だと思いはじめてるよ」

　彼女は目を見ひらいた。「そんなふうに思いはじめてる？　ボブ・モリスン、いったいいつになったら、彼はその通りの人物だってあなたの鈍いおつむに叩きこませてやれるの？」

「わかったよ。とはいえ少なくとも、それが本当なんだったら、多少は疑惑を晴らせるね。その出来事はローガンの殺人とは関係ないはずだと」

「関係ないはず、ですって?」

「あるとは思えないよ。それがクラークの思いついたジョークでしかないのなら……」

「わたし、それだけじゃないと思ってる。いいこと、ボブ」彼女は暖炉の炎に煙草を投げ捨て、羽毛布団をもっときつく身体に巻きつけて震えた。「お願いだからクラークを見くびらないで。それがあなたのしていることよ。彼はずるくてとっても賢い。彼に太刀打ちできるのはフェル博士ぐらいのものだけど、じゃあわたしがフェル博士が勝つほうに賭けるかと言われたらそれも微妙よ」

「よくわかった。僕たちは彼を見くびったりしない。それで?」

「彼はグウィネスが一階に下りて三連祭壇画を見るようそそのかした。そうなればミスター・ローガンが彼女の後を追う。彼女の夫は妻が男に会うんだと考え、彼女が説明しようとしても聞き入れない。とてもたくさんのトラブルが生まれることになる。おわかり?」

「大いにあり得ることだ」

ジュリアンの部屋では、スリッパで歩きまわる音がとまっていた。僕たちは自然と低い声で話していたから、炎が揺れて爆ぜる音しかしなかった。

テスは羽毛布団に包まれた肩をすくめた。

「彼はすべてを背後から操っているのよ。あなたは振り返ってみるだけでいい」彼女は言う。

これは否定しようのない真実だった。

「それできみは彼がローガンを殺したと思っているのか？」

「ボブ、それは誓ってもいい！　でも、どうやったのか、そしてどうしてなのかはわからない。グウィネスにそんなこと訊ねられないし。彼女が知るかぎりでは、クラークとミスター・ローガンはとても仲のいい友達だったの。それでも、彼がひどくミスター・ローガンを憎んでいたのは間違いない。いつだって一瞬でも我を忘れたら、声にそれがにじみ出るでしょ」

またもやこれも真実だ。

「うん、そうだね。グウィネスに愛人については訊いてみなかったのか？」

テスはしかめ面(つら)になった。その目はあざけるようにきらめき、くちびるをすぼめている。彼女は指摘した。「そこは話題に出すのがちょっとむずかしくて。ゆうべ、彼女の夫が非難していたことを立ち聞きしたってほのめかしてもね。少し巧みに裏をかかないとならなかったの。そうでもしないと彼女に食ってかかられて、ただわたしが自滅するだけってことになる」

テスはハシバミ色の瞳をかこむ白眼をとても輝かせ、取り澄ました。「わたし、謎の愛人はあなただと思ってるふりをしたの。そしてひどく嫉妬しているって言って、彼女を見損なったと半泣きで打ち明けたのよ」

「ええっ！」

「シーッ！」

「わかった。話を続けて」

テスは急いで言った。「もちろんね、ダーリン、そんなこと本気で思ってない」

「もちろん、違うよ。その——彼女はきみになんて言ったんだ？」

「たいして話さなかった。まずは、夫に対して、言葉でも、気持ちでも、行動でも、裏切ったことはないと言ったっけ。彼女の言い回しそのままよ。〝言葉でも、気持ちでも、行動でも〟と。その後、ささやかな逢い引きをしていたと白状したの。ヴィクトリア・アンド・アルバート博物館のダンテ・ゲイブリエル・ロセッティ・レストランで男に会ってたって」

「何レストランだって？」

テスは顔をしかめた。

「あの博物館にはダンテ・ゲイブリエル・ロセッティだか、ウィリアム・モリスだか、どっちかがデザインしたレストランがあるの。どっちだったか忘れちゃったし、どうせいつも混ぜこぜになる。とにかく、グウィネスはそこで男に会っていたの。でも、彼女は本気じゃなかったし、愛人にはなってないって。おしまいには暴れ馬でも相手が誰か言わせられないからって言ったほどよ」

「クラークかな？」

「どうだろう」

「クラークだよ！」僕は苦々しい口調で言った。「クラークに決まってる！」あの男のイメージがどの衝立の裏にも現れ、どの戸棚からも頭を突きだしてくる。至るところに見えた。「ローガンが撃たれたとき、クラークがどこでなにをしていたのかわかれば、せめてなにかしらの取っかかりはできるよ。でも、警察はうまく聞き出そうとはしない」

テスは驚いた顔をした。

「それならわたしが教えてあげられる。その情報だけは、彼が進んで誰にでも教えてたから。朝の散歩に出て、ここから一マイルほど離れた海岸沿いの砂丘にいたって本人は言ってる。自分の留守中に哀れなミスター・ローガンが撃たれてとても残念だって」

「彼を目撃した者はいるのかい？」

「わたしが聞いたかぎりではいないわね」

このとき、誰かが隣に接する壁をドンとノックした。ロングウッド・ハウスでこのような音がするとびくりとしてしまいがちで、テスは羽毛布団をはねのけて椅子から威勢よく立ちあがった。僕はジュリアンが話をやめておとなしく寝かせてくれと頼んでいるとしか思わなかった。でも、そうではなく、彼は気を遣って予告めいたことをしたらしい。

彼は派手に咳払いしながら部屋から出てきた。今度はドアを軽くノックし、僕の返事を待ってから、頭を突き入れた。

「眠れないんだ」みじめな口ぶりだ。「わたしは——入ってもいいか？」

こんなジュリアンは初めてだった。少なくともこれまでに見たことがない。ぺたりとなでつけられたブロンドの髪から一房、二房が乱れてつむじのあたりからピンと立っている。着込んでいる黒いウールのガウンは白い縁取りでＪＧＥのモノグラム入り。額にうっすらと皺があるハンサムな顔から、本当は友達になりたくて仕方がない犬のようなためらいを浮かべた薄い色の目が覗いていた。その日の早い時間に感じたように、またもや彼の顔や体格がほかの誰かに似ているというかすかな印象が頭から離れない。

「あら、ジュリアン」テスは羽毛布団を身体に巻きつけてほほえんだ。「どうぞ入って。わたしたち、おしゃべりしていただけよ」

「眠れないんだよ」彼はまた不満をこぼした。「本当にじゃまにならないか、ボブ?」

「ちっとも。煙草はどうだい?」

「ありがとう」

彼はすでに自分のガウンのポケットから煙草のケースを取りだして一本手にしたところだった。けれど、それをもどして僕の煙草を受け取り、節約できたことに控えめに感謝していた。

「なにかまずいことでも?」

「いやないよ!」ジュリアンは顔を傾けて煙草に火をつけてもらった。深々と吸って窓辺に歩き、カーテンを開けて外を覗いてからまた閉じた。彼はそわそわしている。ようやくベッドの端に腰を下ろすと、僕たちに顔を向けた。「いや、あるんだ」彼は淡々とつけ足した。「まずいことがある。なのにわたしにはどうしようもない。だからきみたちのアドバイスがほしくてきたんだ」

「き、きみが僕たちにアドバイスがほしくてきただって?」

「冗談抜きでね、ボブ。からかってるわけじゃない」

彼の口調は死に物狂いに聞こえた。真夜中なこともあって、ますますそう感じる。どの言葉も疲れた神経にはずしりと重く響き、ジュリアンのガウンのポケットから懐中時計のチクタクいう音が大きく鳴る時間帯だ。

「僕にできることならなんでも言ってくれよ、きみ。なにを気にかけているんだ？」

ジュリアンはぎこちなくまた煙草を吸った。火傷（やけど）しそうなほどだいぶ先を持っている。そうして、真剣なあまりか、夜で神経が高ぶっているからか、彼の人生でまずなかっただろうメロドラマめいたスピーチをおこなった。

「最初に」彼は切りだした。「きみたちふたりには、これから話すことをなにがあっても他人に漏らさないと誓ってもらいたい。わたしがいいと言わないかぎり。誓えるか？」

「いいよ、きみがどうしてもと言うなら」

「きみはどうだい、テス？」

「ええ。わかった」テスは身がまえている。続いて、すばやい直感が働いたか立ちあがりかけた。「ジュリアン、お願いだから、待って！　ちょっと話をやめて！　あなた、殺人の犯人は自分だとかなんとか、そういうことを言おうとしてるんじゃない？」

「違う違う」彼の額に皺が寄った。「だが——知っての通り、なんだかんだいってわたしは尊敬を集める立派な法律の専門家で、これまでわたしを非難する声は一言もあがったことはない——これがつまらない問題かどうか、自信がない。どうすればいいか判断しかねる。第三者からどう見えるか知りたいんだ。誓ってくれるんだよな？」

僕たちは手をあげて誓った。

「いいよ。さあ、どうぞ話してくれ。きみがやらかした大罪とはなんだい？」

またもやジュリアンは煙草を長々と吸ってから、答えた。

「覚えているかい、わたしが今朝警察にした証言を？　いちばん最初のは、銃声が聞こえたときわたしは庭にいて、裏手の窓には近づいていないし、どの時点でも書斎を覗いていないというものだった」

「ああ」

「その後、彼らの非道な恐喝めいた策略で」――額にぎゅっと皺が寄った――「わたしはその証言を変えた。実際は窓からなかを覗いたと言い、ミセス・ローガンの話を裏づけた。銃が発砲される直前に、箱に乗ったと言った。覚えているか？」

「覚えてるとも。それがどうした？」

ジュリアンは背筋を伸ばした。

彼はさらりとこう言った。「最初のほうの証言は徹頭徹尾、まぎれもなく真実だったんだ。あの窓から二十フィート（約六メートル）以内には近づいていない。あの忌々しい箱にも乗らなかった。あの窓から覗いてなんかいない。発砲の前でも後でも。さあ、以上だ」

15

「お手上げね」テスはため息を漏らした。

それきり、数秒ほど誰も口をひらかなかった。こうして証言がすっかりひっくり返ったと知った上で、長い目で見ればこれがなにを意味するのか気づくと、疲れきった夜中の〇時四十五分に機転を働かせることは簡単じゃなかった。びっくり仰天した僕の最初の質問はあまり分別のあるものではなかった。

「きみ、頭がどうかしちまったのか？」

「そうでないことを祈る」ジュリアンは手を休めることなく煙草をふかしつづけ、前方をまっすぐに見つめて答えた。

「だったら、なんだってそんなことを警察に話さないとならなかったんだ？　本当のことじゃないんだろ？」

「なぜかと言えば、わたしは、その、最初はあまり正直じゃなかったからさ。そうしたら警察に追い詰められた。それで、最善の逃げ道を選んだつもりだったんだよ」

「でも、窓辺にいた男があなたじゃなかったのなら」テスが訊ねた。「いったい誰だったの？」

ジュリアンはむっとして黙るよう訴えかけた。

「どうも、なにがあったのかきみたちに話したほうがよさそうだ。そうしたら理解してくれる。わたしがほしいのはアドバイスなんだよ、非難じゃなくて。

知っての通り、ここに到着したのは今朝の十時少し前だった。これも知っての通り、この家の主人を見つけようと庭に入った。そこにいるあいだに銃声を聞いたんだ。このとき、わたしは芝生に立っていた。窓から三十フィート（約九メートル）ほどの距離、沈床庭園のちょうど端のあたりだ」

彼は口をつぐんで喉をごくりといわせた。

「だが、銃声の前に注意を引かれたものがあった。あの部屋のなかで話している女の声が聞こえてね。しかも叫んでいた。ミセス・ローガンが今日そのあとで叫んでいたのとそっくりな声だ。小窓のひとつが開いたままだったから、はっきりと聞こえたんだよ。彼女は子供ができそうだと思うと話していて、誰かをひどく非難していた。わたしは窓のほうを見た。そうしたら、わたしに背を向けて木箱に男が立っていて、窓のなかを覗いていたんだ」

「きみはなにを見たって？」

ジュリアンは僕たちに鋭く言い返した。

「箱に立っている男を見た」彼は不服そうに繰り返す。「後からわたしがいたことにされたちょうどの位置に」

「それは誰だったんだ？」

「そんなことがわかると思うか？　曇った日だし、家の北側は陰になっていた。男はわたしに背を向けていた上、三十フィートほど離れていたんだ。

その直後に銃声が聞こえた。男は振り返ることなく箱から飛び降り、猛スピードで家の西側へ逃げたよ。わたしから言えることは、男が茶色のスーツと茶色の帽子をかぶっていたことだけだ。わたしも茶色のスーツと帽子を着ていたことは覚えているかい?」

「ああ」

「だったら、普通はどう考えると思う?」ジュリアンは訊ねた。煙草をじっと持っていられないような動揺ぶりだ。「その男が人殺しだと思った。おそらく女はその男に話しかけていたと。男が窓越しに銃を撃ったと確信したんだよ、手が内側にあったからね。そして、この件にはいっさいかかわるまいと決めた」

「でも、どうしてなんだ?」

「ボブ、きみはこのたぐいのことを理解していない。きみという男は」──彼の手は苦悶を表現していた──「成り行きまかせで生きるタイプだからな。わたしは違う。いいか、わたしのような職業の男はカエサルの妻たるもの疑われてはならぬというように、評判を守らないとならないんだよ。無実であっても怪しいことに巻きこまれるべからずというだけじゃない。怪しいことにはなんであれ半径一マイル以内に近づいてはならないんだ。

しかもそれだけじゃない。わたしが結婚を予定していると知っていたか? そう、そうなんだよ。おそらくは今年の秋に。彼女の家というのは……」彼が持ちだしたのはあまりに高名な一家で僕はとても信じられなかったが、後に彼は本当のことを言っていたと知る。「そのせいで、今朝こう考えたんだよ。〝相手の家の人たちはどう思うだろう?〟とね。つまり、わたしが通常の証人ではなく、〈人殺しを見た男〉になったら? 法廷で戦い抜かねばならない男になったら。もしかすると――」

彼は口をつぐんだ。

「わたしは箱に立っていた男を忘れることにした」ジュリアンは締めくくった。「嘘をついていたわけじゃないよ。わずかに真実を隠蔽(いんぺい)したただけで」

僕たちはみんなして顔を見合わせた。

「ちょっとしたことねえ」テスがうめいた。「話したいのはやまやまだったけれど、乗り気じゃなかったと。それから?」

ジュリアンの顔は真っ赤になった。「そうしたら、きみたちも知っての通り、あの卑劣な連中がわたしを追い詰めた。エリオット警部とフェル博士のことだよ。最初の話をしたとき、ほかに目撃者がいるとは知らなかった。この忌々(いまいま)しい庭師のマッケリーが茶色のスーツの男を見ていたとも知らなかったんだよ。そしてなんとも不運なことに、その男がわたしだと確認しやがった」

ジュリアンは立ちあがった。胃が痛むみたいにガウンを前でかき合わせ、よろよろと暖炉に近づくと煙草を投げ捨てた。あたりの煙を吸いこむように深呼吸して引き返すと、またベッドの端に腰を下ろす。

「わたしは最初の証言でにっちもさっちもいかなくなっていた」彼は指摘した。「茶色のスーツの男についていまさら打ち明けたところで、信じてもらえないだろう。それに避けたかった大問題に引きもどされる。実際に、彼らはこのわたしが殺人に手を染めたなどと言って恐喝まがいのことをした。まったく、こんなことがフェアと呼べるか？　これが正義と呼べるか？

彼らはあきらかにわたしが窓から覗いていたと言わせたがっていた。わたしがそうだと白状すれば、悪評が及ぶことはないと約束した。だから、いちばん角が立たない線で進めることにして、そうだと認めた。と、まあこういうわけさ」

ふたたび長い沈黙が流れた。

テスは羽毛布団の下からスリッパに包まれた足を出し、火床に落ちた石炭灰の塊(かたまり)を蹴った。炎は小さくなって灰に覆われ、わずかに赤いところが見える程度になっていた。夜も深まって屋敷の周囲でかすかな風が吹きはじめ、庭の隣にあるブナの木立あたりで強くなっていた。

「なあ、ジュリアン」僕は言った。「きみはしくじったな」

「どうしてだよ？　教えてくれよ！　どうしてだ？」

「だって、きみは結局ミセス・ローガンの話を本当に裏づけることはできないんだろ？　そうじゃないか？　書斎でなにが起きたのか知らないよな？」

「ああ、知らない」

「でもね」テスはこだわっている。「ジュリアンじゃなかったなら、茶色のスーツの男は誰だったの？」

僕から彼女に教えてやれそうだ。

直感からではない。夜中の頭が働かない時間で、そんなことは思いもしなかった。けれど、ジュリアンの先ほどの動き、暖炉に煙草を捨てようと部屋を横切ったあれが、いわばドアの鍵を開けて目隠ししていたものを取っ払った。いまでは彼に見慣れたところが嫌になるほどあった理由がわかる。僕は彼に立てと叫び、彼は針に刺されたようにベッドから立ちあがった。

「シーッ！」テスが低く鋭い声で囁く。

「テス、彼を見て誰を思いだす？　よく見ろ！　顔立ちそのものじゃない。そうじゃなくて、身体つきの細かな部分。背丈。身体の動かしかた。特に頭と顔の形からだよ？　ほかにほぼいつも茶色のスーツと帽子を身につけているのは誰だ？」

長いこと彼を見つめてからテスはうなずいた。

「クラーク」そう言った。

「クラーク。そうその通りだ」

「でも、クラークは」彼女は僕の推理を信じたいが、その裏では信じきれないというふうに言い返した。「今朝は茶色のスーツを着てなかったけど……」

「たしかに。少なくともきみと僕が最初に彼を見かけたときはね。白いリネンのスーツとパナマ帽だった。だからこそ、僕たちはみんなその可能性を捨ててしまったんだ。このふたりが茶色のスーツを着て並んでいるのを見ていれば、似ていることを見逃しようがなかったはずだ。それで庭師は誤解した。明るくなかったし、窓越しだったから。窓の外に立っていた男は我らが招待主だって賭けてみるかい？」

ジュリアンは失いかけた威厳を取りもどそうともがいていた。なんだか妙な様子で、僕はそれが全然気に入らなかった。熱意はあるが慎重で、目は赤く息遣いは重い。

「じつを言うと」彼は観念するように言った。「わたしも、まあ、その可能性はすでに考えていたんだ」

その直後、話したことをたいそう後悔しているように、彼はガウンのポケットからハンカチを取りだして口元を拭いた。ガウンのポケットでは懐中時計が大きくチクタクと音をたてている。

「じゃあ、その男はクラークだったのか?」

「さっきも言った通り、誰だったかわからない。なんについても断言はできないよ」

「でも、クラークだったと思ってるんだな?」

「質問は求めてない」ジュリアンは言う。「ほしいのはアドバイスだ。わたし自身にはなんの落ち度もない。なにひとつないのに、こんな立場に追いやられた。信じようが信じまいが、わたしは嘘なんかつきたくない。気持ちがめちゃくちゃになる。腹の調子もめちゃくちゃだ。良心なら持ちあわせているんだ。教えてほしいのは——わたしの立場ならきみたちはどうする?」

「そんなのわかりきっている。すぐにエリオットの元へ行き、本当のことを話せ」

「なぜそう言える?」

「彼に面通しを手配してもらうんだ。庭師にまた表側の窓から見てもらえ。庭師が問題の男はクラークだと指摘するか、あるいはクラークだったかもしれないと認めるだけでも、警察はきみを信じるさ」

ジュリアンはこの厄介な事態にあきらかにひどく取り乱していた。ベッドの支柱に目を凝らし、指でトントンと叩いている。まるで、またしても彼の良心がためらいという名の網で守られた感じで、とてもつかまえづらい魚をすくいあげようとしている気分だ。

「そりゃ口で言うのはいかにも簡単だよ、ボブ。だが、それほど単純な話じゃない」

「どうしてだ？」

「このミスター・クラークというのは」ジュリアンはベッドの支柱を見つめながら言った。「かなり裕福な男だ」

「だから？」

「格別に裕福な男だ」話を続けるジュリアンはいつものように淀みなく雄弁になって、また歩きまわった。「わたしはこの週末の招待を受ける前にその点を確認した」

「ああ。それで？」

「金融街(シティ)で働く友人から、彼の資産は控えめに見積もっても二十五万ポンドあると教わった。友人の話では、ミスター・クラークはとても抜け目のない男らしい。クラークが取引で騙されたのは一度だけだと言うんだ。相手は食品業界の者で、彼から一万ポンドを騙しとった上に、彼をひどい間抜けのように見せたとね。いや、話が脇に逸(そ)れた。わたしが言いたいのは、クラークは世間でどうやったら成功するかわかっている男、ということだよ」

ジュリアンはためらった。

「じつは」彼はベッドの支柱をやたらとつまみながら話を続けた。「彼はわたしを大いに気に入ったようなんだ。今日は何度も話をした。自分がうぬぼれていないことを願うが、わたしは分別のある男で、自分自身の能力については完全に把握している。それで、クラークは田舎の紳士として徐々に引退するつもりで、どうやら誰かに――その――彼にかわって事業を任せたがっているみたいでね。わかるか？　お望みならば、その仕事はわたしのものだと言ってくれたんだよ」

ここでジュリアンは手のひらでベッドの支柱をはたき、くるりとこちらに振り返った。

「わかってる？」テスがつぶやく。「わたしたちがやっと核心に近づいたことを。ジュリアン、あなた、クラークに買収されて、窓辺で彼を見ていないって言いたいわけ？」

「まさか、絶対に違う！　そんなふうに邪推されて仰天しているよ。ああ驚いた。それに傷ついた！　テス、きみともあろう人が。彼とは一度もそんな話はしなかったよ」

「それでも、その誘われた仕事はおじゃんになるわよね」――テスは手のひらを上にして両手をあげる仕草をした――「あなたが彼を窓辺で見たと言えば」

「おそらく、そうだな」

「ジュリアン、大好きなお馬鹿さん。わたしのアドバイスを少し聞いてもらえる？」

「その口調は気に入らないな、テス。でも、話してみてくれ」

「そんな仕事、かかわっちゃだめ」テスはとてつもなく激しい口調で言った。「絶対にかかわっちゃだめよ！　クラークがあなたになにをしてくれと望んでも、あなたはわたしのアドバイスを聞いて、彼には耳を貸さないで逃げだして。別に清くあれってお説教をしてるわけじゃないからね。怪しい仕事なのは気にしない。ここにいるボブを年間二、三千ポンド稼げる仕事につかせられるなら――あまりの怪しさに目がくらんで普通じゃないって気がつかないのであれば、わたしは絶対に気にしない」

「おい！　勘弁してくれよ！」

「黙って、ボブ。ごめんね。でも本当のことよ。あなたって正直すぎるぶきっちょさんだから、そうでもしないと成功できないわ」

「きみはジュリアンと僕のどちらにアドバイスしているんだい？」

立ちあがっていたテスはまた腰を下ろした。彼女は声を落としたが、真剣さはそのままだった。

「わたしはみんなにアドバイスしてるのよ、クラークにはかかわらないようにって。彼がまた策略を巡らしていることがわからない？　ジュリアン、本当にお願いだからわたしの言う通りにして。エリオット警部の元に行って、いまわたしたちに話したことを伝えて。茶色のスーツの男――言い換えるとクラークのこと――が犯人に違いないって」

「そうは思わないね」ジュリアンは冷ややかに言い返した。「忘れていることがないかい？　窓辺にいたのがクラークだったら、彼はどうやってリボルバーを発砲したというんだ？」

こうしてふたたび、そもそもの謎が現れ、窓越しにのぞく顔さながらに、僕たちを意地悪な目つきでながめたのだ。

ジュリアンはもとの陽気さを取りもどした。

「状況をもっと明確にさせてくれ」彼はこれまでになく説得力のある口ぶりで話を誘導した。「発砲されたときリボルバーは壁の木釘にかけられていた、これは絶対にたしかだ。きみたちふたりがそれを証明するのに一役買った。警察もこれを認めている。警察は釣り竿のアイデアは馬鹿げていて、少しでも真剣に検証すれば破綻すると断言している。窓の外に立っていた者が十五フィートも手を伸ばして銃に触れたはずがない。ミセス・ローガンや庭師に目撃されずに、そんなことは絶対にできなかった。窓辺にいたのが何者にしても、それは犯人ではなかった。クラークが窓辺にいたのならば、犯人はクラークではあり得ない。証明終了」

テスが言う。「あなたのせいで、経験したことがないくらい頭痛がしてる」

「それは本当のことじゃないね？」

「そうよ、嘘よ」テスはすねて言い返した。

「膨れないでくれよ、いい子だから——」

「わたしはあなたのいい子じゃない」テスは言った。「誰かのいい子でもない。いまはボブのいい子でさえないの。ひどく疲れているのに眠れない。クラークがやったってわかっているのに、手口を考えつけない。もう！　ジュリアン、聞き分けのない人ね。あなたこそいい子になって、ミスター・エリオットにこのことを話してよ？　わたしから話してあげてもいいけれど」

「言わないって誓ったじゃないか」

「ああっ！」と、テス。

「きみは厳かな誓いを守るのか、守らないのか？」

「うん、わかった。でも、わたしに期待しないでね」

ジュリアンは一瞬詰まった。「そこは朝までじっくり考えてみてくれ」彼は彼女にそうながしながら、縁が赤くなった目に手を押し当ててから、疲れた顔で手を離した。「眠いよ。たぶんいまなら眠れる。礼を言うよ、約束――のようなものをしてくれて。おやすみ」

彼はスリッパで床をきしませながら部屋を横切った。ドアがひらいてまた閉じる。

ここで僕は、後からこのときを再現しようとすると空白があることを白状しなければならない。そのときは、空白になるとは意識していなかった。とんでもなく眠く、そのせいで頭が空っぽになったようで、つい頭をこくりとさせ、家具がぼやける明かりの下で広がっていくように見えたことを覚えている。それでも、わずかながら話したり動いたりした自覚はあったから、意識を失ってなどいないと誓うことができる。

なので、テスが「あれについてはすごく疑わしいところがあるわね」と言ったのを思いだせる。それに対して僕が「なんについて？」と言うと、彼女は「ジュリアンがわたしたちに話したこと――」と答えた。そこで会話全体が飛行機のエンジンの轟きのなかにいるみたいにかき消され、意識は飛行機の翼のようにぐらりと傾いた。

次の瞬間、誰かが「ボブ！」と囁いて腕を揺さぶり、背中が激しくひきつって鈍った意識に刺激をあたえてくれた。

テスの顔がすぐ目の前にある。血の気がなかった。

暖炉の火は消えかけて部屋は極端に寒かったが、まだかろうじて細く燃えていた。ハックルベリー・フィンがかつて言ったように、疲れているとにおいさえも遅れて感じる。僕は固い椅子で身じろぎをした。すると尋常ではなく大きくきしむ音がした。白い壁にこだますように思える音だ。それでテスに話しかけるときは、無意識に小声になった。

「どうした?」

「あなた眠っていたのよ。背筋をまっすぐにして座ったまま」

「そんなことあるもんか」

「あの、わたしも椅子で居眠りしてたの」かすかな囁きで聞き取るのもやっとだった。彼女は羽毛布団をはねのけており、僕の椅子のすぐ隣で膝立ちになり、ドアを見つめていた。「ボブ。一階でなにかあったと思う」

「一階でなにかあった?」

「物音がしたの」と、テス。「正餐室(せいさんしつ)で誰かがテーブルを動かしてるような音がした」

僕がぎくしゃくする足で立ちあがると、彼女も続いた。ふたりとも床板が少しでもギーッと音をたてないように気をつけた。僕は彼女を安楽椅子にまた座らせ、肩に羽毛布団をかけ、フェルト底のスリッパで部屋を横切った。僕の腕時計はナイトスタンドの抽斗(ひきだし)のなかで、引きだすとうまく受信できていないラジオのような騒音が鳴った。時刻は二時一分だった。

「聞いて! また音がしたわ」

僕はドアに近づいてドアノブをしっかりまわすと、そいつを握ったまま、音をたてず静かにドアを開けた。家の北側にある僕の部屋は家を横断する廊下のなかほどに面していて、階段のてっぺんまで遠くはなかった。

首を巡らせると、一階の大広間の先の正餐室のドアまで見えた。ドアは閉まっているが、敷居の隙間からごくほのかな明かりが漏れている。

テスが駆けてきて、必死になって腕を引っ張り、僕を部屋に引きもどそうとした。けれど、引き留められると逆にやりたくなることがある。それに正餐室からの物音も聞きとれた。最初はとても軽い木を動かしているような、かすかにものを引きずる音だった。続いて一、二度ギイギイと。さらに、鐘か鈴が鳴るような音がして、それが少し大きくなってなんとも表現しがたいリズミカルに揺れる音になり、過去の逸話の光景を思いださせた。

そこで恐怖の叫びがロングウッド・ハウスの者たちを目覚めさせた。夜中の二時三分になったところで、睡眠薬を飲んでいる人でも神経をぐいと押されるような声。それは男の声だった。それはほかの音を押しのけて聞こえてきた。そのとき、まさにここの床全体が巨大な弓の弦のようにピンと弾かれたようになった。そこに長々と木材から鉄が引きちぎられる物音が加わって、ドドーンというとてつもない物音に呑みこまれた。二ハンドレッドウェイト（百キロ強）の尖った鉄が堅木の床に刺さったのだ。

だが、その音は鉄が落ちたにしては静かで、なにやら鈍く感じられた。シャンデリアが正餐室で落下し、床ではないものの上に落ちたのだ。

落下音から二十秒ほどして、マーティン・クラークが寝室からガウンの紐を結びながら現れ、二階の廊下の明かりのスイッチを静かに押しはじめた。彼は僕に目を留めてぴたりと手をとめたが、なにも言わなかった。一瞬、見つめあってから、共に一階に下りた。

正餐室のドアは閉まっていたが、鍵はかかっていなかった。壁付きのランプが灯(とも)っている。

僕たちはシャンデリアの残骸と脚立の残骸の下からアンディ・ハンターを引っ張りだした。そこまでひどい有様にはなっていなかった。重いシャンデリアは彼の頭をかすめただけで、その下も左肩にしか当たっていなかったからだ。けれど、結果については疑う余地がまずなかった。目を閉じ、片方の鼻孔(びこう)から細い鼻血が流れていた。彼は一度だけうめき、右手をピクリと動かしてから、横たわったまま身じろぎもしなかった。

16

聖霊降臨日の五月十六日が訪れた。

サウスエンド＝オン＝シーは引き潮だった。灰色で穴だらけの泥がどこまでも広がり、それはいささかミスター・H・G・ウェルズが想像した世界の終末のようで、ビーチを覆い尽くし、どうやら海のだいぶ先のほうまでそんな状態らしかった。黒い脚の白いムカデのようなあの世界一長い桟橋(さんばし)でさえも、泥の端までは到底届いていなかった。

日曜日の行楽客が押し寄せるにはまだ早い時間だった。太陽は力強さを増して輝き、空気も澄みわたっている。海岸通りにつながる心地よく日陰になった急勾配の通りのひとつに、ハロルド・ミドルズワース医師の私立病院があり、そこの消毒薬くさい玄関脇の待合室で僕が待っていると、エリオット警部が到着した。エリオットは一段抜かしで玄関前の階段をあがってくると、むすっとしたナースの横を素通りして僕の前にやってきた。

「それで？　彼は――？」

「いいや、死んでない。まだ。でも、頭蓋骨骨折で、ほかにも細かな怪我がいくつもあるんだ。回復する見込みも少しだけどある。問題は頭の中身もまた同じように動くかどうかだ」

これを聞いてエリオットはぴたりと足をとめた。初めて不安な表情になった。「どうしてそんなことがわかる？」

「レントゲン写真さ。骨が脳を圧迫しているとかそういうことらしい。僕はよくわからない。医者に訊いてくれ」

「なあ……きみはこの件でひどく落ちこんでいるんじゃないか？」

どれだけ落ちこんでいるか、誰にも教えたくなかった。

「アンディみたいないい奴はなかなかいない。いつもひどい目にあうタイプなんだよ。忌々しいシャンデリアめ、どうせ落ちるなら――」クラークかジュリアン・エンダビーにと言いかけて思いなおした。「ほかの奴に落ちなかったのは、人間に起きうるあらゆる呪いの中でも最大級の謎さ。ちなみに、きみがゆうべあの屋敷にみんなを足止めすると言い張らなければ、こんなことは起きなかったんだぞ」

エリオットは待合室のテーブルの雑誌をめくった。それを元にもどしてから返事をした。

「それは申し訳なく思うが」彼は静かに言う。「でも、果たしてそうだろうか」

「どういう意味だ？」

「アンディ・ハンターは知りすぎていた——自分が言ったとおりじゃないかと主張したいなら、たしかに昨日の発言は大当たりだった。彼はあの屋敷についてなにかを発見し、犯人は彼がそれを話すことをおそれた。だから、犯人は彼の口封じをしなければならなかっただろうな、なんとかして」

エリオットの目の下に赤味が差してきた。彼は骨張ってそばかすの散った手をあげて言った。

「待ってくれよ！　わたしがこのことを予想して防げたはずだなんて言ってくれるな。好きなだけわたしにわめきちらせばいい。でも、奇跡は期待するな。フェル博士がどんな線で捜査を進めているのか、さっぱりわかっていなかったし、聞いたのも昨夜になってからなんだ。博士は確信しているとは言わなかったよ。その説には成り立たない点がひとつあるからと言ってね。だが、わたしは博士が絶対に正しいと思っているし、弱点は片づけることができそうだ」

僕は彼を見つめた。

「解決できたってことか？」

「ああ」エリオットはあっさりと答え、「そう思っている」と生来の用心深さからそう言い添えた。「それがきみの慰めになればいいが」

意味ありげに頭を振り、彼はテーブルの端にひどく慎重に腰を下ろした。

そして話を続けた。「フェル博士はゆうべ、コンゴ・クラブで過ごし、きみのライター仲間のひとりにピンクジンをおごった。最後に長くて料金の高くつく電話を、マンチェスターにいるこの男の父親にかけてしめくくったそうだ。満足のいく成果があったと言えてわたしは嬉しいよ」彼は間を置いた。「わたしはわたしで、ゆうべは入ってきた情報をまとめて過ごした。こちらもとても満足のいくものだった」彼は僕を鋭く見つめた。「今朝ロングウッド・ハウスに行き、なにがあったか知って大きなショックを受けたことは認めよう。だが、ミスター・クラークからいくらか事実も聞きだせた。ミス・フレイザーからもとても興味深い事情聴取ができたよ」

テスは秘密をばらしたのだ。

エリオットと目を合わせ、まちがいないと思った。彼女は疑問の余地なく彼にジュリアンの話を含めて一切合切を話してしまったのだが、彼女を責めるのはむずかしかった。エリオットは意味の通じない話には我慢するつもりがないという雰囲気を漂わせている。

僕は言った。「ちょっと待ってくれよ。きみが話したいことは見当がつきそうだ。でも、その話の前に……」

「なんだ?」

「あることについて考える時間がなかった。アンディの事故のことについてだよ。シャンデリアが落ちてからは大わらわで医者へ運んだので、息をつく暇もなかった。これがアンディの命を故意に狙ったものだとしても、どうやったんだろう？　犯人が故意にシャンデリアを落としたんなら、いったいどうやってそんなことができたんだ？」

エリオットは考えこんだ。

「わたしはこれがミスター・ハンターの命を故意に狙ったものとは言わなかったぞ」

「言わなかったなんて聞いてあきれるよ！　きみの話じゃ——」

彼は僕を黙らせた。「言ってない。わたしは落下したシャンデリアの一撃から彼が助かったのが、運がよかったからにせよ、なにか手ちがいがあったからにせよ、遅かれ早かれ犯人は彼を殺そうとしただろう、と言ったんだ。きみたちがロングウッド・ハウスに滞在していようがいまいがね。今回、なにが起きたのかきみはまだわからないのか？」

「見当もつかないね」

「まあ、すぐにわかるさ」エリオットが厳しい口調で言う。「わたしがここにいる理由を知ればな。ミスター・ハンターの指紋を採取することに医者は反対すると思うか？　ほんの一分しかかからないんだ。それに意識がないのなら、本人を煩わせることもない」彼は間を置いた。「いいか、わたしは落下したシャンデリアと天井のオークの梁を詳しく調べたんだよ。梁は前のときと同じように前後にえぐれていた。さらにシャンデリアの下側の縁には二組のはっきりした指紋が残っていた。左右の手だ。ハンターの寝室のいろんな品にべたべた残る指紋と一致していて、彼のものであることはほぼ確実なんだ。ただ、ここで本人の指紋を採取できれば、絶対確実となる」

正気の沙汰ではないパズルのピースが集まって形になってきた。

「まさか」僕はエリオットに叫んだ。「〈身軽な執事事件〉とすっかり同じことが起こったって言いたいのか？　アンディもシャンデリアに飛びついて前後に揺らしたって？」

「事実がそう示唆しているんだ」

「でも、どうして？」

「どうして執事はそんなことをしたんだ？　つまり、どうして執事はそのようなことをするはめになったんだ？」エリオットは注意して言葉を選びながら訊ねた。彼はヒントを出したいという衝動と、職務上口を開いてはならないと注意する気持ちにはさまれて葛藤していた。「少しのあいだ集中して考えれば、きみも気づかないはずはない」

「それはそっちがそう思っているだけだよ」

エリオットは腕時計で時間をたしかめた。淡々とした口調で言う。

「十二時四十五分だ。ここでずっと話しあっているわけにもいかない。フェル博士は海岸通りに繰りだして地元のビールを味見している。十五分後には落ちあうことになっているんだ。ミドルズワース医師はどこだ？　ああ、ところで」彼の目つきが鋭くなった。「ミセス・ローガンがきみと一緒にこのサウスエンドまで来ていることはわかっている。彼女はいまどこに？」

彼の質問に答えるように、ちょうどミドルズワース医師とグウィネス・ローガンが階段を下りてきた。

そして、これは認めなければならないのだが、自分自身に関係ない問題のストレスにさらされたグウィネスは、想像もしなかったほど毅然として有能に振る舞っていた。テスは（誰が彼女を責められるだろう？）緊張ですっかりまいってしまった。けれど、グウィネスは女優のように人格をナースへ変えたようだった。

彼女の足取りはしっかりしていて、手つきも落ち着いており、青い目も心配そうではあるがしっかりしている。最初にアンディの事故について聞いたとき、あれだけのショックと恐怖をはっきりと顔に出していなければ、彼女はこうした騒ぎを楽しんでいるのではないかと不快な疑いを持ってしまうほどだ。彼女は金曜の午後に身につけていたのと同じ濃い緑のワンピース姿だった。白くて消毒液のにおいがする待合室を背景にすると、こんなたとえはとうに聞きあきたか、あるいはグロテスクにさえ聞こえるかもしれないが、彼女はすらりとした木の精(ニンフ)みたいだと思えてならなかった。

「ほんの数分で済むでしょう」エリオットはミドルズワース医師と話にいく前に僕たちに告げた。「そうしたら、よろしければふたりとも一緒に来てもらえませんか」

「かまいませんよ」グウィネスはほほえんだ。だが、エリオットと医師が部屋を後にしてドアを閉めるなり、彼女の態度はたちどころに変わった。

「警察は今度はいったいなにをするつもりなの？」

「おそらく、さらに質問するんでしょうね」

「でも、わたしはもうあの人たちの質問には答えたわ。昨日は三回も！　何度も繰り返し繰り返し」彼女は床を足で踏み鳴らすような身振りをした。「ああ、本当に嫌になるわね！」そして僕をしげしげと見つめる。「あの人たちはなにか見つけたの？　あなたはミスター・エリオットのお友達でしょう。警察がなにか見つけたかどうか教えてよ？　お願いだから」

いまが打ち明けるチャンスだ。

「金曜の夜にあなたがあの小さな鍵を手に一階に下りたことを知ってますね」

彼女は僕に一歩近づいたが、そこで足をとめた。ショックを受けたようにみぞおちに手を当て、目を丸くした。

「テス・フレイザーがあの人たちに話したのね！」彼女は早口で言う。

「違いますよ。テスは一言も漏らしてない。話したのはあなたの友人のクラークですよ」

「誰ですって？」

「あなたの――友人の――クラーク」

これを聞いて彼女はなにかしら反応を見せたはずだと普通なら思うだろう。怒るとか、少なくともクラークにむっとしたことを顔に出すだろうと。けれど、見た感じだけではあるが、彼女はそんなことをまったく気にしていなかった。実際は困り果てているのだが、奥ゆかしく目を伏せ、どこ吹く風といった涼しい表情をしてそれを隠そうとしている。一方でもうひとつの件にはあくまでもこだわっていた。

「でも、テスはあなたにも話したのね」やんわりと責めるような口調だ。

僕は嘘をついてテスは話していないと誓った。

「いいえ、話したのよ。わたしはそうだって知ってる。ほかに彼女はどんなことをあなたに話したの?」

「なにも話してませんよ!」

「お願いだから」

「話してませんって」

これでグウィネスは満足したようだった。彼女は僕からぶらぶらと離れ、靴底を引きずるようにしてカーペットを歩き、窓の前で足をとめた。窓は緑豊かな大通りに面して開けられていた。日光が入り、墓石の光沢のようにどぎつい白に輝く小さな部屋を燃えるように明るくしている。遠くで、バンドが行進しながら〈海辺でのんびり大好きさ〉を演奏していた。その音楽に混じって休日を楽しもうと急ぐ人々の足音が町じゅうから響く。グウィネスは温かくて眠気を誘うような空気を思い切り吸った。

「やれやれ」彼女はぶつくさ言った。「明日になったらまた人生に向かいあうわ。弁護士やら事務長やら、そういうおっかない人たちが押し寄せて〝これに署名を〟やら〝これをしてください〟なんて言うのよ。記者のことはそれほど気にしないけれど……今朝、記者のひとりに写真を撮られたわ。でも、わたしが嫌なのは記者じゃない人たち。だって、可哀想なベントリーの商売についてわたしはなにも知らないし、知りたくもないんですもの。彼に全部任せてた」

ふたたび彼女は深々と息を吸った。そしてふいに荒々しく言った。

「こんな朝には彼もぜひ生きていたかったでしょうね」

バンドが遠くで演奏を続けている。

グウィネスは小さなハンカチで片方の目頭を押さえた。これは演技ではなかったと僕は思う。彼女が感じられる嘆きはせいぜいこのぐらいだった。

「とにかく」彼女は話を続けた。「わたしはロンドンに行かなくちゃ。なにかしらちゃんとした喪服を手に入れられればいいんだけど。でも、自分のことばかり考えてはだめね」彼女は考えこんだ。「彼ってとても素敵な人じゃないこと？」

「誰がです？」

「ミスター・ハンターよ」彼女はかなりぎこちない口調で言う。「別にわたしが――とんでもないわ！――あの、そんなことを考えているわけじゃないのよ。可哀想なベントリーがまだ埋葬もされていないんだから。でも、おかしなものね。わたしはミスター・ハンターみたいなタイプの男性が好きだなんて、考えたことがなかったのよ。思いこんでいたわ、自分が好きなのはもっと――もっと――」

「成熟した人？」

彼女は振り返った。「どうしてそんなことを言うの？」

「わかりきったことですよ。たとえば、クラークみたいな人を考えていたのでは？」

「ええ、そうね」彼女は少し考えてからまじめくさってうなずいた。それから、目にちらりと疑いの色を浮かべた。レースのカーテンを親指と人差し指でつまんだ。けれど、異論をはさむことはなく、さりげなく話題を逸らして静かに別のことを話しだした。

「とにかくわたしの願いは、エリオット警部があの家でなにが起きているのか教えてくれることよ。今度のことが事故だったかどうかも。可哀想なミスター・ハンターがゆうべなにをしていたのか、どうしても知りたい。絶対になにかしていたでしょう。ゆうべあなたに話してもよかったんだけれど、あのときはなにも言わなかったの。彼がわたしの部屋からなにか盗んだのはわかってるのよ」

「アンディがあなたの部屋からなにか盗んだ？」

グウィネスは答える。「そうよ、わたしが見ていないと思いこんで。彼はヘアピンの包みを盗んだの」

沈黙が流れた。

彼女は子供のようにあっさりと、悪びれもせずに驚くべきことを言ってのけた。だが、表情にも態度にも子供めいた無邪気なところはまったくなかった。

「ヘアピンの包みと言いましたか？」

「そうよ。わたしが嘘をついてると思ってるのね」彼女は非難してきた。「でも、簡単に証明できることとよ。彼はゆうべなにかのためにそれが必要だったの。彼の上着の左ポケットにヘアピンの包みが入っていたのよ——あのひどいことが起こったとき。信じないのなら、彼の服を脱がせたナースに訊ねるといいわ」

「でも、なんだってヘアピンの包みなんかほしがったのでしょう？」

「わたしには見当もつかない。あなたたちは賢いんでしょう。わたしは全然賢くないの。だから、あなたたちから教えてもらえると思ってたのに」ここで彼女は身体を硬くした。柔らかかった声が鋭くなる。「発言に要注意よ！　誰か下りてくる」

もっとも、それはエリオットだった。むっつりと冷笑しているが、そのなかにも満足した雰囲気を漂わせ、僕たちの元にどかどかと下りてきた。汚れたハンカチで指先を拭くと、抱えていたブリーフケースに入れてカチリと閉めた。そこでグウィネスに向きなおった。

「さて、ミセス・ローガン、ここでの用件は済ませました。残念ながらあなたがここでできることも、もうありません。一緒にプライオリー・ホテルまでお越し願えますか？」

「なんのために？」

エリオットはほほえんだ。「そうですね、まずは昼食の前にシェリーかレモネードをごちそうしたいからです。それから、あなたにはフェル博士と話してほしいからです。彼はこの坂になった通りを登るのを嫌がったので、あのホテルに置いてくるしかなかったんですよ」

「あなたはわたしにもっと質問したい、それだけでしょう！」

「率直に申し上げて、ミセス・ローガン、質問したいことはありますよ。今回は信じていますが、嘘偽りなくお答えいただければ、今日が終わるまでにご主人を殺害した犯人を突きとめることができそうです」

グウィネスは身じろぎもしなければ、顔色を変えることもなかった。だが、ほとんどのことを気配で伝えるこのご婦人は、不安に駆られた雰囲気を強めていた。

「わたしはあなたたちに――嘘偽りなくお話ししたわ！」

「いいえ、ミセス・ローガン。残念ながらそうではありません。ご心配されなくていいですよ、あなたを見るや喉を掻き切るだろう愚かで偏執狂めいた人物を、当のあなたがかばっているのだとわたしたちのほうで納得しておきますから」（ここでグウィネスは口を開けて反論するかに見えたが、思いなおした）「さらに、教えていただきたいことにかんしてはおそらく、あなたも嘘をついているつもりではない。たんに誤っておられるんです。これは罠ではありませんよ。それは請けあいます」

グウィネスは興味ありげに彼を見つめた。どういうことなのか考えを巡らしているようだ。

「そう？　行かないと言ったら？」

「そうなると、少し長引くだけですよ。それにあなたはもっと気を揉むことになる」彼は僕を振り返った。「きみにも来てほしいんだ、友よ。なんとしてもね」

「どうして僕も？」

「ここにはミスター・エンダビーは――」

「エンダビー！」グウィネスが突然、甲高い声をあげた。

「ミスター・エンダビーはいないし」エリオットが淡々と話を続けた。「ミス・フレイザーもいないから、ゆうべきみが聞いた話でぜひとも確認してほしい点があるんだ」

「じゃあ、テス・フレイザーがあなたに話したのね」グウィネスが囁いた。彼女の態度はまたすっかり変わっていた。夢見るような目をあげて口をひらいた。「よくわかったわ、一緒に行く。質問にも答える。それに天国に行きたいから本当のことを話すわ」

「よかった！」と、エリオット。

手探り状態だったが、どうやら正しい道を進んでいたらしく、僕たちは解決に近づいていた。数分後には、少なくとも真相の大半が聞けるとわかったのだ。この手記の読者はすでにはっきりと答えがわかっているだろうが、僕にとってはまだぼやけたままだった。アンディ・ハンターの〝事故〟の謎も、真相をますますぼやけさせるだけだ。僕たちが日射しの下に出てみると、坂の上のバンドは海への賛歌を演奏して僕たちの耳に鳴り響かせていた。僕は事故や殺人といった単語と同じようにつかみどころのない、短い言葉のことしか考えられなかった。ヘアピンの包み。ヘアピンの包み。ヘアピンの包み、と。

17

「ここに座んなさい、ミセス・ローガン」フェル博士が招き入れた。

海岸通りは混雑して騒がしく、気持ちのいい潮風が吹いていたが、フェル博士はホテル内にあるオークの羽目板の喫煙室で、どこよりも薄暗くて人のいない一角を選んでいた。

しかし、博士には日陰と静けさが必要だったのだろう。というのも、彼は暑がっていたからだ。エリオットの監視の目から解放されると、すぐさま遊園地に繰りだしたのだ。夢中になって、コイン投げ、木のボール転がし、射的、板に釘を打ちつけるといった技術を要する崇高なゲームに一時間を費やした。

この結果として、彼は景品を溜めこんでいた。大きな黄金の髪の人形はうやうやしくグウィネスに贈呈。粗悪な葉巻は自分で吸っている。タフィーを詰めあわせた小さな箱五つは僕たちみんなに配った。大きな真鍮（しんちゅう）のネクタイピンはほとんど価値のないものだが、果敢ではあるがむこうみずにも博士の体重を当てようと言ってきた賭け事好きの紳士を負かした、その勝利の証（あかし）としてネクタイにつけていた。さらには運勢も二回占ってもらい、バンパーカー（周囲を保護された車をぶつけあうアトラクション）にまで乗っていた。

このときは博士のことをよく知らなかったから、彼が悩んでいるのだとは思いもしなかった。だが、エリオットでも聞いたことがないくらい騒がしく鼻息を鳴らしたり、忍び笑いを漏らしたりしている陰で、動揺しているといえるほど心から悩んでいたのだった。

彼は言う。「〈幽霊屋敷列車〉の主（あるじ）は畜生にも劣る悪漢で、ろくな死に目にあわんに決まっておる。ついでに同じことが〈魔法の水車小屋〉の主にもあてはまる。どちらもわしを乗せようとせんかったのだ。反対に〈アルプス大滑走〉の主は――」

「わかりました。わかりましたから」エリオットが口をはさんだ。「その手のもので博士は楽しんでるようですが、わたしとしては絶対に――」

「その言いかたからすると」フェル博士が叱りつけた。彼は眼鏡をくいっとあげた。「わしが午前中を無駄に過ごしたと思っておるのか？」

「そうじゃないんですか？」

「違うさ。わしの話を聞きなさい。ホットドッグという低俗な名前で知られるこの上なくうまいものを腹に詰めこんでおったら、ボーイスカウトを引率しておる聖職者に会ったんだよ。その牧師はとても気のいい男だとわかった。それにプリトルトンの教区牧師であることも。給仕！」

グウィネス・ローガンは椅子の隣に人形を置き、黙っていた。

僕たちが座っている片隅はあまりに暗かったのでテーブル近くの壁の照明はつけてあったが、これから昼食で混雑する広い喫煙室のほかの席のあたりは節約のため暗いままにしてあった。グウィネスはここに足を踏み入れて以来、口をひらいていない。前にも僕たちが気づいた、あのいつまでも忍耐強くしていられるところを発揮している。だが、フェル博士に対してはほんの少し緊張しているようだった。これは興味深いことだ。間違いなくフェル博士も同じくらいグウィネスに対して緊張して見えたからだ。

彼女に人形をあげただけで、彼女をここまでまともに見ていなかった。いまは葉巻を置いてテーブルをコツコツやって給仕を呼び、真っ赤でばつの悪そうな顔を彼女に向けた。

「ですが、マダム」彼は申し訳なさそうに言う。「それはまったく別の話だ。教区牧師の話はあとまわしでいいからね。注文はシェリー・アンド・ビターズでいいね？」彼は咳払いをした。

「メイドのソーニャがきみはいつもそれだと言っておったよ」

「ええ。それをお願い」

僕たちの酒を運んできた給仕が去ってから、フェル博士はついに感情を爆発させた。

「エリオット、わしは気に入らんね」彼は怒鳴った。「まったくもって、そしてのっぽのジョン・シルヴァー（スティーヴンソン『宝島』に登場する海賊）よ、わしは気に入らん！」

「落ち着いてください、博士」

「わたしに質問したくないということかしら？」グウィネスは静かに訊ねた。彼女はこのような男たちをどうあしらえばいいか知っているようだ。彼女の表情は威厳があって、愛らしかったが、どこか不安そうだった。金曜の夜、ベントリー・ローガンが三連祭壇画の鍵を持っていた彼女をつかまえたときと同じ表情だ。フェル博士に話しかける様子は、夫を相手にするときと同じだった。「どうか、わたしに質問してくださいな。本当に気にしませんから。それどころか、質問してほしいくらい」

「だったら、ええい（ダム）マダム」フェル博士は言った。「あんたとクラークの仲はいつから続いておるのかね？」

博士はこんな言葉を彼女に投げつけた。彼女はためらうことも、声を荒らげることもなく、答えた。

「マーティンとわたしのあいだにはなにもないわ。絶対にそんなことはありません。どうしてそんなふうに思われるのかわからない」

フェル博士とエリオットは視線をかわした。

「でしたら、ミセス・ローガン」エリオットが質問を引き継いだ。「あなたがヴィクトリア・アンド・アルバート博物館で会っていた男は誰ですか？」

「テス・フレイザーがあなたに話したのね」

「情報は手に入っているんですよ、ミセス・ローガン。男が誰なのか話してもらえますか?」

グウィネスはうろたえているようだ。「でも、どんな関係があるのかわからない。わたしの品行なんかに関心はないでしょう? それに罪のないおふざけでしかなかったんだし! ベントリーが死んだこととはなんの関係もない。どうしてもって言うんなら、その男はあなたが知りもしない人よ」

フェル博士は首を振る。

「いや、マダム。わからんのかね、ヴィクトリア・アンド・アルバート博物館できみに会っておった男が昨日ロングウッド・ハウスにもおって、彼こそがご主人を撃った人物だという結論になるのはほぼ避けられんと」

「そんな!」と、グウィネス。

「そうなんですぞ、マダム。どうしたって」

「でも、彼が——どうしてそう思うの?」

エリオット警部が口をはさんだ。

「ミセス・ローガン、わたしたちが最初に作業したのはリボルバーを特定することでした。ええ、あなたもボブ・モリスンも、あれはご主人のものだと思ったのはわかっていますよ。しかし、そう思うというだけではじゅうぶんではありませんでした。捜査を先に進める前にはっきりと特定しなければなりません。昨夜、わたしたちはたしかめました。リボルバーはたしかにミスター・ローガンのものでした。そこで正真正銘の手がかりを得たのです」

エリオットは口をつぐみ、ピューターの大ジョッキをテーブルの上でいじった。彼は顔をあげる。

「次に考えていた質問はこうです。ミスター・ローガンがロングウッド・ハウスに銃を持参したことを知っているのは誰か？　彼はそのことを誰にも話さなかったという点では、みなの意見が一致していたようでした。しかも銃について知っていた人物はかぎられています。金曜深夜のあのちょっとした一幕で知ったのは、あなた自身、ボブ・モリスン、ミス・フレイザーです。

もちろん、ミスター・ローガンがほかの誰かにそれとなくほのめかしたかもしれません。あるいは何者かが金曜の夜に彼が銃を持っているのを見たかもしれません。ですが、彼が一階に下りたときに家は暗く、彼が二階にもどったときは銃をポケットに入れていたことはわかっています。これらの可能性からどれを選ぶかはご自由にどうぞ。

だが、その後どうなりましたかね！　夜中の一時三十分、あなたとミスター・ローガンは自分の寝室にもどった。彼はグラッドストン・バッグ（口が大きく開く革製旅行鞄）にリボルバーを入れ、寝室の戸棚に入れました。そうですね？」

「それは全部わたしがあなたに話したことよ」グウィネスはうんざりしてうめいた。

「ミスター・ローガンは夜にはいつも寝室のドアに鍵をかけていたんですね？　その夜も鍵を？」

「ええ。それも話したじゃないの！」

「ここまではよしと！　さて、翌朝八時半になる少し前に、ミスター・ローガンは起きだした。着替えて、一階へ降りる。朝食をとって九時にはいつもの散歩に出た。ご主人は眠るあなたを残していったんですよね？　あなたは十時近くまで起きなかったのですから」

グウィネスは肩をすくめた。

「わたしはまどろんでいたわ」彼女は答えた。「彼は起きたときにわたしも起こしたのよ。その後、まただんだん眠りに誘われて。わたしはとても眠りが浅いの」

エリオットはピューターの大ジョッキを片側に押しやった。いたく満足したようにうなずく。

「つまりおわかりですか、ミセス・ローガン。リボルバーは朝の八時半から十時までのあいだに寝室から盗まれたはずなんです」彼は一度言葉を切った。「これがなにを意味するのか、ちょっと考えてもらいたいですね。殺人犯はこのリボルバーを手に入れ、死の罠のために壁にかけなければならなかった。つまり、殺人犯は堂々とあなたがたの寝室に入って――あなたの言葉を借りるとあなたが〝まどろんでいた〟場所で、誰でも簡単に起こせてしまう朝の時間帯に――彼はリボルバーの在処（ありか）を探しまわって、あなたに姿を見られることも、物音を聞かれることもなく部屋を後にしなければならなかった。ミセス・ローガン、彼はとんでもない危険に賭けたわけですね。かなりのリスクだ。普通では考えられない賭けに出た。ただし……」

「ただし、なんなのよ？」グウィネスが叫ぶ。

エリオットは形ばかりほほえんだ。

「あなたにはわかっているはずですね。どうしたってこんな結論に達するしかない。あなたが共犯であるか――」グウィネスはこれを聞いて悲鳴をあげて立ちあがりテーブルを激しく揺らしたので、小さなグラスの中身がこぼれた。しかし、エリオットは彼女をまた座らせた。

「あるいは」彼は話を続ける。「犯人は必死なあまりにあなたが目覚めていようがいまいが、たいして気にしていなかったかです。言い換えると、犯人はあなたの愛人であり、ミスター・ローガンを殺害するつもりだったが、あなたが目を覚ましてしまっても守ってくれると考えた。リボルバーについて誰よりも知っていそうな人物はあなたの愛人だった。なぜでしょうか？あなたが彼に話したからですよ、もちろん！　あなたは彼に用心しろと伝えていた。そうですとも、ミセス・ローガン、普通は保養地での週末に四五口径の軍用リボルバーを当たり前のように持ってきたりはしません。ご主人が銃を持っていたのならば、その理由をあなたは知っていたはずです。それはあまり心安まる理由であったはずがない。だからあなたは愛人に告げ口した。彼はおそらくリボルバーがどこにあるかさえ知っていたでしょう。金曜の午後に荷ほどきをしたとき、あなたはそうしたことをすべて把握したに違いないんです。だから翌朝、犯人は機会を見つけるや銃を手に入れるためにすばやく行動した」

グウィネスは拳を握りしめた。

「わたしは眠っていたの」彼女は哀れっぽく言う。その顔は真の悲しみに満ち、カンバスに描いた聖人のように輝いている。「眠っていたって言ったでしょ。はっきりと目は覚めなかったの。誰も部屋に入ってくるのは見なかった。リボルバーがなくなったことだって知らなかったのよ」

「そうでしょうとも。わたしたちはあなたを信じますよ」

「信じる——？」

エリオットはひねくれているが、先ほどより人間らしくにやりとした。口調は淡々としていたが。

「その通りです、ミセス・ローガン。なにが起きるのかわかっていながら、事件が起きるとき書斎に入って居合わせるなどありそうには思えませんよね。そうじゃないですか？」

「ええ、もちろんそうよ」

「ですから、相手の男性が誰か話すと決意してくださると、こちらとしては大いに助かるのですよ」

「ほかにはなにを知りたいの？」グウィネスは静かに訊ねた。

フェル博士は心配しているのか、こまっているのか、それともほかの理由からか、いままではミスター・ハーポ・マルクス（マルクス兄弟の中で大げさな表情が得意だったパントマイム芸人）でもぞっとしそうな表情になっている。山賊風の口ひげが鼻息で揺れ、首を振ると大きなモップのような白髪まじりの髪が片耳に落ちかかる。口に出していない証拠でもあるのか、一度はいまにも反論するかに見えた。だが、彼はしゃべらなかった。

僕としてはこの件については中立のままでいるつもりだったが、エリオットは、返事を引きだしたいのならばもっと彼女に貼りついておくべきだと思えた。さもなければ、神話でニンフが逃げてしまうように、彼女はしなやかな身体で遠ざかってしまうだろう。ときに、いくつもの矛盾するたとえをグウィネスを表すのに使っているように思われるかもしれないが、それはごく自然なことだ。彼女はひとりの女ではなく、十数人の女に思えた。少なくともそのうち十人は好ましい人物だった。

「ほかにはなにを知りたいのかと訊いてるのよ」彼女は繰り返した。

「あなたが質問に答えてくださらないのは残念ですよ、ミセス・ローガン」

「そういうことじゃないの」彼女はきっぱりと首を振った。「わたしが質問をかわそうとしていると思ってるかもしれないけれど、そうじゃないのよ。あなたは――幽霊なんかいないと思っている？」

「いやはや」エリオットはうめいた。

「笑わないで。わたしは幽霊を信じてる。でも、そんなことを言えば、わたしがまたはぐらかそうとしていると、あなたは考えるでしょうね。ねえ、もっとわたしに訊きたいことがあるのなら訊いてちょうだい。なにもかもいっぺんに解決できるから」

ふたたびエリオットはフェル博士と目を合わせた。読み解けない合図がふたりのあいだでかわされる。

「いいでしょう」エリオットは応じた。口調があまりにもさりげないから、僕は逆に耳を澄ました。「いくつもの問題を解決するために、ご主人が撃たれた瞬間を思い出してもらいたいのです」

グウィネスは震えた。

「思い出しましたね？　よろしい！　もちろん、茶色のスーツの男が見えましたよね？」

「男？」

「北の窓の外に立っていた男です。あなたにアリバイをもたらした男ですよ」

「それはつまり、ミスター……ああ、どうしましょう、あの人の名前がどうしても覚えていられない！　ブロンドの髪の人よ。待って！　ミスター・エンダビー。そうだったわ」あきらかに彼のことを思いだしたグウィネスは顔をしかめて考えを巡らせた。「ぼんやりとしか彼を見なかったの」そう打ち明ける。「可哀想なベントリーが撃たれた後で。そう、銃声がして、なにがあったのかと誰かが覗いたとは思うの。当然だけど、その前に彼がそこにいたのは知らなかった。あそこに誰かいたなんて知らなかった。知っていれば、あんなにあからさまには話をしなかったわよ、ゆうべ、ベントリーがわたしにしたことについて」

「あなたはミスター・エンダビーだと見分けられたのですよね？」

「そうよ、わたしは──いいえ、あなたが言うような意味では彼を見分けなかった」グウィネスは自分の話を訂正すると、また愛くるしいしかめ面をしてからほほえんだ。「前に彼に会ったことはなかったの。彼を知ったのはその後のことだったから」

エリオットは考えこんでうなずいた。

「それがミスター・エンダビーだったというのはたしかですか、ミセス・ローガン？」

「なんですって？」

「こう言ったのです。それがミスター・エンダビーだったというのはたしかかと」

薄暗い喫煙室のこの片隅はとっくに暑くなっていた。ひとつの照明から光がガラスのシェード越しに僕たちの顔を照らしていたからだ。室温が数度あがっていたようだ。エリオットは返事を待った。フェル博士も待った。僕も待ち、バス・ペールエールの美味さを絶賛する派手な看板を見つめた。僕のシャツの襟でさえも熱を帯びたように感じられてきた。

「あら！」グウィネスはいくらかはっとしたようにつぶやいた。「でも、あれはミスター・エンダビーに違いないわ」彼女は少し考えてからそう言い張った。「彼が自分だったと言ったんでしょう？　あなたがそう言ったわよね？　あれが彼じゃなかったのならば、どうして自分だと言ったりするの？　とてもややこしいことになっているけれど、わたしの言いたいことはわかるでしょう。いずれにしても、彼があそこにいなければ、わたしが書斎で話したことや、あそこでなにが起きたか、どうやって彼は知ることができたのよ？」

「とにかく、あなたは彼がいたことを疑ってはいないと？」

グウィネスはためらった。

「おかしな話なの。わたしはちらりとしか彼を見なかった。彼はあの後すぐに飛び降りたし、どちらにしても、わたしは彼をまともに見ていなかった。でも、ぼんやりと考えたのよ――あのとき、あれが誰か知る前に――いまのは別の人だったかもしれないって」

「別の人？　誰です？」

「マーティンよ」と、グウィネス。「マーティン・クラーク」

エリオットは顔の筋肉ひとつ動かさなかった。大ジョッキを手にするとぐいっと飲み、それを置いたテーブルの上で腕を組んだ。

　彼は言う。「ミセス・ローガン、いずれその考えはこのわたしがあなたの頭に吹きこんだのだと、おそらく誰かにほのめかされることでしょう。ここにいる証人の前で、わたしがそんな示唆はしていないと宣言してもらえますか？」

「ええ、宣言します。いまのはわたし自身の考えでした」グウィネスはきっぱりと言う。怯えているようだ。「どうしてそういうことを言うの？　わたしは言ってはいけないことを言った？　どちらにしても、あの男がミスター・エンダビーだったのならば、マーティンのはずがないでしょう」

「でも、そのときはミスター・クラークだと思ったんですね？」

「ええ、そうよ」

　ここでまたもやエリオットとフェル博士は視線をかわした。

「彼は片手を窓の内側に入れていたんですね？」

　グウィネスはそれには引っかかっているようだ。「その点ははっきり言えないわ。ずっとお話ししているように、ちゃんと見なかったの。こんなふうだった」彼女はくちびるを湿らせた。「子供の頃、ぐるぐるまわる遊びをしたことがなくて？　わざと目眩がするようにして、転ばずにどれだけまっすぐ立っていられるか試すの。わたしが見たものはすべてそんなふうだった。とにかく、ゆらゆら見えた！

　その男のひとは茶色のスーツと帽子という服装だったと思うわ。顔はガラス越しだし、暗くなった部屋だし、はっきり見えなかった。ただ、輪郭については誓ってもいいくらい。そんな些細な点にだって、そのとき注意は払わなかったけれど。だって、銃声がして彼はそこに飛び乗っただけだと思ったので。だから、彼の手が窓のなかにあったかなかったか、それは本当に話せない。悪いけど」

「大丈夫ですよ、ミセス・ローガン。じゅうぶんに話していただきました」

「マダム」フェル博士が勢いよく話しかける。「その通りだよ。そして、おお、酒神バッカスよ！　きみはたとえ話を使って話すんだな！」

「たとえ話じゃないわ！　本当のことです」

フェル博士は謝る仕草を見せた。彼も大ジョッキを手にして飲み干してからテーブルに置いた。そのため顔色が著しく赤くなったが、心や身体のもやもやを晴らすにはほとんど効果がなかったらしい。

彼は言う。「わしはほかのことを指してたとえ話と言ったんだよ。自分からまわって、わざと目眩が起きるようにして、まっすぐ立っていられるか試す遊びのことだ。そいつはたとえ話と言ってよかろう」

ここで彼は僕にとても鋭い目を向けた。

「きみはどう思うかね、モリスン君？」

「意味が知りたいとだけ」

「いまのたとえ話の？」

「違いますよ、たとえ話なんかどうでもいいです！　つまり今回の騒動についてです。リボルバーが壁からジャンプして勝手に発砲したのはどういうことだったのか知りたいんですよ。どうやって目に見えない手がテスの足首をまずつかみ、次に僕たちみんながはっきりと見ている前で時計を動かしはじめたのか知りたい。アンディ・ハンター――どこをとってもまともな男で、とにかく少なくとも老執事ポルスンと同じくらいにはまともだった――が、よりによってポケットにヘアピンの包みを入れてシャンデリアに飛びついて揺らしたのはなぜかも知りたい」

ヘアピンに言及したことについて誰も意見を述べなかったが、エリオットの表情から初耳ではないことはわかった。フェル博士が大きな人差し指を突きつけた。

「完璧な例だ」彼は言った。

「なんのです？」

「たとえ話のだよ」博士はまだ言い張る。そこで彼の様子が変わった。少し申し訳なさそうに、額に皺（しわ）を寄せて椅子にもたれる。「いいかね。わしはなにも含みをもたせたくはないし、そんなことはしてもおらん。きみがそうしておるんだ」

「どうやってです？」

「言葉、誤ったほのめかし、事実あるいはきみが事実と信じておるものを語る態度で」

彼は両手で髪をくしゃくしゃにした。

「同じなんだよ」彼は話を続ける。「コンゴ・クラブのきみの友人と。ある意味では、彼がすべての厄介事を始めたようなものだ。わしもあのクラブの会員だが、あまり通っておらん。昨夜、あのクラブで彼を突きとめた。やがてこの男の父親、一九二〇年のロングウッド・ハウスの泊まり客に電話しなけりゃならなくなった。ごく小さな誤解を解くためにな」

「誤解とは？」

「椅子についてのさ」フェル博士は説明にならない説明のようなことを言う。「あの椅子でわしは完全に頭を悩ませたんだ。だが、あれは正餐室の椅子ではないとわかったんだよ。ポーチの椅子だった。それで話がいっぺんに変わる」

僕はなにも言わなかった。

たとえば、ここで立ちあがって僕のビールの残りを博士の頭にぶっかけたらマナー違反になっただろう。グウィネスの前で、この手の話をどう思っているか言っても、マナー違反になっただろう。だが、もしも煙に巻くようなこの発言の真意を知っていれば、また彼がここまで心配している理由を知れば、逆に博士に許しを請うただろう。

エリオットが口をはさんだ。

「ちょっとばかり曖昧に聞こえるかもしれないが」彼はそう認めた。「きみもどれだけ単純な話か、きっとわかってくれるよ。お茶の時間にロングウッド・ハウスにいればね……」

「エリオット、わしはそんなことはせんぞ」博士がぴしゃりと言う。「絶対にせん！」

「でも、博士。ほかにどうすればいいと？　そうすれば、その場で一気に解決じゃないですか？」

「ふうむ。ハハハッ。たぶんな。だが、そうすると厄介事が起こるんだよ、きみ。生涯夢に見たこともないような大きな騒動に一直線に向かおうとしておるぞ」

「博士、あなたともあろう人が、いつから厄介事をおそれるようになったんです？」

彼らはこの話をやめようとしなかった。行動とは正反対の秘密めかすその態度に、僕はまだじりじりしていた。地上にこれほど痛い塗り薬はない。相手が警察であろうが、なかろうが、僕は挑んでみた。

「博士、あなたはこの件を解決されたようですね。きっと犯人を見つけたんだ……」

「あるいは、とにかく解決したとわしたちは考えておるか」フェル博士は妙な渋面（じゅうめん）を僕に向けた。まるで僕が経緯も理由も知らないまま、この事件の中心にどうしてだか置かれたように思えてくる。

「あるいは、とにかく解決したとあなたたちが考えているかですね。なるほど。でも同時に、あなたは事実が誤って申し立てられたと主張していますね。僕は起きた出来事のリストを引用しただけなんですよ。そうしたら、僕が事実、あるいは事実だと〝僕が信じる〟ものを述べる態度に、含みがあるとあなたは言われた。出来事のリストのどこかに事実ではないものがありますか？」

フェル博士はためらった。

彼の葉巻は灰皿のなかで無視されたまま火が消えていた。彼はそれを手に取り、くるくるといじった。

「ひとつだけある」彼が吠える。

「事実じゃないことがひとつだけですか？」

フェル博士は言った。「ひとつだけ、故意につかれた真っ赤な嘘がある」

「でも、いいですか、博士！　すべて記録されていることですよ。僕はなにも嘘をついてない」

フェル博士は首を傾げた。怒っているようにも、責めているようにも、むっつりを決めこんだようにも見えない。表情は、眼鏡に日射しがまっすぐ反射しているし、ぶるぶると揺れるいかめしい下くちびるから口ひげと息が吹きあげられるしで、ますます読みづらかった。彼は一度うめいた。遊園地の葉巻をいじっていた手は、それをふたつに折ってしまった。

「きみは嘘をついておらん」博士は言う。「だが、きみの婚約者のミス・フレイザーが嘘をついておる」

18

今日もまた暖かな薄紅色を帯びた黄昏（たそがれ）がロングウッド・ハウスの西で濃くなっていた。予想していたのは僕たちのうちのごくわずかだが、誰もふたたび体験したいとは思わないちょっとした出来事が近づいていた。

僕は門から三十ヤードほど離れたバス停でバスを降りた。午後なかばまではアンディの車が使えたのだが、グウィネスが拝借していた。僕は道路沿いに歩いて自転車の少年とだけすれ違い、砂利の私道を進んだ。屋敷の陰気な美しさが黒と白のフルール・ド・リスのなかの窓によって映えわたっている。戸口のひさしの下で道路と私道に視線を走らせながらテスが立っていた。彼女は僕を出迎えようと、しなやかな軽い足取りで起伏のある芝生を駆けてきた。

「ボブ、もどってくれてよかった。いったい、いままでどこにいたの？」

「サウスエンドだよ」

「ねえ、ダーリン、それはわかってる。なにをしていたのかってこと」

「いろいろね」

テスは振り返った。「屋敷にはクラークとわたしのふたりきり！　フーッ！　彼は使用人たちに今夜遅くまで暇を出したの。グウィネスはもどってこない。そしてジュリアンたら――ジュリアンはまんまとロンドンへ逃げ帰った。警察がなんて言うか知らないんだから。アンディの具合は？」

「悪いね」

「クラークはまた戦争の話をしてる。戦争になるのは確実だって言うの。食品雑貨店の安いシャンパンのボトルを持って、沈床庭園に腰を下ろしてる。彼はずっとおっかなくなってて」

「そうなのかい？」

　昨夜の雨で芝生はビロードのようになり、まだ草の香りを強く放っていた。僕たちのあいだにはそんな芝生が二ヤード（約一・八メートル）ぶん。芝生にいるのは僕たちだけ、ほかには誰もいない。テスは全身グレーのいでたちで、グレーのスカート、左の胸に赤い弓矢の模様があるグレーのセーター姿だ。彼女は口をひらいて僕を見つめ返した。頬骨を覆う肉が引き締まるのを見た気がする。

「ボブ、わたしの知らないことを知ってるんでしょ?」

「僕はそんなにも顔に出やすいのかい?」

「そうよ」彼女は手のひらをパチンと合わせた。

「きみはまたあの入り口に立っていたね。例の手にまた足首をつかまれないかと心配じゃないのかい? ねえ、テス、〝手に足首をつかまれた〟という話はまったくのデタラメだった。そうだろう」

黄昏の色が変わり、ロングウッド・ハウスの窓を呑みこんでいく。テスを憎むのは簡単なことではないし、彼女を憎んでもいなかった。ただ自分は頭が鈍かったと感じ、憤りで熱くなっているだけだ。彼女のあらゆる疵を見つけだしてこきおろしたかった。顔やいでたちや心のいちばん深いところにあるすべての疵を。彼女は両手を合わせたまま、なにも言わない。

「もちろん、僕はそうだとあたりをつけるべきだったんだ。きみが初めてあの話をしたとき、フェル博士がきみを見た目つきからね。博士がそのことに触れるたび、きみが博士を見て、顔を赤くして落ち着かなくなる様子から。エリオットからなにがあったのか再現してくれと頼まれたときのきみの振る舞いから。昨夜、きみは信頼できないと僕に自分から告白したも同然だったときからも。でも、僕はそんなこと考えもしなかった」

彼女は沈黙を破った。

「ボブ、お願いだから——」

「手なんて、なかった。入り口にはなにもなかったんだ。きみがみんなをこんなとち狂った骨折り損の騒ぎに巻きこむきっかけを作ったことは大きな問題じゃないさ。でも、なんだってこんなことをしたんだ？　正気だったら、どうして？」

「あなた、エリオットと話したのね」

「もちろん、エリオットと話したさ。ほかにどこでこんなことが教えてもらえると？　きみは僕に話そうとしなかったんだからな」

彼女はまだ堅く両手を握りしめていて、首をかすかに片側に傾げていた。

「ボブ、あなたに話そうとした！　でも、話せなかった」

「でも、きみはエリオットとフェル博士には話せた。ゆうべ、彼らに話したじゃないか、テス。ゆうべ、あの〝再現シーン〟の後で。だから、きみは事情聴取のための部屋からあんなに反抗的な態度で姿を現したんだ。ゆうべね。そうさ！　それなのにきみは僕に話せなかったと。そして演技を続けて……」

彼女はさっと僕を見やった。

「あなたって、子供みたいなことを言ってる」

「入り口にあったのも子供の手だったんじゃないか？　同じやつかな？」

僕たちが喧嘩らしい喧嘩をしたのはこれが初めてだったが、それでも喧嘩とは到底呼べないものだった。頭にカッと血が昇りはしなかった。粉薬みたいに苦すぎて、飲みこむあいだずっとその味がしているようなものだ。だが、僕たちが馬鹿なことを言いはじめる前に、僕ははっとして気づいた。少なくともいまの彼女は演技をしていない。必死なまでに正直だった。

「エリオットはわたしが話をこしらえたわけを言ってた？」

「いいや」

「あなたには言い当てられないの？」

「できない」

「きっと言い当てられる」と、テス。「エリオットたちがここにやってきて、クラークと話をするときにね。そうよ、あの人たちが来れば」

「今夜来ることになっているよ。いや、いまにも来ると思うけど」

テスはぼんやりとうなずいた。「そうね、ほら車が来た。ああ、ボブ！」一瞬、僕たちは操り人形のようにぎこちなく不自然なポーズでその場に立ち尽くしていた。それからテスは僕に駆け寄り、僕は彼女を抱きしめた。こんなふうに気持ちが揺れたのはロングウッド・ハウスのせいだ。あまりにも影響力の強すぎる幽霊屋敷のせいだ。殺人犯のせいだ。

パトカーのエンジンのドドドという音が、夜の訪れつつある静けさを破った。タイヤが砂利を嚙む音ひとつひとつまでも聞こえるように思っていると、車が玄関の前にとまった。乗っていたのは、エリオット、フェル博士、グウィネス・ローガンだった。一行が降りてきた。エリオットはあきらかにあまり機嫌がよくなくて、芝生を勢いよく僕たちのほうに歩いてくると、ブリーフケースを太腿にぴしゃりとぶつけた。

「警部」テスは高く澄んだ声で言った。「どうかボブにあのことを話して――」

「ええ、お嬢さん。そのうちに」エリオットは礼儀正しいがぶっきらぼうだった。「ミスター・クラークはどこか教えてもらえますか？」

（では、彼らは獲物を狙って集まってきたのだ）

「彼は裏の沈床庭園にいて、シャンパンを飲んでいます」

エリオットの砂色の眉がぐっとあがった。「シャンパンを飲んでいると？」

「ミスター・ローガンがワールドワイド・ストアのために仕入れていた安いイタリア産のものです」テスが説明する。

「ほう。それで、ミスター・エンダビーはどこに？」

「出ていきました。ロンドンにもどったんです」

「聞いていた通りだ」エリオットはまた、荒々しくブリーフケースを太腿にぴしゃりとぶつけた。「その件には対処しなければ。それはともかく、ふたりとも裏に行って、ミスター・クラークと一緒にいてくださいますか。フェル博士とわたしは家のなかを少し見てからすぐに合流するので」彼は背を向けたが、またくるりと振り返った。「そうそう。用具を持った職人がふたり、もうじきわたしに会いにきます。その人たちを追い払わないように」

彼はそっけなく会釈すると、さっさとフェル博士やグウィネスの元にもどった。三人は揃って家に入った。

なにかが起こりそうだと、一息するごとに次第にあきらかになっていく。僕は口をひらこうとしたが、テスにさえぎられた。僕たちは家の横手へまわってから、裏の長く美しい芝生を突っ切り、沈床庭園に下りた。そこでくつろいでいるクラークを見つけた。

庭は円形で直径は二十フィートほど、成人男性の背丈ぐらいの深さがある。浅い乱張り石の階段からそこに降りていく格好だ。窪地状になった内部をぐるりとかこんでいるのはまずタチアオイで、これはまだ花が咲いていなかった。そしてデルフィニウムは青く燃え立つとはいかないが、いまにもほころびそうな蕾(つぼみ)をたっぷりとつけている。そして岩生植物、淡い黄色のサクラソウと赤にオレンジが入ったクリンザクラが縞に織りまぜられている。中央は大きくひらけた円形のスペースで、周囲はコンクリート造りのベンチでかこまれ、中心に日時計があった。

クラークはそうしたベンチのひとつにのんびりと腰を下ろしていた。鮮やかな色に塗られたガーデンテーブルがそのベンチに引き寄せられている。テーブルにはワインクーラーが置かれ、縁には金色のシールに覆われたボトルの首の部分をたてかけてあった。クラークは帽子をかぶらず、白いリネンのスーツを着ていた。パナマ帽、本、眼鏡がベンチの彼の隣に置いてある。

僕たちが階段を下りていくと、彼はちょうど空っぽのワイングラスを光にかざしたところだった。いかにも飲んでみて評価を下したという態度だった。

「やあ！」彼は温かい挨拶をした。グラスを下ろす。組んでいた膝をほどいたが、立ちあがることはなかった。

「無作法で申し訳ないね。こいつをきみたちに勧めることはしないよ」――彼はワインクーラーを指さした――「こんなに質の悪いシャンパンもないからね。でも、腰は下ろしたまえ。軽率な怪我人の具合は？」

ふいに僕はこの男が十歳老けて見えるし、面白くもない下卑たジョークには悪意があると思った。

「アンディのことですか？」

「そうだよ、もちろん」

「死にかけています」僕は答えた。

この言葉は色鮮やかな庭にどさりと落ちた。クラークは仰天した様子で背筋を起こした。テスは思わず悲鳴をあげた。

「ボブ！　そんなの本当じゃないでしょう！」

「本当のことだよ、もちろん。だからこそ、町にあれだけいたんだ」

「たしかに。申し訳ない」クラークは言った。心から申し訳なく思っているようだ。「彼は本当に尊敬できる好ましい若者だし、熟練の建築家でもある。怪我がそれほど深刻だとは思ってもいなかったよ」

「病院のほうでも、そうは思っていなかったんです。今日の午後になって容態は悪化しました。僕はもどるつもりですよ、これが終わればすぐ――」

「なにが終われば？」クラークはうながした。

「警察がここでの用件を終えればすぐということです。いまこの家に来ているんです。彼らは犯人も動機も手口もわかってます。今夜、逮捕できるんじゃないですか」

クラークはなにも言わなかった。ボトルの首に手を伸ばし、氷の浮かぶ水をしぶきをあげてかきまわすようにしてから引き揚げ、酒をなみなみとグラスに満たした。ボトルは空も同然だった。

「ここに腰を下ろして瞑想にふけっていたんだよ」彼が切りだしたとき、エリオットとグウィネス・ローガンが階段を下りて庭にやってきた。フェル博士の姿はなかったが、クラークは彼を探しているようだった。クラークはまったく自然に新参者たちに会釈しただけで、彼の話に引きこんだ。「瞑想していたのは――友人よ、どうぞ座って――生と死について、その両者の起源についてだ。それから特にわたしたちの幽霊パーティについて」

グウィネスは円の反対側のベンチに引きさがり、テスと僕はマネキンのように立ち尽くし、エリオットは日時計にブリーフケースを置いた。

「わたしも」エリオットはきびきびと言う。「幽霊パーティについてあなたと話がしたい」

「喜んで、警部！　だが、どういった点についてかね？」

「あなたの幽霊はすべて作り物という事実についてです」

クラークは笑い声をあげ、もっと楽な姿勢でベンチに座りなおした。

「それゆえに」エリオットは追及する。「ここで明確にしなければならないことがあります。あなたは亡くなったハーバート・ハリスン・ロングウッドとお知り合いでしたか？」

「ハーバート――ハリスン――ロングウッド」クラークは思い巡らすように繰り返す。

「思いだすお手伝いをさせてください。ハーバート・ハリスン・ロングウッドはこの一族のオックスフォードシャーの分家出身で、この地所を一九一九年に相続した遠縁の親戚でした。ここでシャンデリアが落下して年配の使用人が死亡し、ミスター・ロングウッドはとても打ちひしがれて妻と国外に出て、イギリスにはもどってこなかったんです。今日、フェル博士はサウスエンドで地元の教区牧師に会いました。牧師からミスター・ロングウッドがナポリに住みつき、四、五年前にそこで亡くなったと聞きました。彼とはお知り合いでしたか？」

クラークは穏やかに視線をあげた。

「ああ。知っていたよ」

「それを認められるのですか？」

「躊躇（ちゅうちょ）なくね」

「でしたら、彼がからくり屋敷を所有していたこともご存じでしたね？」

「からくり屋敷？」

クラークから視線を外すことなく、エリオットは僕たちの背後の庭の端にある窓に向けて親指をぐいっと突きつけた。

「指を鳴らすように簡単に、自然な方法で幽霊を出現させられる家ですよ。だからこそあなたはここを購入したのだとこれから説明するつもりです。だからこそあなたは幽霊パーティに人を集め、さらにはそれを利用してミスター・ベントリー・ローガンを殺害したのだと」

日が沈もうとしている。

この庭では、花の香りよりも土のにおいのほうが強いようだった。クラークはあくまでもくつろいでいる。シャンパンのグラスを手にして一飲みしてから置いた。純粋な好奇心らしきものをもってエリオットを見つめた。

「いいかな、警部。ひょっとしてわたしは逮捕されているのかね？」

「いいえ。逮捕されていれば、このように質問などしていません」

「ああ、それは一安心だ。では、わたしは哀れな老いぼれにして無害なローガンを殺したと。わたしがどうやったとあなたは説明するのかね？」

エリオットはブリーフケースの留め金を外した。

「真っ先にあなたは、この家の本当の歴史から人々の注意を逸らさないといけませんでした。一八二〇年のことについても、一九二〇年のことについても、本当の事実を誰にも教えたくなかった。ボブ・モリスンが『歴史建造物委員会報告』でこの家を調べたとき、あなたはとても気分を害した。それどころか、誰かがこの家の歴史を話題にしようとするといつでも気分を害しましたね。わたしたちが昨日その現場を目撃したように。ですが、ここは幽霊屋敷とされているのですから、あなたはなにかしらの言い伝えを彼らに提供するしかなかった。だから、あなたは幽霊をこしらえなければならなかったんです。

でも、あなたは幽霊をこしらえるほどには頭がまわらなかったんですね、ミスター・クラーク。だからあなたは盗用した。あなたがノーバート・ロングウッドのものだとした〝顔に引っ掻き傷のある遺体〟の話は丸ごと、アンドルー・ラングの実話集からそのまま盗用したものでした。*原注その本は四十年前に刊行されたものなので、誰も気づかないとあなたは思ったんでしょう。これがその本ですよ」

ブリーフケースに手を突っこみ、エリオットは灰色の装丁の本を取りだして日時計に置いた。

さらに彼は追いうちをかけた。

「そのようなゲームをフェル博士に仕掛けてはいけませんよ。うまくいきっこない」

この言葉はまるでクラークの横っ面（つら）をはたいたようだった。彼のずんぐりした身体は硬直したように見える。まばたきをすることもなく、視線はじっとエリオットの顔に向けたままだ。

「ですが、あなたはほかにも、ずっと雑な罠を仕掛けましたね」エリオットは淀みなく話を続ける。「ずっと雑なものです。あなたはその話を本当らしくしようと少しやりすぎた。さて、ここで率直に言ってしまいましょう。ここにいらっしゃるミス・フレイザーは」――彼はテスにうなずいてみせた――「いつもあなたのことを悪い人だと思っていたんです。何カ月も前にあなたに会ったときからそう思っていたと。あなたがここで幽霊パーティをひらくと聞いて、なにかのペテンをするつもりだと彼女は強く思ったんですよ。それであなたを試すことにしたんです」

クラークはテスをちらりと見た。彼女にほほえみかけ、挨拶するように片手をあげる。

エリオットは話を続けた。

「彼女はこの家に足を踏み入れたとたん、なにかに足首をつかまれたと言いました。あなたを試すため、あなたがそれを利用するならば、どうやるのか確認するためです。その夜のあなたたちは残らず少々神経質になっていましたから、彼女はたいして芝居を打たなくてもよかった。

そして、あなたはそれを利用しましたね、ミスター・クラーク。あなたにとっては、これ幸いだった。彼女がピリピリしているので、なにかに足首をつかまれたと信じているのだと思ったんですね。ですから、こんなふうに」——エリオットは指を鳴らした——「あなたはすぐさまそれを顔に引っ掻き傷のある遺体の話に取り入れたんです。あなたは人をつかむ手がロングウッド屋敷での古い言い伝えと一致すると主張した。ノーバートの幽霊が人の足首をつかむ習慣があるのだと。ところが、すべては十五分足らず前にミス・フレイザーが騒ぎを起こした瞬間にこしらえたものでしかなかったんです」

エリオットは口をつぐんだ。

首を振る彼は急にスコットランド人らしく気むずかしくなって三十という年齢より老けたように見えた。彼はつけ足した。

「それも到底賢いことだとは言えませんでしたね、ミスター・クラーク」

「そうかね、警部?」

「そうですよ。それによって、あなたは疑いようもなく実際に悪い人だったということがわたしたちに知られたんですから」

「そしてもちろんその件が、ベントリー・ローガンを殺害したのはわたしだという証明になると言いたいのだね?」

「よろしければ」エリオットは相変わらず感情を出さずに忍耐強くコツコツと話を進める。「その件を話すといたしましょうか」

大きな黒い人影が頭上から庭を暗くしたと思えば、それはフェル博士だった。ボックス襞のマントを背後になびかせ、シャベル帽を目元までぐっと押さえつけている。彼は僕たちの上にそびえたち、光をさえぎっているように見えた。不安そうに頬を膨らませた艶のいい顔で、花花のあいだをどしどしと階段を下りてくる。そして、激しくぜいぜいと息をした。

僕にはテスがいまにも「早く話して！」と叫びそうになっているのがわかった。クラークがのんびりとほほえみながらグラスの中身を飲み干し、ほぼ空っぽのボトルを振って甘美なシャンパンをさらにつぎ足す様子を見ていると、誰だって頭皮がむずむずしてくる。

マーティン・クラークにいろいろな面があるとしても、なによりうぬぼれの強い男だった。彼のうぬぼれはさんざん擦りとられてしまったに違いない。それでも、そんなところをまったく見せていなかった。

「ああ、博士」彼は言う。「いつお目通りがかなうかと思っていたんだよ。警部はローガンがどのように殺害されたのか、いまから話すところだった。そうだったね、警部？」

「ええ」

「じゃあ、話して！」グウィネス・ローガンが生き返ったように叫んだ。この場で彼女がしゃべったのは初めてだった。緑のロビン・フッド風の帽子をかぶって背筋をまっすぐに伸ばして座り、ハンドバッグをふたつにちぎれそうなほどねじっている。「わたしはそこにいた。この人たちはわたしが——なんて言ったかしら？——そう、共犯だと思っていたのよ、わたしが違うと話すまでは。いったいなにがあったの？」

フェル博士は彼女に深々とお辞儀をしてからシャベル帽を脱ぎ、手振りで彼女の隣に座りたいとほのめかした。

「ところでマダム」フェル博士は言う。「ここでいささか重要な点をはっきりさせておくのがよかろう」彼は橦木杖（しゅもくづえ）をあげてクラークを指した。「あの男だね、きみがヴィクトリア・アンド・アルバート博物館で会っておった男は？」

「ええ、その人よ」グヴィネスが答える。「ああ、マーティン。どうして否定するの？」

「わたし、知ってた！」テスが囁（ささや）いて僕の腕をつねった。

クラークのもの柔らかな態度が変わりはじめていた。

「話の途中じゃなかったかね、警部？」

「この家の秘密についての」エリオットが話をふたたび始めると、仰々（ぎょうぎょう）しい庭がしんと静まり返った。

「問題はこういうことでした。一八二〇年にしろ、一九二〇年にしろ、ロングウッド一族の本当の歴史について、わたしたちがわかっていることとはなにか？ 一八二〇年のノーバートについては、彼が医師で、その年にアラゴ、ボワジロー、サー・ハンフリー・デイヴィという名の三人とパンフレットを書いていたことだけです。同じ年に彼は謎の死を遂げた。それだけですね。

ですが、一九二〇年のハーバート・ハリスン・ロングウッドについては、そう、話が違います。彼についてはかなりの情報を入手しました。彼は徹底的にこの家を改装したのです」エリオットはいったん口をつぐんでから話を続けた。「彼は電球や最新の水道設備を屋敷に取り入れました。あたらしい東棟にはビリヤード室。正餐室（せいさんしつ）の天井を高くしてあの部屋をもっと広くしましたが、その真上の寝室の使い心地は犠牲にした。彼は一階の大広間から羽目板をはがした。最後に、あたらしく暖炉を作りました。書斎の煉瓦（れんが）の暖炉のことです。そしてこのすべての工事にガーンジー島から連れてきた作業員たちを使ったんです。その後はこのあたりで工事の話をたいしてしないだろう人たちを。

興味深い人物です、この男は。このあたりの人はみんな彼の人柄について証言し——」

テスが彼をさえぎった。彼女はここまでこめかみに指をあてて必死になって集中していた。指のあいだからエリオットを見て、こまったように言った。

「待って！　お願いだから待ってください！　それは家族の歴史と記録に夢中だったのと同じ人？　幽霊屋敷を持つという考えが気に入っていた人？　それに悪ふざけに夢中だった人？　そうだとしたら、怖がらせるような子供もいなかったけれど、ここを幽霊屋敷にしたがっていたということ？　そう言いたいんですか？」

「図星だよ」フェル博士の重苦しく断固としていながらも気さくな声が響いた。「的を射るとはこのことだ」

「でも、どうしてそんなことを？」

「そうだ。それは博士に話してもらおう」クラークが洗練された振る舞いのまま頼んだ。「結局、警部が話しているのは犬が聞いたレコードの〈ご主人さまの声（ヒズ・マスターズ・ボイス）〉でしかなかった。警部はオウムの訓練を繰り返しているだけだったんだよ。あまり知的とは言えないね、警部。それにかなり危険な行為でもある。フェル博士は自分では話せないのかね？」

その瞬間のフェル博士は、彼自身がかなり危険に見えた。

「いや、わしが話す必要はたいしてなさそうだからな。あんたは自分でわかっておるだろう。いまにも職人がふたりここにやってくる。あんたの許可をもらって――申し訳ないが許可がなくても――わしたち自身でいくらか改築を始めようかと思ってね。ざっくばらんに言うとな、あんたの忌々しい屋敷をバラバラにしようと思っておるんだよ。わしの経験上、残酷で創意工夫に富む殺人の仕掛けがあきらかになると固い確信を持っていてな」博士の顔は真っ赤になった。杖の石突きで敷石を強く叩いた。「書斎の煉瓦の暖炉を開けることから始めるつもりだよ」

クラークの声は甲高くなった。

「暖炉を開けるだって？　勘弁してくれ、モリスンが取り憑かれていた秘密の通路という仮説にまたもどるのか？　あれは頑丈な炉棚だ。あなたは自分でたしかめたはずだ」

「その通り」フェル博士は同意した。

「では、なぜ？」

「あれは頑丈な炉棚だよ。ひびも亀裂もない。どの煉瓦も固定してあるし、隙間はモルタルで埋めておるし。ただし、なかに埋められたものがあるんだよ。小さなものだ。わしの手の半分もない大きさの」フェル博士は片手を差しだした。「それに死んでいるものでもある。それなのに、ときにあることが起こると、おそろしい毒蛇のように息を吹き返すんだ」

誰も口をひらかなかったが、グウィネス・ローガンは叫びそうだと思った。もう日が落ちていたから、向こうにそびえるブナの木立が澄んだ銀色の空を背に目立っていた。庭は色彩を奪われていた。

「真実には容易に気づくものだよ」フェル博士が話を続ける。「場の雰囲気という邪念を取っ払って、我らが友人ミスター・クラークがあんたたちの分別にかけようとした呪文を忘れれば。単純な質問をするだけでいい。ここでなにがあったのか？　そうすれば簡単な言葉で答えが手に入る。

簡単な言葉で答えれば、こうなる。いくつもの品が動かされた。それだけさ。こうした品のひとつとして動かすのはまったくむずかしくなく、どれひとつとして、そこまで遠くには動かしていない点に注意してもらうとよいな。リボルバーは〝ジャンプ〟させられた。シャンデリアはそもそも繊細なバランスをもった品で、ほんのちょっとの隙間風でも動かせるものだが、そいつは揺らされた。時計の振り子もこれまたとても繊細なバランスを保っておるが、やはり揺らされた。しんがりは、わしたちが最初に聞いた話だ。木の椅子が――なんにも増して不可解なことに！――〝ジャンプ〟させられた。ところが、いやはや、それは木の椅子じゃなかった！　軽い鉄の椅子で油を差したキャスターつきのもので、裏のポーチにあるようなものだった。さあ、ここで太陽が顔を出したな。暗闇は分断されて鳥たちがまたさえずる。なんでって、ついに共通するものを見つけたからだよ。こうした品はどれも金属製だった」

フェル博士は身を乗りだし、パントマイムの貴婦人のようにしかめ面をした。

「あの炉棚になにが埋めてあるのか、わしから言わんとだめなのか？　表面のすぐ下、煉瓦半分の厚さのところに埋めてあるものだが？　巧妙にリボルバーの銃口の一インチ左に埋めてあるんだが？　そのように埋めておいて、電流のスイッチが入ると、リボルバーが反応してわずか一インチ（約二・五センチ）前にジャンプしそうなものだよ？」

博士は黙った。

大いに苦労しながら博士は立ちあがると、うめき、うなり、くるりとマーティン・クラークに向きなおった。大きな声は暗くなっていく庭にはっきりと響いた。

博士はこう言った。

「もちろん、電磁石のことだよ」

原注：アンドルー・ラング *The Book of Dreams and Ghosts*, Longmans, Green & Co., 1897.（邦訳は『夢と幽霊の書』）

19

フェル博士は日時計に内緒話をするようにまた語りだした。

「小学生でも電磁石のことは知っておるし、数分あればひとつ作ってくれるさ。小さな軟鉄を用意する。絶縁した銅線をそれに巻きつけて必要なだけのコイルにするんだ。そこに電流を通す。そうすると好きなように強力な磁石のスイッチを入れたり切ったりできるんだ。磁石の強さはアンペア回数――すなわち、そこを流れる電流の強さにかかっておって、これはコイルの巻数によって増えるんだよ。もっと平たく言い換えると、銅線をたくさん巻けば巻くほど強くなるんだ。一トンの鉄くずを持ちあげられるほど大きく強い磁石も作ることができる。実際、その目的のために工業用として使われておるな。だが、ここで必要なのは小型のマッチ箱くらいのものだ。

シャンデリアを揺らすためにな！　梁のすぐ横、漆喰塗りの天井のなかに埋めこんだものだ。これを〝爆発〟させるんだよ。つまり、電流を通したり切ったりを続けて、鉄のシャンデリアに弾みをもたせて激しく揺れはじめるようにするんだ。この巧妙な仕組みは時計の金属の振り子にも同じように使える。時計から斜め向かいの漆喰塗りの壁際の浅いところに磁石を埋めるんだよ。あえて言うまでもなかろうが、電磁石の力は木、漆喰、煉瓦といった表面を覆うものにはたいした影響は受けけん。表面がとんでもなく厚くなければな。亡くなったハリー・フーディーニ――安らかに！――は鍵のかかったドアの前に立ち、外側から普通の磁石を使うことで内側の錠を開けたものだったよ。

かく言うわしも、子供の頃は電磁石を作ったことがあるよ、目的は……」

「あなたが子供の頃？」テスが叫ぶ。「その頃、電磁石が発明されていたの？」

フェル博士は目をぱちくりさせて彼女を見た。

「お嬢さん」彼は穏やかに言う。「きみにはまいるよ。電磁石の法則が最初に発見されたのはいつか知っておるかね?』」

「いいえ」

「一八二〇年」フェル博士は答える。「著名な三人の科学者によってほぼ同時に発見されたんだよ。名前は興味深いことにアラゴ、ボワジロー、デイヴィ。彼らはミスター・クラークがあんたたちに思いこませたような医師ではなかった。少なくとも医師としては記憶されておらん。彼らは科学者たちだったんだよ。だが、ミスター・クラークが彼らの名前を持ちだしたんではなかった。若きモリスン君が話題にしたんで、少々、目くらましを使わんとならんかったのさ。ノーバート・ロングウッドはこの三人の科学者たちに第四のメンバーとして加わったようだな。当時すでに電流の実験をガルヴァーニ電池(生物の筋肉が収縮するのは電気によるものとする考え)という形でおこない、〝パンフレットでおたがいを質問攻めにしておった〟」

クラークは身じろぎしなかった。

暗くなっていく夕闇を背に彼の白髪が、そしてほほえむ彼の白い歯が見えた。タランチュラのように静かだ。フェル博士はそちらに視線を一度として向けなかった。

「くたばってしまえ」クラークは低い声で嬉しそうに言った。

それでも博士は振り返らない。

彼はテスに向けて説明した。「こうした埋もれがちな役にも立たんと見える情報を集めるのが好きなんでな。それで――コッホン――事件のことを聞いてから十分経たんうちに電磁石に目を向けるようになったんだ。

ノーバート・ロングウッドが本当はどのように死んだのか、わしたちは知らん。彼は電流の実験をしておったから、この地方の者たちには不気味で呪わしいことに見えておったに違いなく、青リンゴで腹痛を起こして死んだとしても、邪なことがあったと疑われたことだろうて。とにかく彼は煙と焦げたにおいだけを残して息絶えたとしよう。

だが、まったくなあ、一九二〇年に執事のポルスンがどうやって死んだかは、わかっておる！

よいかな、故ハーバート・ハリスン・ロングウッドは、かなりの自信を持って言えるが、犯罪など露ほども考えなかったんだ。彼は害のないいたずらをしておるだけだと考えておった。彼は一族の歴史を調べることに目がなかったとわしたちは知っておるな。彼はノーバートの関心が未熟で原始的な電磁石にあったことを知ったと考えてよさそうだ。そして突然、その方法を現代的に応用すれば、凝って成熟した冗談として〝幽霊屋敷〟を作りだすことができ、友人たちをあたふたさせることができると気づいたんだよ。

ハーバート・ハリスン・ロングウッドは少なくとも三つ――それ以上の可能性がとても高いがね――の電磁石を家に埋めて銅線でつないだ。通常の家屋で使う電気とは別の配線だ。その配線は壁のなかに隠してあり、これまた隠したスイッチにつながっておったんだ……それはどこに？　その点が肝心だとわかるかね？　この計画の独創的なところは、磁石を操作する者はそのとき、同じ部屋や近くにいる必要がなかったという点だよ。

哀れな老ポルスンの死は悲劇的な事故の結果だった。もっとも、予見すべき事故だったがな。

執事は戸締まりのために夜遅くに一階へ下りた。彼の主人は仕掛けたいたずらがどうなるか想像してひとりで笑いながら、そのからくりを試す。さあ、その結果はどうなる？　一家の老いた使用人が——常識や理屈のすべての法則に反して——シャンデリアが揺れはじめたのを見れば、どんな結果になるかね？　一秒ごとに角度が大きく、激しく揺れるようになったら？　彼は冷静さを失うだろう。まず衝動的にとめようとするだろうて。なんとしてでもとめようと。彼は背の高い椅子をシャンデリアの下に引きずってくる。手を伸ばして邪悪な動きを阻止しようとする。だが、とても手が届かん。そこでつま先立ちになって手探りする。完全に冷静さを失う。最後に、必死になって少しジャンプする。フレームの鉄をつかむが、バランスを崩し……

そして彼の主人は重いものが落ちる音を耳にすると、真っ青になっておののく。この主人は揺れるシャンデリアを見せて使用人を怖がらせるだけのつもりだったのにな。しかしそうはならず、彼のいたずらは老いた友を殺してしまった」

フェル博士はボックス襞(ひだ)のマントの下で背を丸め、僕を見た。

「そうだよ、お若いの。ポルスンは自分でシャンデリアを前後に揺らしたんじゃなかった。ほかのみんなと同じように、きみはあべこべに考えておったな。シャンデリアはすでに揺れておった。そいつが彼を揺らしたんだ」

この後、ふたつの声がほぼ同時にしゃべった。

「アンディは——！」と、テスの大声。

「ヘアピンは——」と、僕。

フェル博士は顔をしかめた。その声に怒りがにじんでいた。

「そうとも。きみたちは隠された真実に気づいたな。ハンター君はこの屋敷の修繕中、なんのためなのか見当がつかん配線を発見したに違いない。執事の死の罠は隠されたまま、時間の経過によって損なわれてもおらんかったんだ。ハンターはそのペテンがどうやら電気にかかわるものというだけで、なにかわからんかった。彼は土曜日のお茶の直前にその罠にはっと気づいたんじゃなかろうか。わしがシャンデリアの下の椅子に立ってくれと彼に頼んだときだよ。シャンデリアはごくかすかに揺れておった——あのときの彼の表情に気づいたか？　彼はなにも言わんかった。だが、彼はヘアピンを手に入れて——」

「なぜヘアピンを？」僕は訊いた。「どうしてヘアピンなんです？」

「なぜなら、鉄というのは一度電磁石の作用を受けたら、今度はそれ自体も磁気を帯びるからだよ。そこはいいね？　ああした力がかつて使われたとしたら、シャンデリアの上の部分は磁気を帯びたはずだよ。そこでヘアピンを手に入れる。脚立に登る。ヘアピンが鉄の部分に貼りつけば、仮説は高らかに鳴り響く証明終わりの宣言と共に立証されるんだ。不幸なことに、好奇心の強すぎたミスター・ハンターになにかが起こる」

博士の声は重々しくいかめしかった。彼はためらい、頬を膨らませた。

「わしが話すべきはこれだけだ」彼は力強く言った。「エリオット、こいつはきみの事件だからな」

クラークは笑い声をあげた。

こんなふうに彼が絶え間なく忍び笑いを漏らしていることや、疲れを知らず面白がっている態度は、目につくたびに神経をいらだたせた。次第に不安を感じていた僕は、彼は強がってはいないと気づいた。クラークはちっとも警戒していない。僕はひしひしと感じていた。あらたな曲がり角が近づいていること、あらたな悪魔の所業(しょぎょう)が奇襲を仕掛けようとしていること、さらなる大波乱が僕たちの眉間(みけん)をぶん殴ろうとしていると。

この事件は終わっていなかった。

「馬鹿に長いこと黙りこんだままだね、警部」クラークが言った。「自分自身の意見というものはないのかね？　きみから告発することはないのか？　独創性がないとはなんとも嘆かわしい」

エリオットのあごにぐっと力が入った。

彼は言う。「告発すべきことはたくさんありますよ。これだけ追及されても、あなたは自分のやったことではないと否定するんですか？」

「ああ、どうしよう」グウィネス・ローガンが向かい側の静かな場所で息を吐いた。その言葉からするとなにかに気づいたか、ひらめいたかのようだった。彼女は額に両手をあてた。以前、夫が殺害されたときの詳細を思いだそうとした際にしていた仕草だ。クラークはまったく注意を払わない。

「わたしは断じて否定するよ」

「電磁石を使って銃を発砲させ、ミスター・ローガンを殺害したことも否定するんですか?」

「それは肯定も否定もしないよ。その証明はあなたに任せよう。できるものならね」

エリオットはうなずいた。ブリーフケースに手を入れ、四五口径のリボルバーを取りだした。薄闇に黒く邪悪にきらめいている。彼は下襟からこの明かりでは小さすぎて見えないものを外した。けれど、それがなにか見当はつく。彼はそれをリボルバーの銃口に近づけた。短く、かすかにカチャッと音がした。彼が銃身を前にして差しだしたから、磨かれた曲線にヘアピンが貼りついているのがはっきりと見えた。

「証拠かね、警部?」クラークが訊ねる。

エリオットはこれを無視した。「あなたは土曜日の朝にミセス・ローガンの部屋からこの銃を持ちだしたことを否定されるんですか?」

「否定するよ」

「ミスター・ローガンが撃たれたとき、書斎北の窓の外で箱に立っていたことを否定しますか?」

「否定するね」

「ひらいた窓の内側に手を入れたことは?」

今度は沈黙だった。

この決め手となる質問は、そっと忍び寄って獲物をつかんでいた。徐々にクラークの身体を締めつけ、腕、脚、首までも締めつけて砕いていく、積み重ねられた事実という大蛇から逃れるには、彼は奇跡を起こさねばなるまい。僕たちは反応を待った。あまりに静かだったのでサウスエンドに通じる道路を走る車の流れの響くようなエンジン音が聞こえた。

「こうお訊ねしましたよ。ひらいた窓の内側に手を入れたことは？」

「大変、興味深いことになるね、警部。それをあなたが証明できるのならば。どうやってそれを証明するつもりかね？」

「ふたりの目撃者によってですよ」エリオットはくるりと振り返った。「ミセス・ローガン。あれはこの男でしたか？」

「そうよ」と、グウィネス。「そうよ、そうよ、そうよ！」

「そうか、そうか、そうか！」クラークはにっこり笑いながら彼女の口調を真似たが、冷たいものではなかった。「それでもうひとりの目撃者は？」

「ミスター・エンダビーです」

クラークは笑うのをためらいもしなかった。「だが、エンダビーはどこにいるんだね？　わたしを彼と対決させるつもりかね？　わたしが窓の外にいるのを見たと彼は言ったのか？」

「いいえ。彼が言ったのは――」

「ほら、伝聞証拠だ！　だが、たとえ警官でも、そんなもの役に立たないとわかる程度には法律を知っているんじゃないか」

「ミスター・エンダビーにはすぐに来てもらいますので」

「それはどうかな」

テスと僕は顔を見合わせた。沈床庭園は耐えられないほど暑くなっていた。湿気があるにもかかわらず、地面から噴きだすように思える熱気のせいか。いや、これは事件解決を控えた興奮が引き起こした暑さでまちがいない。

「あなたがこの屋敷にこれだけの装飾をほどこされたことも、さらに否定するのですか？　家具の配置なども含めて」

「警部、その厭（いと）わしい罪については有罪だと認めるよ」

「そうですか、それはよかった。では」エリオットは言う。「南側の窓辺にタイプライターテーブルを置かれたのはなぜですか？」クラークが話そうとしたところで、エリオットは鋭く制止する仕草をして話を続けた。「言うまでもなく、南側の窓辺はタイプライターを使おうとする人にとっては最悪の場所です。昼間はずっと日射しがまともに目に入ります。それに幹線道路の往来の音もしますし」

（その夜はサウスエンドに向かう車がたくさん通っていたに違いない）

「ここには大きな北の窓があるのです。理想的な明るさで静かな庭に面しているんですよ。北の窓辺にタイプライターテーブルを置かなかったのはなぜですか？」

「警部、あなたは室内装飾家になるべきだったね」

「事実はこうだったのではありませんか」エリオットはいまにも冷静さを失いそうだった。「南にタイプライターテーブルを置いたのは、そこに腰を下ろした人が暖炉の上にかけた銃と向かいあう格好にするためだったのでは？　ハーバート・ロングウッドの古い銃のコレクションを屋根裏から取りだして壁にかけたのは、それが理由だったんじゃありませんか？　北の窓枠の下に隠された電気スイッチがあったのですよね？　それならば、あなたは窓越しに室内を覗くだけでよかった。ミスター・ローガンの位置を見て、彼がタイプライターを正しい位置に移動させようと苦心して持ちあげたときにスイッチを押せるようにしたんでしょう？」

「それは事実かね？」クラークは興味がありそうに訊ねた。「だが、ほかのものについてはどうだ？」

「ほかのものとは？」

「ほかのふたつ──あるいは、三つ、四つ、ひょっとしたら五つ、六つ、七つ──のスイッチは？　大型床置き時計が動きだしたとき、わたしがあなたと一緒にいたのは覚えているかね？　わたしはスイッチがありそうなところの近くにいたかね？　わたしは手になにも持っていなかったし、触ってもいなかったじゃないか？」

エリオットは堅苦しい顔でほほえんだ。

「手はそうだったかもしれません。でも、足はそうではなかった。たまたま覚えているのですが、あなたは始終、つま先からかかとへと前後に身体を揺らす動きをしていた。大広間で壁を背に立っていたときです」彼は目を細めた。「なかなかのアイデアでしたよ！　床のゆるんだタイルの下にスイッチとは。タイルに体重をかけてスイッチを入れる。足を浮かせてスイッチを切る。そしてまたスイッチを押すと。あなたの姿がはっきり見えているから誰もあなたを疑わない。それでも……

ミスター・クラーク、あなたの計画のただひとつの問題点は、もう追い詰められてしまったことです。誰も磁石に気づかないかぎりは上出来のトリックです。ですが、わたしたちが書斎の炉棚から電磁石を、北の窓枠からスイッチを掘りだしたとたん、あなたはおしまいです。あなたが窓辺にいたことは証明できます。次にわたしたちがスイッチを見つければ――」

テスが片手をあげて静かにするよう頼んだ。

「あれは車が走る音じゃない」彼女は言った。

いまになって思い返すと、なにが起きたのか説明することはむずかしい。いや、あとに続いた多くの出来事のどれから悪夢が始まったのか思いだすのがむずかしいというべきか。ロングウッド・ハウスが燃えていると最初にはっきり意識させられたのは、鈍くて次第に大きくなっていく轟音(ごうおん)と、その陰でフライパンの脂のように広がり走るパチパチという音ではなかった。それに続く爆発音でもなかった。そうではなく、書斎の小窓のひとつで溶けかけていたガラスが割れたとき、踊り子のように軽やかに優雅な曲線を描いて昇っていた、青みがかった黄色の炎だった。それから屋敷全体がガスオーブンのように内側が明るくなったように見えた。

あの鈍重なエリオットが敗北と絶望の怒声をあげた。轟音がますます大きくなっていたが、はっきりとその声は聞こえた。けれどあの大混乱の庭では、動きも声も顔もごちゃごちゃになって、誰が話しているのか言い当てることは不可能だった。

「ぐずぐずしていたなんて、とんだ間抜けだった！」裏手のキッチンから炎が噴きだすと、ある声が言った。「証拠がなくなる。さてはこれが彼のガソリンの使い道だったか」

「伏せろ」ほかの誰かが言った。「伏せろ！　伏せるんだ！　いくらかは密閉された缶に入って——」

爆発は二回だけで、どちらもそれほど激しくはなかった。しかし、僕たちは成人男性の身長ほどの深さのある庭にいて、攻撃から防壁で守られていたのは幸いだった。最初の爆風に合わせてガラスが歌い、僕たちは弾けてきらきらと光るガラスを見て頭を低くした。燃える屋根板という炎の矢が空高く放たれ、背後のタチアオイへと飛び、次の矢は日時計の下に落ちてエリオットが踏み消した。

僕はテスを溺れさせようとするみたいに、彼女の頭を抱えて押さえつけていた。グウィネスが叫んでいたのを覚えている。「みんなの服が」だとか「わたしの毛皮が」だとか、そのようなことだ。炎の轟音は他の音を圧し、空気は煙で油っぽくなって、黄色くて耐えられないほどのまぶしさがチカチカしていた。

エリオットが庭の階段のいちばん上まで駆けあがったが、第二の爆発が起きて引き返した。彼は手振りで、家のなかに誰か取り残されていないかとフェル博士に訊ねた。博士は燃えさかる炎の輝きのせいでいつもより随分と赤く見えない顔で「いいや、幸いなことに」と返した。

そのとき、僕たちはいっせいにクラークの様子を窺おうと考えた。

彼が勝ち誇った態度をしていたと思われるかもしれない。けれど、そうじゃなかった。彼の白いスーツは汚れていた。疲れ切ったようにベンチにもたれている。半病人のようになって恨みの塊（かたまり）のようになっていた。明るい色の目が日焼けした顔にくっきりと目立つ。安物の甘いシャンパンを入れた最後の一杯のグラスがガーデンテーブルに手つかずのまま置かれていた。
「わたしの家が」彼は言う。「わたしの美しい家が」
「あなたはもちろん、こんなことは望んでなかったでしょうね？」エリオットは彼に叫んだ。
「血の巡りが悪い間抜けなお方だな」クラークが嫌みなほど慇懃（いんぎん）な口調で言った。「もちろん
……望んでなかった。わたしはローガンを殺していない」

誰かが咳きこんだ。熱が庭園へと降りてきて身を焦がされるようだった。目蓋（まぶた）がチクチクし、
耳は熱風であおられ、顔全体で熱を感じる。その一方で煙の刺激が鼻に忍びこみ、息苦しくな
った。燃えかすが空高くあがり、漂ったのち、クラークの膝の近くにそっと舞い下りた。彼は
まったく注意を払わなかった。

「わたしはローガンを殺していない」彼はまたそう言った。「彼がわたしに恥をかかせたので
彼の死を望んでいたと言うのなら、それは真実だったかもしれない。だが、わたしは彼を殺し
ていない。どんな危ない真似もしないからな」

さらに続けて――

「わたしが自分の家に火をつけると思うかね？　あなたはわたしがローガンを殺したと証明す
ることはできない――いまとなっては。だが、誰がやったのかわたしが証明することもできな
いんだ」

「ここを離れたほうがいい」エリオットが叫んだ。「もう爆発は起きないはずです。階段をあ

がって逃げましょう。さあ」

「消防車」クラークが突然、ベンチから立ちあがって言った。「あなたはなにをしているんだ？　どうしてそこに突っ立っている？　消防車は呼べないのか？」

エリオットは言った。「もう手遅れです。屋敷はいまにも焼け落ちるでしょう」

階段のいちばん上で、目もくらむ激しい輝きに見舞われた。僕は上着をテスの顔にかけ、庭にぐるりと沿って彼女を走らせた。いまでは家であると見分けをつけることもむずかしい、燃えさかる家からできるだけ離れようとした。エリオットがグウィネス・ローガンの面倒を見て、フェル博士がそれに続き、小走りのクラークがしんがりをつとめた。

僕たちが次に出会ったのはグライムズ警部だった。彼は炎から顔を背(そむ)けながら西の野原を突っ走ってきた。遠くから、幹線道路で車のクラクションが連打される遠吠えのような音がする。グライムズ警部は横格子柵を跳び越えた。葉の模様やグライムズの手の甲の細い体毛に至るまで、この光景の細かな部分をまざまざと見せる火柱の明かりで、警部の顔は僕たちの目の前で飛びまわっているように見えた。

「おーーーい！」彼は喉の奥から振り絞るようにこれだけ叫んだ。「おーい！」

「通報を――」エリオットが言いはじめた。

「通報はしたぞ」グライムズはぜいぜい言いながら、電話をかける仕草をした。「自動車協会(AA)ボックス（かつて数多く存在した非常時使用のための電話ボックス型の小屋）から。少し離れていたところにあってね。全員無事か？」

「ああ」

「じゃあ、また後で話がある。重要な証拠が」

「なんの証拠だ？」

「殺人の」グライムズ警部は大きく呼吸した。「いまは気にしないでいい。また後にしよう」

「なあ」エリオットは言った。「わたしたちになにができると思っているんだ？　ナイアガラの滝でもあの火は消せっこない。家は燃え尽きて証拠も一緒に消えた」

「ミスター・クラーク」グライムズは小声で言った。「彼はどこに？」

「ここにいるよ。すぐ向こうだ。彼がどうした？」

「彼はやってない」グライムズはあっさりと言う。「殺人はやってないという意味だよ」

　至るところで僕たちはなじみのない姿や存在にじゃまされていた。火事に驚いた牛が一頭、どこからともなく疾走してきて去っていった。運転していた男が幹線道路に車を停めて親切にも走ってきて、火事が起きているのはわかっているかと大声で訊ねた。だが、犯人は誰かということ以外の関心や感情はかき消えていた。

「どうして話してもらえなかったんですかな？」グライムズ警部が訊ねた。「ミスター・クラークは自分で言っていたようにビーチには行ってなかった」グライムズはエリオットに向きなおった。「彼はブリトルトンの村道にあるパブにいた。土曜の朝九時四十五分から十一時十分までは少なくとも、〈驚きの牡鹿亭〉外のベンチに腰を下ろすか、店内のカウンターにいたんだよ。彼はアリバイがないと敢えてわたしたちに思わせて海辺で聞き込みさせ、まちがった方向を捜査するようにした。これ以上は望めないくらいの固いアリバイがあるというのに」

「本当なのか？」

グライムズは大声で答えた。

「村の半分が証明しているよ。二、三人がずっと彼と一緒だったんだ。銀行の支店長も含めてね。ちょうど十時にパブの外で彼に目を留めて話しかけた人物だよ。さあこれをどう見る？」

「いやはや！」クラークは低い声でもったいをつけて言う。

彼は上着と顔の汚れをハンカチで拭こうとしていた。普段の彼にもどっていた。

「だが、そんなことはあり得ない」エリオットがぴしゃりと言い、クラークとグライムズを交互に見た。「ふたりの目撃者が十時ちょうどに、この家の北の窓越しに彼が覗いていたのを見たと言っているのに……」

「どうしようもない」グライムズの口調は淡々としていた。「銀行の支店長ミスター・パーキンスを含む四人の目撃者が――きみの二倍だよ――彼は十時に〈驚きの牡鹿亭〉の外に座っていたと言っているんだ。あそこは十時半にしか店を開けないからなあ」

エリオットはくるりと振り返った。

「いかにも本当のことだよ、警部」クラークが先手を打った。

「だったら、どうしてそう言わなかったんです？　ビーチにいたなどという嘘をついたのはなぜです？」

「ざっくばらんに言えばね、警部。あなたと名声あるフェル博士に恥をかかせたくてね」クラークは答えた。

クラークはさっとうつむいて火災のまぶしい光から顔を隠したが、内心面白がって顔がひきつっていることをさらに見せないためでもあった。

「さて」彼はズボンの埃をハンカチで冷静に払ってから話をまた始め、満面の笑みを見せないようにしていた。「チェックメイトと言わせてもらう頃合いだよ。

きみたちの事件は――気づいているかね？――手詰まりだ。このアリバイはわたしが疑いようもなく潔白だということを意味するからな。たとえわたしが電磁石でなにをしたのであっても、どのようにそれを使えたのだとしても、遠方から制御できなかったことはたしかだ。ローガンが撃たれたとき、わたしがプリトルトンで目撃者にかこまれていたときみたちが認めれば――最後には認めるしかないさ――わたしをこの殺人と結びつけることはとても無理だ。電磁石についてのお利口な実演がそれを確定させるからね。自分で自分の首を絞めたな、友よ。では訊ねてもいいかな、こうなると愚かなのはどなたかな？」

騒々しくカンカンと鳴る鐘の音が幹線道路をものすごいスピードで近づいてきて、炎の轟音や爆ぜる音を凌ぐと、クラークはびくりと身を固くした。顔と首を拭き終えるとハンカチをしまいこんだ。白髪まじりの髪を両手でなでつける。

彼は言った。「あれは消防車だろうね。失礼するよ」

若干具合が悪そうなエリオットは彼を引き留めようとした。

「だったら、茶色のスーツの男は誰だったんです？」彼は訊ねた。「十時に窓越しに覗いていたのは誰だと？」

「申し訳ないがね」クラークは謝った。「何者かがわたしの家を焼いてくれたもので、わたしには教えてやれないね。さて、繰り返すが、失礼するよ。消防車のところへ行く」

彼は腕を振り払って上着の袖を正し、さらに数歩進んだ。だが、ふたたび足をとめた。フェル博士に出くわしたからだ。

僕たちの誰ひとりとして、炎を背にシルエットとなって立っていたふたりを忘れることはできないだろう。細かな灰がはらはらと降っていた。真っ赤なものもあれば、薄い灰色のものもあった。ひとりは小柄で小粋なクラーク。かたや、でっぷりとして目方のある赤ら顔と眼鏡のフェル博士。短く言葉をかわす様子は奇妙にも十八世紀のような趣があり、背景では消防車の鐘がカンカンと鳴っていた。けれど、クラークはあのよく知られた行儀のよさを忘れてしまい、博士の鼻先であの嫌みな笑い声をあげた。

「博士」彼は言った。「自分の負けを認めなさい」

「どうやら」フェル博士は答えた。「そうするしかなさそうだ」

「それも完敗だ」

「どうもそのようで」

「しかも大恥をかかされて」

「これもそのようだ。だがな、ミスター・クラーク。近い将来、あんたとわしはこの件でまた話をすることになりそうだよ」

「わたしはそうは思わないね」クラークは取り澄まして言う。「何度でも指摘してさしあげるが、わたしはどんな危ない真似もしない」

20

「もちろん」フェル博士が慎重に言った。「きみたちはすべての裏にいたのは誰か気づいただろうね?」

テスも僕も、真相を聞いたその日のことは容易に思いだせる。

あれは一九三九年九月の最初の週だった。テスと僕は結婚して二年以上が経っていた。僕は前述の事件についての物語を綴(つづ)り終えたが、完成にはほど遠いまま抽斗(ひきだし)に入れていた。ガルガンチュア並みの巨体の博士は僕たちの家へお茶に立ち寄っていた（とても近くに住んでいるから彼は頻繁に顔を見せていた）。揃ってハムステッドの我が家の庭に腰を下ろしていた。ここはとても狭いが、僕たちふたりともとても気に入っている。澄んで晴れた日、夜が近づく時間帯。庭からは空に浮かぶ阻塞(そさい)気球（敵機の低空攻撃を阻止するためのもの）の銀色の形をかろうじて見ることができた。けれど、ほかに世界が動いていることを思いださせるものはなかった。

博士は籐(とう)の椅子でくつろぎ、黒いパイプをふかしていた。ポケットには夕刊。彼は頭上の澄んだ空(クリア・スカイ)のように出し抜け(クリア・スカイ)にそう言ったのだ。

「じつを言えば」彼は長々と轟くように鼻から息を吐いて話を続けた。「この件を話したがらなかったのには、立派な理由があるんだ。ともあれ、さっきの質問は形ばかりのものだった。なぜならきみたちは誰が死の罠を仕掛けたのか知らんからな。グウィネス・ローガンの部屋からリボルバーを盗んで、暖炉の上の壁にかけたのが誰かも知らん。きみたちはベントリー・ローガンをなんとしてでも殺したがっていたのは誰か気づいておらんのだよ」

「誰なの?」テスが訊ねた。

「当然ながら」フェル博士は言った。「きみたちの友人のアンディ・ハンターさ」

これを聞いた瞬間、テスは取り組んでいたクロスワード・パズルも鉛筆も一緒くたに落としてしまった。僕も煙草に火をつけようとしていたマッチを落としてしまった。だが、どちらも口をひらこうとはせず、ほどなくして博士は話を続けた。

「いいかね、若い友人たちよ。わしは電磁石を制御するボタンが書斎そのもののなかにあるとは、一瞬たりとも信じておらんかったよ。窓枠の下にも、ほかのどこにもな。ハーバート・ハリスン・ロングウッドにとってそれでは安直すぎる。

エリオットが忘れておったらしいのは——そしてわしは彼にあえて念を押さんかった——ロングウッド家の最後のひとりは屋敷の改装を書斎、大広間、正餐室だけに留めんかったということさ。とんでもない! 彼は念入りに棟をひとつ増築した。いびつに突きでた部分、屋敷のまっすぐな線の美観をぶち壊しにして、東側にビリヤード室を足したんだ。ビリヤード室の窓からは、向かいの書斎の近いほうの窓のなかがよく見えたというのは興味深い事実だな」

彼は僕に視線を向けた。

「さらに面白いのは、きみとアンディ・ハンターがビリヤード室に立って外を見ていたとき、ローガンが撃たれたことだよ。そして、なによりも興味を引かれるのは、ローガンがタイプライターを持ちあげてリボルバーの銃口がまっすぐ額に向く姿勢になるのを、きみたちはふたりともはっきりと見たことだ。

断言できるのは、ローガンを撃った人物はローガンを見ることのできた人物のはずだということさ。さらに、誰よりも殺人犯でありそうな人物は情熱的で理想主義の若者、四カ月のあいだグウィネス・ローガンにどうしようもなく恋をしておった者で――」

僕は博士を黙らせた。

「ちょっといいですか、博士！　待ってください！　グウィネスとアンディがあの週末より前からの知り合いだったと言ってるんですか？」

「もちろんだよ。きみは手記でそこをじゅうぶん明確にしておるじゃないか、自分がなにを書いておるのか気づいていないと見えるがな。おそらく、ふたりは初対面だとされたときのことを五分も経たずに忘れておったな。アンディ・ハンターがいかめしい態度でミセス・ローガンにシェリー・アンド・ビターズを手渡しただろう。彼女がなにを飲みたいのか訊ねもせずにな？」

テスと僕は顔を見合わせた。

「彼がひとりひとりになにを飲みたいのか訊ねたことを、きみは丁寧に記録しておる。きみたちが揃ってロングウッド・ハウスに到着した直後のことだ。だが、彼はなにも言わず、反射的に彼女にはシェリー・アンド・ビターズを手渡した。ふたりとも少々動揺しておったんだな、それも理解はできるよ。

興味深いことに、まったく同じことが逆向きに起こった。土曜日のお茶のときだよ。わしはこの目で見た。ひとりひとりに砂糖はいくつか訊ねた後、彼女はなにも質問せずに三つの角砂糖——いいかね、三つもだぞ——を彼のカップに入れて手渡した。彼女は彼が砂糖をいくつ入れるか知っておったのさ。結局のところ、ふたりはヴィクトリア・アンド・アルバート博物館のレストランで何度も会っておったわけだからな」

「でも、クラークは——」テスが切りだした。彼女はためらい、疑念を振り払おうとするように首を振り、そして黙りこんだ。

「最初にあげた例については」フェル博士が話を続けた。「メイドのソーニャからも聞いたんだよ——サウスエンドの喫煙室でミセス・ローガンと話したとき、その件を持ちだしたのを覚えておるかね？——とても目ざとい娘だね、ソーニャは。第二の例については、君が手記でしっかりと指摘しておる。誰にとっても土曜の午後があの屋敷で紅茶を飲む初めての機会だったと。だから、彼があれだけの砂糖を求めると彼女に知るチャンスはなかったんだ。

しかしながら、そうしたものは表面的な具体例だよ。あのふたりの言葉、思考、振る舞い、雰囲気までも振り返ってみれば、恋愛の要素——少なくとも彼のほうには——がまぶしく強烈に燃えておる。普段とは人が違ったように語り、〝精神的な〟ことを認めようとしないときみを非難した場面を思いだしてごらん。グウィネス・ローガンに首ったけの本音が漏れておったのさ。それから、興奮にカッとなって彼女が彼にグラスを投げたことも考えてごらん。彼女がほかの誰にも見せなかった気ままな振る舞いだ。それに、シャンデリアが落ちて彼が怪我をしたとき、病院まで彼に付き添ったのはグウィネス・ローガンだったことも。とはいえ、どうもフェル博士は言いたした。「きみたちに真相を聞かせたほうがよさそうだな?」

テスがうつろな声で言った。

彼女は賛成した。「そのほうがよさそうです」

フェル博士にとって悪意ある表情になるのはむずかしいことだったが、このときはやってのけた。

「クラークはもちろん、邪悪な天才だったよ。クラークはローガンを死なせる策略を巡らそうという意志を持ってイギリスに帰国したんだ。あの屋敷に隠された死の罠があることは全部知っておった。ただし、ハーバート・ロングウッドはもともとあれを死の罠として設置したんじゃなかったがな。想像はつくだろうが、あのアイデアはリボルバーが壁からジャンプして空砲を撃つことで、来客をびっくりさせるだけのものだったんだ。タイプライターとタイプライターテーブルをまずい場所に置かなければ、誰も危ない目にあわんかったはずだ。クラークはローガンを死なせる策略を巡らせたかった。だが、彼は断固として、みずからローガンを殺そうとはせんかった。あり得ないことだ。彼はどんな危ない真似もしないんだ。

この頃、アンディ・ハンターとグウィネス・ローガンはすでに出会っておって——」

「ちょっといいですか」僕は口をはさんだ。「お話に疑問を抱いているんじゃありませんが、どうやってそんなことを知ったんですか？」

フェル博士は鼻の横を擦った。

「ハンター君本人からだよ」彼は弁解じみた説明をした。「シャンデリアが落下した後、命を取り留めて意識を取りもどしたが、彼は——覚えておるだろう？——何カ月というもの、精神的にまいってすっかり懲りた男になっておった。幸運なことに、それがグウィネス・ローガンに対するのぼせを治療してくれた。だが、殺人を犯したときの彼は逆上しておったんだ。察しはつくだろうが、ふたりの関係は正確に言えばプラトニックなものに留まっておらんかった。だが、彼女はできるだけ〝精神的〟なものにしようとしたから、彼はますますまずい精神状態に陥ったんだ。あのとき、彼はどう見てもそういう状態だったのがわからんかったかね？　彼女が金曜の夜に自分の夫の願いを許した——こんなふうに表現しておこうか？——と知って、彼が一日じゅうどんな行動を取っていたか気づかんかったかね？」

「気づいてました」テスは打ち明けた。「でも、わたしはてっきり……いえ、いいの。話を続けてください」

「さて、わしは魅力あふれるグウィネス・ローガンの人格をけなすようなことを言いたくはないよ」フェル博士は話を続ける。「彼女が近頃ではリヴィエラで陽気な後家さんとして注目の的だということも知っておる。だが、彼女をちょっとでも観察すれば、自分を演じないと気がすまん女だと見てとれることだろう。ハンターとのちょっとした情事は情感たっぷりの演技をするはけ口だった。ローガンはサディストの人でなしで、彼女にどんな女でも耐えられんような人生を送らせておるとハンターにすっかり信じこませた――ところで、ハンターは後にうかつにも二回、きみにこの話を漏らしたな。彼の前での演技はすばらしかったんだよ。彼の話では殺人の話も出たという。彼はローガンから彼女を救うと誓った。だが、彼女はそのようなことは望んでおらんかった。ローガンは彼女に楽な暮らしをさせてくれるまずまず安定した男だったからな。殺人の話など芝居の続きで夢でしかなかった。刺激的な夢さ。だが、彼女は本気じゃなかったというのに――なんと、アンディ・ハンターは本気にした！

そして、恋愛ごっこのこの段階でクラークが登場する。

大の博物館好きはヴィクトリア・アンド・アルバート博物館に二度、三度と足を運ぶ。そのたびに彼はこの恋人たちを目にする。ひとりは――グウィネスのことだ――すでに知っている人物だ。彼は観察する。狂おしい恋心でどのような誓いが立てられたかまで知る。かくして彼は天啓を受けたんだ。

アンディ・ハンターがローガンを殺害すれば……つまりは策略を巡らし、ハンターがローガンを殺害する機会を得るようにしつつも、その機会をクラークがあたえたと疑われなければ……

いける！

なぜなら（a）ロングウッド・ハウスは売りに出ているらしい。（b）ハンターは建築家である。（c）さりげなく人に質問したところ、ハンターはロバート・モリスンという人物の友人だとわかり、クラークはすでに彼とは懇意にしていた。以上のことからだ。

ああ、そうなんだよ。彼はきみからアンディ・ハンターを彼に紹介するよう仕向けた。ハウス・パーティの客人として、きみからハンターを推薦するよう仕向けさえした。彼が推薦されることは明々白々だと承知しておったんだ。傑出した紳士だよ、ミスター・クラークは。つねに人を丸めこみ、操り、巧みに駒を動かし、なんにつけても彼が責任を負うことがないようにする。知っての通り、彼はどんな危ない真似もしないのだよ。

さあ、何が起きたのか話そう。

三月の最後の週の頭、ロングウッド・ハウスの鍵束と不動産業者の下見許可証を手に入れたのち、クラークはアンディ・ハンターを訪ねた。仕事という名目でな。あの地方に足を運んで屋敷を念入りに調べるようハンターに依頼した。屋根裏に興味深い古い品や書類があると聞いているともつけ足した。そして一本の鍵を手渡した。ある箱の鍵で、不動産業者から預かったのではないものだ。

ハンターは屋敷を訪れた。誰しも抱く好奇心から、古い書類が詰まったこの箱を開けたんだ。すると目にしたのはよく考えられた内容のちょっとした図面だった。書斎の電磁石の仕掛けを示す図面で、タイプライターテーブルとタイプライターを適切な位置に置けば死の罠になりうるものだったんだよ」

テスが口をはさんだ。

「待って！」彼女は大声をあげた。「あのロングウッド家の人――これだけの災いのもとになった人は図面を引くのが上手って話でしたよね。その図面をあの家に残していたってことですか？」

フェル博士は忍び笑いを漏らした。いつもの彼らしいものではなく、すぐにその笑い声はやんだ。

「まさか。図面引きが趣味だったクラークがその知識を利用しただけさ。それはクラークの引いた図面だったんだ。筆跡からばれんように活字体で書いてな。古い紙に鉛筆で書かれたものだ。埃もかぶっておった。クラークは屋敷の仕掛けにタイプライターテーブルの殺人というみずからのささやかなひねりを書きたしたわけだよ。

それからの数日がなにより重要な時期だった。ハンターが彼の元にもどってきて、『なんということですかね、これを見てください！　炉棚に電磁石が仕込んであります。人殺しの装置ですよ！　これをどう思いますか？』と言うかどうかが問題だ。なぜなら、ハンターが人を殺そうなどと思わなければ、そのように言うだろうからな。家に備えつけのものとしては異常すぎるから、普通の誠実な建築家ならばきっとその件について言及するさ。だが、アンディ・ハンターはなにも言わなかった。

クラークはほくほく顔だったに違いない――『この家はさほど傷んでおらず安心できる買い物だと勧められるんだね、ミスター・ハンター？』『ええ、絶対に』『よろしい！　大満足だ。転居したら、ささやかな引っ越し祝いのパーティをひらくから参加してくれるね？　招くのはほんの数名だよ。わたしのよき友人たち、ローガン夫妻を含めて』となったんだから。

そして哀れな若い男の頭と目に血が昇った。本人の話では、気持ちを落ち着かせるために椅子の背もたれに身体を押しつけんとならなかったそうだよ。

もしも彼が電磁石について報告しておれば、それで話は終わっただろう。クラークは屋敷を購入するのはあっさり見送って、別の計画を立てようとしただろうな。わしたちにはわかっている通り、彼はどんな危ない真似もしない。

ついでながら、アンディ・ハンターがあの屋敷にある電磁石はひとつと思いこんでおったことは言っておこうか。彼はまったく疑っておらんかったが、それも土曜の午後までの話だ。わしに頼まれ、椅子に立ってシャンデリアの下で手を伸ばし、ひらいたドアからの隙間風――ただそれだけでだ――でシャンデリアが動いたときだよ。あのとき、彼は突然、執事を殺したものがなにか悟ったそうだ。その直後、大型床置き時計が大広間で不可解にも時を刻みはじめ――エリオットが話したようにクラークが少しの動作で仕掛けをいじったんだ――アンディ・ハンターは自分が知らないうさんくさいことが裏にあると絶対の確信を持った。彼はヘアピンと脚立を準備し、真夜中に脚立に登り、シャンデリアの鉄が磁気を帯びているかたしかめようとした。彼は電磁石を制御するスイッチは見つけなかったし、探してもおらんかった。だから、いまでもどこにあったのかわからんままだ。彼は単純にシャンデリアをぐいと押してみたんだよ。するとギーと音を響かせて信じられないほど軽々と揺れはじめたそうだ。シャンデリアが波のように彼の元へもどってくると、彼はよろめき、ぐらつく脚立の上でバランスを崩し、支えになるものをつかんだ――

そういうことだ。また悲劇が起こるところだった。

だが、わしはこの物語のおしまいの部分を話してしまったな。遡(さかのぼ)ろうか。

四月のあいだ、屋敷はパーティのために改装をしておって、クラークはヴィクトリア・アンド・アルバート博物館で絶えず恋人たちをじっくり観察した。一度などはミセス・ローガンがハンターと別れた直後にわざと出くわした。それからもう一度、偶然をよそおってあの博物館で彼女に出会った。ほかの場所でも彼女に会うようになった。表向きにはちょっと気があるふうに見せかけておったが、実際は彼女の反応を監視しておったんだ」

テスが訊いた。「だから、彼女はあそこで会っていたのはクラークだって認めたんですか?」

「そうだよ。そうするのが安全だと彼女が思ったことはわかるだろう。そうやって会ってはいたがクラークとのあいだには本当になにもなかった。だが、彼女の言葉を借りれば、暴れ馬でも彼女にハンターの名前を言わせられなかった。こちらの情事は他愛ないものじゃなかったからだよ。あの博物館にほど近い小さなホテルがあり、もしも宿帳を調べられたら――グウィネス・ローガンはとてもたしなみのある若いご婦人だ。夫が亡くなっていても、彼女はやはりたしなみがあったんだ。

　恋人たちに目を光らせる一方、クラークは屋敷に家具を入れた。『ミスター・ハンター、書斎にタイプライターを置きたいんだが。そう、それにタイプライターテーブルも。さあ、どれどれ。どこに置いたらいいかね? 北の壁、それとも南の壁かな?』とね。それであの恥じ入った若い身代わり(スケープゴート)の罪かぶりはベントリー・ローガンへの憎しみに燃えつつも、気のいい雇い主を利用しておるものだから、身もだえする思いになりながらこう答える。『南の壁ですね。あそこです。テーブルの上に照明を取りつけさせますよ』と。クラークは考える。『そうだな、ミスター・ハンター。きみがそう勧めるなら！』また他人になすりつけているわけさ。知っての通り、彼はどんな危ない真似もしない。

こうして幽霊パーティに人が揃い、土曜日に殺人が起こる。きみたち自身の記憶があとのことは補ってくれるだろう」

「いや、無理ですね」僕は言った。「何度も訊きましたが、茶色のスーツの男は誰だったんですか？　何者かが窓の外に立ってましたよね。あれは誰だったんです？」

「ジュリアン・エンダビーだよ」フェル博士がこともなげに答える。

「ジ、ジ、ジュリアン？」

「ふむ、そうとも。ハハハッ！　きみたちは、なんだその、最近では彼にあまり会っておらんようだな？」

テスが笑い声をあげた。「全然会ってません。彼はとても有名なお嬢さんと結婚したの。わたし、あの人たちとはどうもそりが合わなくて。彼は元気にしてるっていう話です」

フェル博士はフーッと息を吐いた。山賊風の口ひげの端を垂らし、下くちびるを突きだしている。

「今頃、元気とは言えんかったろうな」博士は荒っぽく吐きすてた。「真夜中に寝室できみたちに話したことを警察に打ち明けておったら。彼はきみたちにはがんばって話せたが、いよいよというときになって、警察に話す勇気が出なかったんだ。話せなかったんだよ、話してくれたら法律関係のいい仕事をたっぷり任せるといくらクラークが約束しても……」

「まさか、またクラークが?!」

「ほかに誰が手をまわすと思うね？　この点はややこしいが、ついてきておるかね？

ジュリアン・エンダビーは初めての庭を歩いておって、半開きの窓から興味深いことを話しておる、知らない女の声を耳にしたんだ。彼は興奮して下世話な興味を抱く。木箱に目を留める。庭師が悪気もたいした目的もなくそこに放置しておったものだ。彼は箱を窓に引き寄せ、乗って、覗く……」

「じゃあ、結局彼は殺人を見たんですか？」

「見た。わしたちが彼に認めさせた通りさ。盗み聞きしていた人物として検死審問に出頭したくないと思っていた彼にな。最初は否定しておったが」

「でも、その後は？　次に持ちだしてきた話は？」

「クラークが考えたものだよ。クラークはまだ考えつづける。そして次なる計画を思いつく。絶対の自信を持って、その夜にエンダビーへさも心配しているように話しかけるんだ――『ねえ、きみはまずい立場にあるようだね。同業のご友人たちはそいつが気に入らないだろうね』『それは自覚しています』『だったらここだけの話、そもそもどうしてなかを見たと認める？どうしてほかの誰かがそこにいるのを見たと言ってはだめなんだね？』『ミスター・クラーク、侮辱なさるんですか。それは嘘になります。それに、そんなことを言っても結局ますますわたしの立場は悪くなるばかりでしょう』『とんでもない、きみがそこに誰かがいるのを見たと言えば、その人物は否定しないよ……それはつまり、わたしのことだ』と。

　そうやって彼をそそのかしたんだ。『わたしを、あるいはわたしに似た者を見たと言うんだ』とな。そうすれば、とてもおいしい仕事が裕福なミスター・クラークからエネルギッシュなミスター・エンダビーにもたらされると」

　またしても僕は口をはさまさせてもらった。

「でも、あのクラークが。そんなことをジュリアンに言わせたかったのはどうしてなんです？」

　フェル博士は嵐のようなため息をついた。

「残念ながらな、きみ。わしは、我らが友クラークがエリオット警部ときみたちの卑しい下僕たるふたりを、会った瞬間から激しく嫌ったのではないかと気にやんでおるんだよ。しまいには、彼はわしたちに罠をかけようとしたしな。実際、わしたちに罠をかけた。かかったのはエリオットだったが。

　クラークにはすでにアリバイがあった。彼がパブから帰ってきた折、望み通りにローガンが殺害されたと知ったときの表情を覚えておるかね？　彼はいつでも好きなとき、わしたちからの告発を空高く吹き飛ばすことができたわけさ。

　彼はわしたちに告発されたかった。彼が窓辺にいた男だとわしたちに思わせ、もしわしたちが窓枠下の銃を動かす電磁石のスイッチを見つけたら、押したのは彼だと確信させたかったんだ。それで、わしたちが彼を告発すれば、わしたちをいくらでも馬鹿にしてこきおろすことができる。わしたちを間抜け扱いし、虚栄心を満たしたことだろう。商売の取引で恥をかかされたというだけの理由でローガンを死なせる策略を巡らしたほどの虚栄心をな。彼はアリバイというトランプの切り札を持ちだして、以上の計画を成し遂げるつもりだったんだ。

それゆえに彼はジュリアン・エンダビーにこういう申し入れをした。ところで、エンダビーが本気でこの大嘘を警察に話すつもりだったかどうかは疑わしいな。彼は慎重な男だし、うさんくさいことがあると嗅ぎつけておったはずだよ。君の手記にある、試しにこの話をきみたちにしてみたときの態度の描写から、あきらかに彼はきみ以上にクラークを信用しておらんかったように思える。だが、クラークはうまくいくよう願っていたんだ。

クラークはもっと仕掛けるつもりだった。わしたち――エリオットとわしのことだ――が電磁石のからくりに気づいたときでも、クラークは自分自身の無実を証明するだけでは満足するつもりなどなかった。事件をみずから解決し、わしたちをさらに笑いものにするつもりだったんだ。ハンターが犯人であるという事件のあらましを説明し、電磁石の配線をハンターが立っていた窓辺までたどってな。彼はかならずや、あの若者を絞首台に送っただろう。こんなことは断じて」

「阻止しなきゃならんとわしは決意したんだ。わしはすでに、クラークがいわば道具係で、ハンターが実行犯だと結論を出しておった。電磁石が使われたことはわかっておった。ついでながら、壁にかけられたピストルのいくつかが〝かき乱され〟、きれいに並んだ列から外れてでこぼこになっておったというのに、指紋がひとつもなかった理由をいまなら理解できるね。想像力のたくましすぎるソーニャがほのめかし、きみまでが想像したことだが、どれひとつとして場所が入れ替わってはおらんかった。電磁石が四五口径のリボルバー同様にそうした銃にも作用して引っ張られたんだ。でこぼこの位置だったのは、重量と電磁石からの距離に比例したんだよ。

とはいえ、わしはどうすればクラークを出し抜けただろう？

あの男はほぼ難攻不落の立場にいた。彼を断罪するようなことにはなにも手を下しておらん。自分が告発されたらすぐ、ハンターを告発することでしっぺ返しをしただろう。それにもっとまずいことがあってな。わしは敢えてエリオットに真相を話しておらんかった。エリオットは知性も人情もある立派な男だが、警官でもあるからな。彼の任務はハンターを逮捕することだったに違いなく、現に彼はそうしたはずだ。そんな事態になったらひどいことになるよ、なにしろ実際の真相は……」

ここでフェル博士は咳払いをしてためらい、続きは言わないままだった。

「袋小路から抜けだす方法はひとつだけに思えた。本人が言ったように、あれで彼の狙いは頓挫した。クラークがどれほど取り乱し、がっくりきておったか見ただろう。わしたちは彼が犯人だと証明することはできんかったが、彼もほかの誰かがやったのだと証明することができんかった。電磁石のスイッチは実際はビリヤード室にあり、蝶番（ちょうつがい）のある板の下に見えんように隠されており、ハンターはそこを踏みつけさえすればよかったんだと確信がいったそのとき、袋小路から抜けだす方法はひとつだけだとわしは気づいたんだよ。それで……コッホン！……それでわしはあの屋敷に火をつけた」

その瞬間、庭が僕たちの顔面へと思い切り傾いたとしても、頭と胃がこれほどぐらぐらすることはなかっただろう。テスは金切り声のようなものをあげた。

「あなたが火をつけた――」

「シーッ！」フェル博士は静かにするようにうながし、後ろめたそうに月桂樹の陰に警官が潜んでいないかとばかりにあたりを見まわした。「頼むから、真実を叫ばんでくれ。放火は重罪だからな。もっとも、クラークの家財道具をいくら台無しにしても、ひどく良心の呵責を覚えるなんてことはないがね。

わしは屋敷に誰も人がおらんことを確認すると、長い導火線に火をつけてから、沈床庭園のきみたちに合流したんだ。ずば抜けて演技がうまいわけじゃないから、表情豊かなこの顔からばれやしないかとひやひやしたよ。それに爆発するたびにとても不安な気持ちになってな。だが、方法はこのひとつだけだったと請けあうよ。それにな、あの事件でハンターを逮捕させたくなかった理由がほかにもあったんだ」

「どんな理由ですか？」

「ハンターはじつのところ犯人じゃないということさ」

話がますます厄介なことになっていく。

「でも、博士は言いましたよね――」

「いいや」フェル博士はきっぱりと切り返した。「わしは、彼がローガンを殺したかったと言ったんだ。あの朝、グウィネスの部屋からピストルを盗んだとも言った。もちろん、ローガンがなにかしでかすかもしれんという警告として、彼女がハンターに銃の話をしたんだよ。そしてハンターはそれを壁にかけた。わしは、彼が罠を仕掛けて銃がジャンプするようにしたとも言った。もちろん、これはすべて真実だ。だが、彼が殺したとは言っておらんよ」

「だったら、誰が殺したんですか?」

フェル博士はぎこちなく首を巡らした。パイプの火皿からまた灰の層を吹き飛ばした。眼鏡の奥でおかしなきらめきを浮かべる小さな目は僕にじっと向けられていた。

「じつを言うと」彼は言った。「きみがやった」

間が空く。

「びっくりさせただろうね」目の前をぐるぐるまわっていた黒い点みたいなものがとまり、僕の息が肺にもどってくると、博士はまた話しはじめた。「だが、誤解せんでくれ。こいつはロジャー・アクロイドの再現じゃないんだ。きみが殺人を計画し、実行し、手記で事実を隠した悪党だと告発しているんじゃない。だが、なあ、きみは本当にローガンを撃ったんだよ。

アンディ・ハンターは殺人犯になれるタイプの男ではない。彼にはやれるはずもなかったし、いよいよというときになって自分には無理だと悟ったんだ。彼は罠を仕掛け、準備をして、窓辺に立った――そして自分にはそんな度胸がないと気づいた。

覚えておらんかね、銃が発砲されたとき、彼はローガンを見てもおらんかっただろう? 彼は殺人を諦めようともう決心しておった。きみにすべてを打ち明けるつもりだった。彼は窓に背を向けてパイプに煙草を詰めはじめると、切りだした。『この幽霊屋敷について』——だが、それ以上は話さなかった。きみは自分で書いている通り、彼に詰め寄った。きみは仕掛けの隠された板を踏みつけ、電流が流れた。リボルバーがジャンプしてローガンを撃ち殺した。その後は、きみが後に話しておったように、アンディ・ハンターはやや青ざめて、それ以上は話すことを拒んだ。アテネの執行官よ‼　疑いをはさむ余地はないだろう？」

鳥たちが庭の隅にひらりと下りてきた。数分ほどしてから、僕はいまのがどういう意味なのか完全に呑みこむことができた。

「つまり」胃がだいぶむかつくと思いながら僕は言った。「僕は二年以上も前に人を殺しておきながら、なにも知らなかったということですか？」

フェル博士は忍び笑いを漏らす。

「手を下したという意味ではそうだが」彼はそう答えた。「ローガンの死はハンター自身が死にかけたのと同じように、悲劇的な事故の結果だよ。それこそが真実だ。この件できみが心配することはないさ。たとえ本当の事実があきらかになったところで、きみを告発できるような罪などないからな。

だが、本当の事実はもうあきらかになることはなかろう。生き延びて順調にやっておるアンディ・ハンターはこのことを口に出しそうにない。グウィネス・ローガンが話すこともない。彼女はこのことを知らんからね。彼女はハンターを疑ってさえいなかったと気づいておったかね？　彼女のなかでは彼は〝気のいいぼうや〟で、彼が暴力的な犯罪などにかかわることは不可能なんだ。実際、彼女は正しかった。彼女は当時もそしていまも、犯人はクラークだと信じておる。

話せたかもしれん人間はひとりだけだった。クラークその人だよ。物的証拠がないから、ハンターを告発しようとはせんかった。知っての通り、彼はどんな危ない真似もしない。証拠は特大のかがり火で燃えたから、彼は賢明にもだんまりを決めこんだ。とは言うものの、今週までは、なにかがあって彼が真実を漏らす可能性がつきまとっておったんだ……」

「なぜ、いまはもう心配はいらないと?」

フェル博士は顔をしかめた。

「クラークの予言は的中したんだよ。覚えておるかね、彼はいつも話していたな。戦争が起きると。彼は誰にも増して戦争を憎み、そしておそれておった。空襲があった場合に備え、イギリスに留まるのは賢明ではないと判断したんだ」

じつにゆっくりとフェル博士はポケットから折りたたんだ新聞を取りだした。それを一瞬掲げてから、芝生に放った。見出しが見えた。

大西洋横断定期船アセニア号――全犠牲者リスト

フェル博士はぜいぜいと息をしながら、橦木杖（しゅもくづえ）を突いて立ちあがった。シャベル帽をかぶった。肩にまとったボックス襞（ひだ）のマントを整えた。そして薄紅色の九月の空にくっきりと、ぽつんと浮かぶ銀色の阻塞気球を見あげた。
フェル博士は言った。「知っての通り、彼はどんな危ない真似もしなかった」

解説

古山裕樹

本書『幽霊屋敷』は、ジョン・ディクスン・カーの一九四〇年の作品 *The Man Who Could Not Shudder* の新訳である。創元推理文庫から小林完太郎による旧訳が刊行されたのは一九五九年(なお、ハヤカワ・ポケット・ミステリからも同年に村崎敏郎訳で『震えない男』の題名で刊行された)。三角和代訳の本書は、およそ六十年ぶりの新訳となる。探偵役を務めるのは、カー作品ではおなじみのギディオン・フェル博士だ。彼が登場するシリーズとしては十二作目にあたる。なお、フェル博士のシリーズ作品一覧は当文庫『曲がった蝶番(ちょうつがい)』の福井健太による解説を参照していただきたい。

本書はカーの代表作とされるような作品ではないが、複雑でありながらもシンプルな原理に基づくトリックのインパクトはなかなか強烈だ。しかも、カーはそのインパクトだけに頼ることはしない。終盤には強烈などんでん返しを連発して、読者を翻弄(ほんろう)するのだ。

では、本書はどういう作品なのだろうか？

物語はあるクラブでの会話から始まる。イングランドの東部に建つロングウッド・ハウスには、幽霊が出るという噂があった。しかも、十七年前には老執事が奇妙な状況で死んだという。この屋敷を購入したマーティン・クラークは、幽霊パーティを開くことにした。屋敷に知人たちを招待して、何が起きるか確かめようというのだ。かくして六人の男女が招かれる。語り手のボブ・モリスンに、その婚約者のテス・フレイザー。クラークの友人アーチボルド・ベントリー・ローガンとその妻グウィネス。クラークが屋敷を購入する前に下見を依頼した建築家のアンディ・ハンター。そして、テスの知人である事務弁護士ジュリアン・エンダビーだ。

そしてパーティの日がやってくる。テスは屋敷に着いて早々、何かに足首をつかまれたと訴える。夜には奇妙な物音がして、ボブたちは書斎を調べる。そして、翌朝に悲劇が起きた。銃声が鳴り響き、ボブは書斎にいたローガンが倒れるのを窓の外から目撃した。書斎に居合わせたグウィネスは信じがたいことを口にする――銃が壁からジャンプして夫を撃った、と。かくして、幽霊による不可能犯罪という状況ができあがる。やがて、電報によって呼び出されたエリオット警部がギディオン・フェル博士を伴って、ロングウッド・ハウスに到着する……。

幽霊が出ると噂され、過去に不審な死亡事故が起きたというロングウッド・ハウスは、カーが好んで描く種類の舞台である。ダグラス・G・グリーンによる評伝『ジョン・ディクスン・カー〈奇蹟を解く男〉』(国書刊行会) では、ロングウッド・ハウスのモデルは、作家J・B・プリーストリーの別荘ビリンガム館だとしている。幽霊が出るという噂のあるこの館に招待されたカーはそこで一晩を過ごし、何も起きなかったのでがっかりしたという。

ところで、本書が発表された一九四〇年という時期は、カーの作品にとってどんな意味を持っているのだろうか?

前年の一九三九年九月にドイツがポーランドに侵攻して第二次世界大戦が始まった、戦争の時代。カーの作品にも戦争の影響が描かれるようになる。本書と同じ一九四〇年に発表された『九人と死で十人だ』や『かくして殺人へ』は、戦時下を舞台とした物語である。

一方、本書の事件は戦争前、一九三七年のできごととして描かれている。とはいえ、登場人物のひとりであるクラークがいずれ戦争が起きると予想していることをはじめ、内容が戦争と決して無縁ではないことは、すでに本書を読まれた方ならお分かりだろう。戦争という大きなできごとをストーリーに絡めてみせる手際は、同じく戦争中の一九四三年に発表された『貴婦人として死す』にも通じるものがある。

また、一九四〇年はカーの作風が転機を迎えた時期でもある。

日本でカーを論じる際にしばしば言及される松田道弘の「新カー問答」(当文庫『カー短編全集6 ヴァンパイアの塔』に収録)では、その作品を年代に応じて大きく四つに分けている。第一期はパリ警視庁のアンリ・バンコランが活躍する初期作品。第二期は、技巧を凝らしたトリックを駆使して複雑な謎解きを展開する一九三〇年代の作品。第三期は、トリックひとつを核に、よりシンプルなストーリーを組み立てた一九四〇年代。第四期は、その後の歴史ミステリを中心とした作品群だ。本書『幽霊屋敷』は第三期に位置づけられる。

もっとも、松田道弘は本書を一九三五年の『三つの棺』と並べて「無理な物理的トリック」があると記しており、第二期の作品と同じ枠にカテゴライズしているように読める。たしかに、本書の仕掛けは決して単純なものではない。だが、そのコンセプトはどうだろうか。たったひとことでほぼすべてを説明できるという点では、カーが用いたトリックの中でも極めてシンプルなものといっていい。第18章の最後の一行で、フェル博士は満を持してそのひとことを口にしてみせる。

ただし、本書の最大の驚きは犯行手段が解き明かされた後にやってくる。第19章の後半以降は、ページをめくるたびに驚きが押し寄せるといってもいい。激しい勢いで事態が移り変わり、気がついてみればフェル博士がさらに意外な事実を明かし、あれよあれよという間にラストにたどり着く。いろいろなものを吹き飛ばす豪快な展開だ。

正直なところ、このトリックで長編一本を支えようと無理をしているところもある。前述したシンプルさも、実は危うさと紙一重。終盤の怒濤の展開も、実はそうした無茶を支えるために導入されたものかもしれない。

しかし本書を再読すると、カーが本書のトリックを成り立たせるためにさまざまな工夫を凝らしていることが、そして終盤の展開に向けた仕込みをじっくり施していることが分かるはずだ。時にはギリギリの綱渡りを繰り広げている。この奇妙な仕掛けのために、そこまでやってしまうのか……と驚かされるところもある。

ここから先は、そうしたカーの工夫の一端に触れておきたい。

この小説をほかのカー作品と比べてみると、不可解な点が浮かび上がる。わざわざ幽霊屋敷を舞台にしていながら、その怪奇描写が意外と淡白なのだ。

怪奇趣味といえばカーの大きな個性である。たとえば『髑髏城』や『黒死荘の殺人』で、主人公たちが舞台となる建物を初めて目にするシーン。カーはそこに禍々（まがまが）しい気配を描き、不吉な予感を演出してみせる。その後の惨劇を盛り上げるためにベストを尽くす。一方、本書のロングウッド・ハウスはどうだろうか。美しい景色の中、快適に過ごせそうな建物として描かれている。まったく禍々しくない。テスが賞賛の叫びを上げるほどだ。

登場人物の設定も同様だ。語り手のボブは「想像力豊かで神経過敏」と思われるのを嫌っている。他の招待客たちも、怪奇現象を本気で恐れているようには見えない。幽霊屋敷には余暇を過ごしにやってくるのだ。被害者のローガンに至っては、書斎でタイプライターを使って仕事の手紙を書いていた。よりによって、幽霊屋敷に来ておきながらデスクワークである。「夫は仕事から離れられないの」「完全に休暇にすると約束したのに」と、今もどこかの観光地で口にされているかもしれない世知辛い台詞（せりふ）まで飛び出す。

もはや、怪奇ムードをカー自身が積極的に壊しているといっていい。せっかくの幽霊屋敷なのに、なぜこんな扱いなのだろうか？　これは念の入った自己否定なのだろうか？

この先、本書のトリックと結末の性質に触れます。本編読了後にお読みください。

そもそも、カーの小説における怪奇趣味は単なる雰囲気づくりのためだけでなく、真相を覆い隠すミスディレクションとしての機能も担っていることが多い。たとえば「犯人がAという行為を隠すため、Bという怪奇現象を装う」という展開のために、Bに相当する呪いや伝説が描かれることがある。不可能犯罪という状況を描くため、読者の認知をカーの意図した方向に誘導して、真相を気づかれないようにする。彼の作品の怪奇描写は、ミステリを成立させるために欠かせない役割も受け持っているのだ。

一方、本書で不可解な現象の怪奇ぶりを強調して、「実際に銃が勝手に動いた」としか思えないように描くとどうなるだろうか。本書のトリックは、読者の思考が「では、どうすれば銃が動くのか?」という方面に向かうとあっさり見破られてしまう危うさを抱えている。他のカー作品とは逆に、不可解さを強調しすぎると、むしろ読者を欺(あざむ)きとおすのが難しくなってしまうのだ。

そのため、不可能犯罪としての状況設定も幾分ぼんやりしたものにならざるを得ない。ボブは銃声を聞き、ローガンが倒れたのを目にするが、銃は見ていない。銃が動いたというのはグウィネスの言い分に過ぎない。状況に隙間を作り、他の推理が生じる余地を設けている。衆人環視の中で銃が動き、発射された……という形にすると、かえって真相にたどり着きやすくなってしまう。

フェル博士は「いくつもの品が動かされた。それだけさ」と語る。ただ「それだけ」であることを読者に気づかせないために、幽霊屋敷の物語でありながら怪奇要素の演出を控えめにしたのだ。カーは怪奇趣味という自身の「得意技」をあえて抑えてしまった。読者を欺くために、そこまでやってしまうのがジョン・ディクスン・カーなのだ。自己否定なんてとんでもない。カーらしさの欠如に見えたものは、実はカーらしさのあらわれだったのだ。

終盤の展開に潜む趣向も、本書の仕掛けの「計画した者とは別の人物が実行できる」という性質から生まれたものだろう。この構図は、エラリー・クイーンがある有名な作品で用いて、以降も愛用したモチーフそのものである。アガサ・クリスティも、代表作のひとつでそのモチーフを扱っている。クイーンにしてもクリスティにしても、このモチーフから実に重厚なドラマを作り上げた。

一方、カーのアプローチはクイーンやクリスティとは異なる。重厚なドラマの代わりになるのは、爆発と炎上、そして怒濤のどんでん返し。派手な展開の後に、皮肉な結末を最終ページの行間に埋め込んでみせる。これもまた、カーの個性のあらわれといっていい。

本書はミステリ史に重要な位置を占める大傑作ではない。端正というよりは偏りのある作品で、トリックのために無茶をしているところもある。だが、読者を欺くために手段を選ばない心意気を感じさせるからこそ、多少の瑕があるにもかかわらず不思議な魅力が宿っている。

偏りや無茶も輝きに変えてしまう、ジョン・ディクスン・カーの個性、あるいは魔力。それを存分に味わえるのが、この『幽霊屋敷』なのだ。

訳者紹介　福岡県生まれ、西南学院大学文学部外国語学科卒。英米文学翻訳家。カー「帽子収集狂事件」、ブラウン「シナモンとガンパウダー」、タートン「イヴリン嬢は七回殺される」、グレアム「罪の壁」など訳書多数。

検印
廃止

幽霊屋敷

2023年4月28日　初版

著者　ジョン・ディクスン・カー

訳者　三角和代（みすみかずよ）

発行所　(株)東京創元社
代表者　渋谷健太郎

162-0814/東京都新宿区新小川町1-5
電話　03・3268・8231-営業部
　　　03・3268・8204-編集部
URL　http://www.tsogen.co.jp
DTP　工友会印刷
暁印刷・本間製本

乱丁・落丁本は、ご面倒ですが小社までご送付ください。送料小社負担にてお取替えいたします。

ISBN978-4-488-11850-1　C0197